10
18

12, AVENUE D'ITALIE. PARIS XIIIe

Sur l'auteur

Claude Izner est le pseudonyme de deux sœurs, Liliane Korb et Laurence Lefèvre. Liliane a longtemps exercé le métier de chef monteuse de cinéma, avant de se reconvertir bouquiniste sur les quais de la Seine, qu'elle a quittés en 2004. Laurence a publié deux romans chez Calmann-Lévy en 1977 et 1979. Elle est bouquiniste sur les quais. Elles ont réalisé plusieurs courts métrages et des spectacles audiovisuels. Elles écrivent ensemble et individuellement depuis de nombreuses années, tant pour la jeunesse que pour les adultes. Leur goût pour l'histoire et le polar leur a donné l'idée de créer un nouveau personnage pour « Grands Détectives », Victor Legris, libraire et enquêteur dans le Paris du XIXe siècle. Le premier titre de la série, *Mystère rue des Saints-Pères*, a reçu le prix Michel Lebrun en 2003.

CLAUDE IZNER

RENDEZ-VOUS PASSAGE D'ENFER

INÉDIT

10/18

« Grands Détectives »

dirigé par Jean-Claude Zylberstein

Du même auteur
aux Éditions 10/18

À paraître en 2009

ISBN 978-2-264-04490-7

C'est l'automne, l'automne, l'automne,
Le grand vent et toute sa séquelle
De représailles ! Et de musiques !...
Rideaux tirés, clôture annuelle,
Chute des feuilles, des Antigones, des Philomèles :
Mon fossoyeur, « Alas Poor Yorik ! »
Les remue à la pelle...

Dimanches, Jules LAFORGUE.

À notre vaillante Marie-France Girod

À la mémoire de notre très cher ami Yves Gibeau.

À Claudine et Fabien Lesage, nos vieux complices des Esclops : « On y allait à pied, avec les sabots… sous l'arbre en boule. »

À Alain Mangenot, l'artiste.

À tous nos aimés.

Merci à Françoise et Michel pour nous avoir permis d'emprunter le nom *Elzévir* à leur librairie de Montreuil.

PROLOGUE

Du haut de ses trente kilomètres, le volcan dominait la planète rouge. Au cours de son vagabondage à travers le système solaire, il avait déjà subi d'innombrables collisions avec des météores géants ou des comètes. Celle qui s'approchait comme un trait de feu traçait depuis des millénaires son orbite parabolique parmi les astres. Enfin vint la minute où son noyau étincelant effleura le cône de la montagne. L'explosion formidable due à l'impact provoqua une incandescence semblable à la naissance d'un petit soleil. Auréolé de sa chevelure sulfureuse, le bolide poursuivit sa pérégrination au sein de la galaxie, tandis que les milliers d'aérolithes arrachés à la chair du volcan se précipitaient dans l'espace.

Un fragment de plusieurs tonnes s'était exilé du troupeau et fonçait vers les profondeurs cosmiques. Au fil des millénaires, sa trajectoire était perturbée par les champs gravitationnels des étoiles errantes dont il croisait la randonnée. Des écueils volants issus de la ceinture d'astéroïdes située entre Jupiter et Mars percutaient parfois de plein fouet le bloc, à son tour morcelé en débris de moindre importance. Si bien qu'après un périple de vingt millions d'années, lorsque le corps céleste initialement extirpé du mont lointain atteignit les lisières d'une modeste planète, il ne pesait qu'une demi-tonne. Filant au-devant de ce nouvel obstacle, le projectile s'abîma dans l'atmosphère terrestre où il se consuma aux trois quarts.

Par une chaude nuit d'août 1895, les infimes résidus de cette masse rocheuse s'apprêtaient à tomber en pluie au-dessus d'une forêt.

CHAPITRE PREMIER

Forêt de Montmorency, mercredi 14 août 1895

La terre fumait. Une brise aromatisée rafraîchissait les sous-bois, distillait des senteurs de champignons, d'humus et de menthe. Étendu sur l'herbe devant sa cabane, Jéroboam Daragnac contemplait le ciel par-delà la cime des châtaigniers, il était tiraillé par le démon de la recherche. Il s'ensuivait pour son esprit une activité fiévreuse et constante qui lui interdisait de dormir. Il s'appuya sur un coude. Son intuition ne lui mentait jamais, quelque chose s'annonçait. Ébloui par l'éclat de la lune, il ne put d'abord rien distinguer. Peu à peu, au cœur de l'océan des étoiles, il discerna une pulsation. Elle avait un aspect inhabituel, elle s'éteignait, se rallumait, elle striait la nuit. Il se concentra. Non, ce n'était pas une illusion. Un météore dansait, nimbé de flammèches. Puis, lentement, il se détacha du ballet stellaire et glissa silencieusement dans le noir.

Propriété de Hugo Malpeyre à Domont

Les deux femmes s'éventaient sur la terrasse chichement éclairée par un candélabre. Soudain, l'air s'emplit d'étincelles. Elles n'étaient pas rouges et jaunes comme celles d'un brasier, elles allaient et venaient, clignotaient en tourbillons laiteux, elles peuplaient l'obscurité.

— Oh ! Là, qu'est-ce que c'est ? Ça pique ?

— Ce ne sont pas des moustiques, ce sont des lucioles.

— Ça me répugne, tous ces insectes…

— Décidément, Suzanne, ce que tu peux être froussarde ! Et tu as le toupet de me qualifier d'évaporée ? Moi, je me demande si tu sais calculer. Nous étions treize, ce soir nous ne sommes que neuf ! s'exclama une créature efflanquée et longiligne aux cheveux noisette torsadés en chignon.

— Tu te trompes, Ida, et notre hôte, tu l'escamotes ? répliqua une blonde à la tournure rebondie, vêtue d'une toilette et d'un couvre-chef vert olive alourdis de dentelles. Nous sommes dix, Émile Legris et ton père sont au ciel.

— C'est bien ce que je dis, il en manque un !

— Tu m'enquiquines !

— Je t'enquiquine, je t'enquiquine, tu n'as que ce mot à la bouche ! J'avais treize ans en 76 quand ce benêt d'Émile a créé son association. Huit années nous séparent, ma vieille.

— Tu ne perds pas le nord ! Huit ans ? Ça m'étonnerait.

— Si. Papa tenait absolument à compléter mon éducation musicale, c'est Émile Legris qui payait mes cours de solfège, donc je devais impérativement assister à vos assemblées. Ce que je me suis barbée à écouter vos fadaises dans la librairie du déplumé, elle sentait le moisi.

— Le déplumé ? Quel déplumé ?

— Émile Legris, voyons ! Aussi lisse qu'un genou qu'il était, son crâne.

— Tu n'avais que treize ans ? Je n'en reviens pas ! Tu me dépassais d'une tête et tu poussais la ritournelle mieux qu'une diva.

— Contrainte et forcée. J'étais grande pour mon âge. Ah, cet hymne à la mie de pain composé par Émile que je devais entonner en début de séance :

Tel le phare d'Alexandrie
Charles Fourier illumine nos vies...

— J'ai le cœur qui saigne rien que d'y penser, ça ne nous rajeunit guère.

— Parle pour toi, j'ai encore un bel avenir.

— Sale chipie !

— Du calme, mesdames, du calme, il y a des jours consacrés où les conflits doivent être bannis, intervint un homme jovial aux hanches en forme de bouée de sauvetage.

— Vous avez raison, Virgile, trinquons.

Excédé, Hugo Malpeyre claqua la porte. Non contents d'être presque tous arrivés en retard, ses invités avaient enfourné d'énormes quantités de nourriture et de boisson, comme s'ils venaient de rompre le carême. Ils en étaient à cc point d'un plantureux repas où chacun, en dépit de l'inimitié que son voisin lui inspire, est prêt à le prendre dans ses bras et à y aller de sa larme.

— Pleurs de crocodiles et fricassées de museaux dignes d'un mélodrame ! Les gésiers sont gavés, lâchez les écluses, place au quart d'heure d'attendrissement annuel à la mémoire de ce cher Émile Legris. Tartuffes ! grommela-t-il à mi-parcours d'une avenue bordée d'arbres fruitiers.

La tradition instaurée en 1880, trois ans après la disparition de leur bienfaiteur, stipulait que, juste avant le dessert du dîner qui célébrait le triste événement, fût prononcé un discours panégyrique, œuvre d'un des affiliés de la confrérie. Ce soir-là, c'était Évariste Voisin, cet illustre crétin, qui se chargerait d'officier. Il venait de s'humecter les amygdales d'une lampée de crémant, sans doute pour délier une langue prompte à fourcher, lorsque Hugo Malpeyre avait sollicité une pause afin de se rendre au chenil où l'un des épagneuls souffrait de pyorrhée alvéolaire.

— Profitez-en ! Une partie de billard pour ces messieurs, ces dames n'auront qu'à noter les résultats en sirotant du madère !

Ils avaient applaudi, les imbéciles, inconscients de l'exaspération à l'origine de ce mensonge. En vérité, les chiens étaient en parfaite santé et Hugo Malpeyre déplorait qu'il lui fût refusé de demeurer auprès d'eux jusqu'au départ de ces écornifleurs. Mais impossible de se défiler, d'autant que ces agapes commémoratives dans sa propriété des environs de Domont étaient de son cru. Quand il avait conçu ce projet, encore vibrant de fraternité envers ceux qu'une même gratitude animait, et qu'il avait désigné pour date anniversaire le jour où sa destinée avait croisé celle d'Émile Legris, il ignorait qu'il se mordrait les doigts de cette initiative. En outre, à l'époque, il était vaguement épris de Suzanne. À présent, grasse et vulgaire, elle le dégoûtait. Cependant, bien que dès le mois de juin il commençât à se promettre d'annuler le festin, il ne se sentait pas la force de déclarer forfait.

Une lanterne à la main, il poussa une grille trouée d'un étroit vantail, contourna un puits à margelle et longea les niches de ses protégés. Un concert d'aboiements discordants s'amplifia à mesure que les chiens apercevaient leur dieu ou humaient son odeur. Ils étaient trente et un, mâles ou femelles, bâtards ou de race, jeunes ou vieux. Leur caractéristique commune : avoir été abandonnés. Ils constituaient la lignée qu'Hugo Malpeyre avait rêvé de fonder, et dont l'avait privé la fin brutale de son épouse Caroline au lendemain de leur voyage de noces en Bretagne. Il était alors professeur de philosophie dans un de ces établissements chics de la capitale où les familles huppées relèguent leurs fils aînés avec la conviction de métamorphoser des adolescents lymphatiques en bacheliers capables de lire et de citer Platon dans le texte.

Hugo contempla son manoir, copie d'une gentilhommière du XVIe siècle, élevée sous le Second Empire selon les plans de son grand-père. Trop de tourelles, trop de briques, et un nombre de fenêtres qui provoquait le découragement des femmes de charge successives. La dernière engagée, Mme Bonnefont, avait choisi un compromis : nettoyer une partie des carreaux en automne, le reliquat au printemps, de sorte qu'aucune des façades n'exposait au monde une vue dessillée.

— Qu'est-ce qu'il fabrique, Taïaut ? Ses chiens, toujours ses chiens ! Il y a deux appétissantes tartes au citron meringuées qui se morfondent à la cuisine, et le soufflé au rhum va se dégonfler, marmonna Ida.

— Tu sais que Hugo déteste ce sobriquet, c'est un ennemi des tueries de bestioles.

— Ça lui apprendra à m'avoir baptisée Double Croche.

— Admets que ça te colle à la peau, une asperge montée qui chante, c'est tapé ! Ben, t'excite pas, on jurerait que tu vas me serrer la gargamelle ! Crois-tu que j'apprécie le surnom ridicule d'Entre-Deux ?

— Toi, Suzanne, tu adores les encombrements, que ce soit dans le domaine vestimentaire ou sentimental, rétorqua Ida d'un ton sec. Et les autres ? Leur totem, c'est quoi ? Ça m'est sorti de la tête, huit ans que je me suis mise à l'écart de vos réunions, si je suis là c'est pour t'être agréable !

— Zut ! T'as la cervelle qui clapote, elle est bourrée de blanc-manger ! Accroche-toi un pense-bête en sautoir ! Le vieux roquentin rembourré près de l'âtre, c'est Virgile Sernin, cinquante-trois ans. Un coureur de jupons, ce qui ne lui a pas évité de faire six enfants à son épouse, elle n'y a pas survécu. Quant à ses filles, elles sont toutes casées. S'il souffre, il n'en joue pas moins les dons Juans.

— Il souffre de quoi ?

— Coliques néphrétiques. Cloué au lit tous les trois ou quatre mois. La douleur l'a rendu compatissant envers les animaux à sang froid, il a équipé son restaurant de cages vitrées où il emprisonne, vivants, des monstres répugnants. On l'appelle Gobe-Mouche.

— Tous les goûts sont dans la nature ! Oh, ceux-là je sais ! Reine et Lazare Ducoudray ! Ils tiennent un magasin de jouets, elle c'est Toupie et lui Toton. Et puis le birbe aux cheveux jaunâtres... Attends... Maxence Vigneux !

— Dit Max Oreille. Il nous emmouscaille avec son Marc Aurèle et il devient dur de la feuille... Ça y est ? C'est gravé dans ta caboche ?

— Il en manque.

— Flûte ! Je ne vais pas t'énumérer les abonnés de la clique ! Oh, regarde, c'est rigolo, on dirait Jean qui pleure !

La lune émergeait d'un nuage, éclairant d'une lumière orangée le vaste parc à la lisière d'une futaie. Les deux femmes, apaisées, se sourirent. Somme toute, elles s'estimaient, probablement parce qu'elles se voyaient rarement et qu'elles ne prétendaient pas rivaliser entre elles.

Maxence Vigneux s'encadra dans la porte-fenêtre de la terrasse.

— Mesdames, on vous cherche partout. Votre présence est requise.

— Nous prenions le frais. Taïaut est là ?

— Non. La partie est finie. Évariste suggère que nous nous regroupions dans la salle à manger.

— Pourquoi ? Il souhaite réviser son laïus ?

Le vieil homme à l'ouïe défaillante avait-il perçu la question ? Il garda le silence. Les deux femmes s'inclinèrent. Quand elles pénétrèrent dans la pièce meublée d'une table de ferme et de bancs sur lesquels se tassaient les invités, leur guide s'était éclipsé.

— Qui c'est donc cet Évariste ? Jamais vu, murmura Ida à sa compagne.

— T'es amnésique ? On le dénomme Agaric, comme un champignon de couche, parce qu'il bosse dans une champignonnière, tu ne le remets pas ? Rouquin, la cinquantaine.

— On se fréquente si peu !

— Où est Maxence ? s'écria un individu malingre, aux mèches clairsemées et aux favoris queue de vache, qui compulsait une liasse de feuillets noircis.

— Mon pauvre Déodat, nous ne l'avons pas boulotté.

— Déodat, qui c'est ce coco-là ?

— T'es vraiment casse-pieds, Ida. Ce ratichon genre clergyman à la mine chafouine, c'est Déodat Briquebec, dit Greenwich, employé à l'Observatoire, cœur à prendre.

— Plutôt demeurer chaste et pure, grommela Ida, qui se casa contre l'embonpoint de Reine Ducoudray.

— Je me souviens, le jour de l'enterrement, nous n'étions pas au grand complet. Toupie, Toton et Piston nous ont fait faux bond.

— Je vous en prie, Suzanne, renonçons à ces puérilités et reprenons nos patronymes, déclara un des convives, l'allure juvénile en dépit de ses rides, la mise beaucoup plus élégante que celle de ses commensaux, costume de serge et nœud régate.

— Voyons, Donatien, vous paraissez oublier que c'est Émile qui a inventé ces noms, et qu'il s'était réservé celle de Fourre-Tout, à cause de son admiration sans bornes pour les utopistes, et notamment Charles Fourier. Je conçois que Piston vous déplaise, n'empêche, le soutien d'une des relations influentes de ce charitable Émile vous a catapulté au poste de sous-chef de la gare de l'Ouest.

Harassé par ces précisions, Lazare Ducoudray, alias Toton, un courtaud à la figure en pain de sucre agrémentée d'un bouc, replongea incontinent dans une douce léthargie.

— C'est le piston qui fait tourner la machine, hein ? lança Suzanne d'un ton égrillard.

Donatien Vendel blêmit et détourna la tête. Il abhorrait la trivialité.

— T'es obsédée par la chose, grogna Ida. J'ai encore faim, moi, qu'est-ce qu'il fiche, Hugo ?

Hugo Malpeyre parcourait les enclos et saluait ses canidés. Lorsqu'il se fut assuré qu'ils avaient été pourvus de pâtée, il s'attarda auprès de sa préférée, Pichette. Cette épagneule âgée de sept ans avait le galbe d'un broc à grosse panse, rétrécie au collet, élargie au postérieur. Elle idolâtrait cet humain et n'ambitionnait qu'un bonheur : cavaler à sa botte.

— Ah si tu savais, ma Pichette, ils me tannent, ces parasites, ils m'emmerdent ! chuchota-t-il en la flattant derrière les oreilles.

Dans le box mitoyen, un basset au pelage mité modulait des gémissements.

— Œdipe, ta gueule ! Épargne-nous tes vocalises, la corvée me réclame !

Donatien Vendel s'ennuyait à mourir. S'il avait accepté de participer à cette cérémonie grotesque, c'était pour complaire à sa sœur Bernadette qui caressait le projet de le voir promu au rang de chef de gare. « Vas-y, Donatien, M. Malpeyre a de l'entregent, il te recommandera à l'administration, sois sociable. » Il jeta un regard venimeux à Évariste Voisin en train de potasser son allocution et se retrancha au cœur de son jardin secret. Il pensait à la plaquette dégotée récemment chez un bouquiniste. Imprimée à Liège en 1870 par Vaillant Carmanne, elle traitait d'un programme d'installation de wagons-lits sur les chemins de fer européens. Pour un amateur tel que lui, ce document historique valait son pesant d'or. Cette année avait été favorable à sa passion. Sa collection de modèles réduits s'était enrichie d'un convoi Märklin et d'un wagon Pullman ainsi que d'un numéro du *Monde illustré* de 1870 montrant l'intérieur d'une voiture-lit. Un cheminot à la retraite lui avait donné une affichette du train de luxe de la Malle des Indes assortie d'accessoires pour réseau avec rails, passages de voies, potences, signaux, aiguillages, maisons, tunnels et arbres. Ah, larguer le turbin, la famille, pousser les portes à tambour de l'International Sleeping Car de la rue de la Paix, et se payer une place à bord de l'Orient-Express !

En bout de table, Évariste Voisin s'impatientait. S'il en avait eu l'audace il se serait versé une pinte, mais lui, le cul-terreux transplanté parmi ces « plus évolués », il n'osait pas. Il avait honte de son habit des dimanches élimé, de ses souliers éculés, de sa tignasse rousse piquetée d'épis blancs, il sentait qu'il faisait tache. Grattant par-ci, grattant par-là à l'insu de son épouse, il s'était procuré un dictionnaire chez un marchand qui commerçait aux barrières de la capitale, et, chaque soir, depuis des mois, il peaufinait son élégie avec assiduité. Par une ironie du sort, il se méprenait quant à la situation financière de quelques-uns des convives aussi impécunieux que lui. Il remâchait des récriminations qu'il n'aurait jamais eu le cran d'exprimer à haute voix.

« Non mais, r'gardez-les, ces enfarinés qui font des épates ! Ben, alors ? Qu'est-ce qu'il fout, le châtelain ? Et cette dondon enrubannée, pourquoi qu'elle me zieute en clignant des mirettes ? Fichtre, j'ai la pépie ! »

Il s'apprêtait à saisir la bouteille de crémant quand le maître de céans reparut. Sa silhouette massive, sa barbe grise qui, mêlée à une moustache en croc, lui mangeait la bouche et le menton, son pantalon enfoncé dans des guêtres en imposaient à ses hôtes qu'il toisa d'un visage impénétrable. Il s'était longtemps cru l'unique ami d'Émile Legris, jusqu'à ce que celui-ci lui révélât un dessein qui lui tenait à cœur : réunir en une société dénommée À cloche-pied des particuliers qu'il avait pris sous son aile. Il n'en serait lui-même qu'un des membres, et non le responsable, car il se voulait leur égal. Hugo consentait-il à l'épauler dans cette entreprise ?

Tels des gamins indisciplinés surpris par l'apparition intempestive d'un pion, les adhérents de la confrérie se figèrent.

— Où est Maxence ?

— Évanoui dans le décor, maugréa Évariste.

— Tant pis, commencez, ordonna Hugo. Mme Bonnefont vient de m'avertir que son soufflé au rhum allait bientôt avoir l'aspect d'une crêpe.

Évariste se recueillit un instant et articula :

— Jamais nous ne te remercierons assez, cher Émile Legris, toi qui as changé le fleuve de nos destinées en un torrent impétueux, et que nous avons pleuré en chœur, groupés autour de ton cercueil, en dépit de l'averse répandue par un ciel hivernal hostile qui dégorgeait des…

Tandis que l'orateur s'emberlificotait dans une période aux ramifications périlleuses, Suzanne glapit à l'attention de son vis-à-vis :

— Dis donc, Lazare, il flottait comme vache qui pisse, ce jour-là ! J'ai failli choper une fluxion de poitrine !

Elle bomba un torse avantageux qui eut pour effet de libérer Lazare Ducoudray de sa somnolence.

Le météore se rapprochait en une longue spirale qui laissait dans le noir une empreinte violette. Jéroboam Daragnac se redressa sans le quitter des yeux. D'après sa trajectoire, il allait s'écraser non loin des marais, à environ deux ou trois kilomètres de sa cabane.

Jéroboam crut que son cœur allait exploser. Il fit un pas en arrière et se serait écroulé s'il n'avait trouvé appui contre le tronc de son châtaignier tutélaire. Ce qu'il espérait allait enfin se produire. Avec de la chance, il serait le premier sur les lieux de l'impact. Il n'ignorait rien des facultés surnaturelles attribuées par les ensorceleurs aux éclats de poussière d'étoiles : certains se composaient de pierre et de basalte, mais ceux en fer se comptaient sur les doigts. Ils étaient bénéfiques, à condition de savoir les poinçonner du bon chiffre et de réciter les incantations adéquates. Une joie aiguë l'envahit, il emplit ses poumons de l'air saturé d'effluves végétaux et s'élança sous les halliers.

— Je vous débusquerai, visiteurs des cieux, je vous débusquerai, antidotes aux maux de cette vallée de larmes !

Peu soucieux d'entendre l'éloge funèbre décliné par ce rustaud d'Évariste Voisin, Maxence Vigneux examinait avec émotion et envie la bibliothèque. Si ces rayonnages lestés de volumes et de revues consacrés à la sylviculture et aux animaux avaient été siens, il les aurait bourrés de livres autrement édifiants.

— Dire qu'il a été professeur de philosophie et qu'il a relégué ses inappréciables manuels sur l'étagère du haut ! Trahison et tragédie !

Il s'empara d'un magazine.

— Je m'en contrefiche qu'il y ait un chien pour douze habitants en France ! D'abord, lui, des cabots, il en héberge tellement que ça fausse les statistiques, marmonna-t-il en arpentant le plancher.

À l'ultime pirouette d'Émile Legris, Maxence Vigneux avait deviné en Hugo Malpeyre le loyal successeur de son mentor. Mais, au fil des ans, Hugo s'était lassé de son engouement pour les systèmes susceptibles de bonifier le sort des humains. Sa compassion à l'égard des chiens s'était doublée d'une misanthropie croissante et d'une méfiance affichée envers les professions de foi qui, se plaisait-il à marteler, accentuaient l'horreur de la réalité politique et sociale de cette fin de siècle.

Maxence Vigneux n'avait eu droit qu'à une instruction élémentaire et avait dû se débrouiller afin de grappiller son propre bagage. Il préservait pieusement une plaquette dépenaillée intitulée *Pensées pour soi-même*, œuvre de Marc Aurèle. Ce viatique, offert par Émile Legris, l'avait à maintes reprises soutenu à travers les vicissitudes d'une vie d'ouvrier fondeur fauché et malheureux en amour. Face à une baie à meneaux, il psalmodia :

— « Tu n'auras pas le temps de relire tes Mémoires, ni les hauts faits des anciens Romains et des Grecs, ni les recueils que tu avais mis à part pour ta vieillesse. »

Au moment où il prononçait le mot *vieillesse*, il vit, glissant rapidement devant la lune, un corps céleste pareil à une boule de métal rougi. Bien que son ouïe diminuât, il perçut un grondement qui s'amplifia et étouffa le déchaînement des chiens. Un hoquet s'échappa de ses lèvres. L'atmosphère vibra, le miroitement d'un soleil boréal enflamma l'horizon.

— Levons nos verres à notre guide spirituel, ce regretté Émile Legris, qui, n'en dout…

Au milieu d'une cacophonie de clameurs et d'aboiements, Évariste Voisin interrompit ses trémolos alors que la porte s'ouvrait à la volée et que Mme Bonnefont hurlait :

— Not' maît, au s'cours ! Le ciel nous tombe sur la cafetière !

Les convives se précipitèrent aux fenêtres et distinguèrent un globe lumineux se déplaçant d'est en ouest, une traînée flamboyante à ses trousses. Une salve de détonations retentit. Instinctivement, ils reculèrent, persuadés qu'une cargaison de gravier pleuvait sur la maison. Deux secondes plus tard, l'air siffla, comme fouetté par une turbine démesurée, une lueur embrasa un bouquet de châtaigniers et s'éteignit presque aussitôt, tandis qu'une bande verdâtre s'épanouissait au zénith.

— Un météore ! rugit Déodat.

— Vous êtes sûr ?

— Positif ! J'ai épluché des témoignages embellis de gravures dans les archives de l'Observatoire, c'était exactement identique.

— Il a atterri du côté du prieuré de Sainte-Radegonde.

— Les météores ne tombent pas sur la terre, ce qui la touche ne sont que des météorites, rectifia Déodat Briquebec d'un ton docte.

— Vite, sortons les ramasser ! suggéra Virgile Sernin.

— Vous n'y songez pas, en pleine nuit ! Demain, nous irons demain à la première heure, trancha Reine Ducoudray. Et s'il le faut, nous rempilerons vendredi, et samedi, ça fera un séjour à la croquignole !

— Vous n'avez tout de même pas l'intention d'inspecter le moindre buisson de la forêt ! s'exclama Hugo Malpeyre.

— Mais si, mon cher.

— C'est ridicule !

— Je vais expérimenter une méthode de repérage, rétorqua Déodat Briquebec. Papier, crayon.

— Il faut être complètement fou pour envisager de dénicher quoi que ce soit parmi cet enchevêtrement de futaies et d'étangs !

« Je veux qu'ils caltent », pensait Hugo Malpeyre. En d'autres circonstances, il les aurait poliment congédiés. Il s'efforça d'adopter une inflexion amicale.

— À votre guise. Je vais dire à la cuisinière qu'elle garnisse des paniers de pique-nique.

Il enrageait à la perspective de voir la troupe s'incruster. Régaler et loger ces énergumènes lui infligeait déjà une pléthore de désagréments ; il avait été contraint de recruter des auxiliaires afin de seconder Mme Bonnefont lors de la préparation des chambres et des repas. Il ne serait soulagé qu'à l'instant où le train de Saint-Leu-Taverny avalerait ces importuns pour les déverser gare du Nord.

— J'espère que vous avez formulé un vœu ? Parce que c'est la règle, déclara-t-il en exhalant un soupir de défaite.

— Et comment ! Des météores ! Combien en voit-on dans une vie ? brailla Virgile Sernin au comble de l'excitation.

— Que vous attendez-vous à trouver ? s'enquit Donatien Vendel.

— Des pierres issues d'un univers mystérieux.

— Des pierres ? Plutôt des cailloux, et encore ! bougonna Donatien. Si j'étais vous, je ménagerais mes reins, vous allez irriter vos calculs à crapahuter en tirailleur.

— Oh, vous, le chef de gare, on ne vous a pas sonné !

La porte se rouvrit. Livide, Maxence Vigneux se tenait sur le seuil, l'opuscule de Marc Aurèle brandi à bout de bras.

— Un signe ! C'est un signe d'Émile ! proféra-t-il, l'index pointé au plafond.

CHAPITRE II

Jeudi 15 août

Sur la paillasse recouverte d'un drap, l'enfant haletait, les paupières serrées, le cou enflé. Sa mère effleura son front brûlant qu'elle rafraîchit d'un linge humide. Une ombre masqua la lumière. La femme se retourna vers son mari, la gorge tellement contractée qu'elle s'exprimait avec difficulté.

— Y a plus le choix, le docteur est trop cher, faut aller chercher le metze[1]. On affirme qu'il a des charmes très puissants. Et puis c'est un brave homme, il soigne les pauvres gratis.

L'homme fronçait les sourcils.

— C'est rien qu'un vilain sorcier. Ce chambard, cette nuit, ma main à couper que ça vient de ce nuisible.

— Si ça fait pas de bien, ça fera pas de mal !

— Voire…

— Tu veux donc qu'il passe ?

Elle se pencha sur l'enfant aux joues écarlates. Non, l'homme ne voulait pas perdre son fils, son unique garçon. Il s'empressa d'obéir.

1. Le mot limousin « metze » dérive du latin *medicus* (d'où « médecin » en français). Le « metze » est le guérisseur du village, l'homme doué pour soigner certaines maladies.

Sa maisonnette était accolée à une grange campée à côté du château de la Chasse, prieuré du XIIe siècle à quatre tours massives bizarrement inclinées, mué en résidence de garde. Des arbres centenaires protégeaient deux pièces d'eau. Ce site attirait beaucoup de Parisiens pour un déjeuner sur l'herbe dominical. En cette fin d'après-midi, seuls quatre ou cinq citadins investissaient la place, les yeux rivés au sol.

L'homme foula la route des Fonds jusqu'à une savane marécageuse où les oiseaux et les insectes tissaient leur mélodie. Un lièvre détala sous les fougères.

La cabane du metze s'abritait sous un châtaignier. Hormis son travail de charbonnier, il vendait parfois ses services à un tonnelier de Montlignon. Airelles, champignons et fraises des bois amélioraient l'ordinaire du gaillard, qui braconnait faisans, garennes ou perdreaux. Sa réputation de rebouteux et de saint homme autorisait ces modestes écarts. On venait le consulter de loin, et il recevait les patients dans un pré jouxtant une mare fleurie de nénuphars où dansaient des libellules. Par temps froid ou pluvieux, on se réfugiait à l'intérieur de la cahute en rondins. Un simple trou dans la toiture plate évacuait la fumée. Un étroit champ de sarrasin bordait le versant opposé de la mare, des étoffes rouges accrochées à des branches avaient pour fonction d'effrayer les chevreuils, prompts à y provoquer des ravages.

L'homme s'avança à grandes enjambées parmi les mauves et les digitales pourprées. Des étincelles jaillissaient de l'antre du metze, occupé à frapper d'un burin un objet posé sur son enclume.

— Jéroboam ! cria l'homme.

Jéroboam Daragnac était un escogriffe d'une quarantaine d'années, aux cheveux noirs et frisés, au visage glabre. Il eût été beau sans une balafre zigzaguant sur sa tempe, souvenir gravé par un mari jaloux qui l'avait condamné à s'expatrier de son Limousin natal. Sous des dehors farouches, c'était un tendre. Il ne tuait d'animaux que poussé par la faim et refusait d'être rétribué autrement qu'en denrées. L'homme lui proposa une douzaine d'œufs et deux choux s'il guérissait son petiot.

— J'ai justement quelque chose d'efficace, on ne peut l'utiliser qu'une fois. C'est l'esprit de la sylve qui t'envoie.

Jéroboam Daragnac soupesa l'objet, fixa amoureusement son éclat sombre. Il lui en coûtait de s'en séparer, mais la venue de cet homme n'était-elle pas un appel de l'Éternel ? Jéroboam avait foi en la magie, lui, le metze, n'en était que l'instrument. Les transmutations au cours desquelles les éléments variaient de nature lui inspiraient une terreur secrète, et, bien qu'il en sût plus à ce sujet que le commun des mortels, il pressentait là le doigt de la Divinité. Il se mit à prier en pensée.

— Je suis prêt, dit-il à l'homme. Conduis-moi.

Ils parcoururent les marais en sens inverse. Le soleil rebondissait sur la surface ondoyante d'une fontaine, mouchetait le sentier festonné de ronces. Lorsqu'ils arrivèrent au château, un vol de pigeons fusa dans un battement d'ailes.

Courbé au-dessus du petit, le metze tâtait l'œdème. Il mouilla son pouce de salive, traça des chiffres sur la poitrine du gamin selon le trajet des nerfs, puis il appliqua fermement l'objet martelé contre son cou boursouflé en marmonnant :

— Sept douleurs, sept joies, sept gloires, sept sceaux aux livres des prophètes, sept couleurs de l'arc-en-ciel, sept notes de musique… Sept, nombre fatidique.

Jéroboam Daragnac savait qu'il y a la vie dans le verbe le végétal et le minéral. C'était un rebouteux intuitif, il avait pénétré divers arcanes de l'univers et maîtrisait les vertus médicinales des plantes sauvages ainsi que celles des pierres. Ses mœurs frugales favorisaient la netteté de ses projections mentales, décuplaient ses dons psychiques. Il était en sueur. Il sentait le mal s'infiltrer doucement dans l'objet, et, à travers sa main, s'insinuer en lui. Si les parents se pliaient à ses directives, le garçon serait rétabli au crépuscule.

— Observez méticuleusement, dit-il, en leur montrant l'objet. Ceci est une forte médication, soyez attentifs, j'ai accompli le rituel, à votre tour vous devrez exécuter mes ordres, mot pour mot, geste pour geste, sinon nul ne sera apte à contrecarrer l'affection.

La mère étreignait son fils. Soudain, elle s'écria :

— On dirait… On dirait… Il se réveille !

Elle considéra le metze avec une expression de crainte et de vénération.

— Il faut croire à tout, douter de tout et ne rien nier, énonça gravement Jéroboam. Tiens, femme, je te confie cette relique. Écoute.

Il murmura à son oreille, se recula et termina à mi-voix :

— Comprends-tu ce que signifie « lèvres scellées » ?

— Oui.

— Tu en es sûre ?

— Oui.

— Alors, pars sans délai.

Jéroboam tourna les talons et disparut.

L'homme et la femme restèrent médusés, les yeux braqués sur le sentier désert.

— Les jours s'enchaînent, et votre *Voyage du jeune Anacharsis*[1] est toujours orphelin de son atlas. Vous n'êtes pas prêts de le liquider !

Le bourgeois rajusta son monocle, et, après un coup d'œil sinistre à la librairie Elzévir, tira sa révérence.

— Pas très optimiste, ce chaland, remarqua posément Kenji Mori.

Il chaussa ses besicles et entama la rédaction de son catalogue de rentrée.

— Si vous vous figurez que c'est un client potentiel, vous prenez le Pirée pour un quidam ! Il est lugubre, cet « homme qui rit » et il est à sec, repartit Joseph Pignot, louchant méchamment vers Urbain, le troisième apprenti engagé en six mois.

Kenji glissa un regard en biais à son gendre. Sa promotion lui était montée au cerveau.

« Encore une brillante trouvaille de Victor d'avoir voulu hisser au rang d'associé un employé qui nous donnait entière satisfaction quand il se tenait à sa place. »

Cette hantise constante de perfectionnement l'exaspérait. L'attitude de Kenji Mori illustrait parfaitement l'opinion de Balzac : « La France est un pays qui adore changer de gouvernement à condition que ce soit toujours le même. » Il rêvait d'un retour aux formes de vie qu'il avait connues et, en dépit de son penchant pour les innovations techniques, il concevait le passé comme un âge d'or révolu. Désormais, le quotidien devenait une entreprise hasardeuse. Joseph

1. *Voyage du jeune Anacharsis en Grèce dans le milieu du IVe siècle avant l'ère vulgaire*, par M. l'abbé Jean-Jacques Barthélemy, 1788.

avait déjà miné la résistance de deux commis par la virulence de ses critiques.

Kenji se concentra sur son travail, mais ses griefs revenaient à la charge. Il y avait d'abord eu l'union de Joseph et d'Iris, son enfant chérie, fruit de ses amours avec Daphné, la mère de Victor. Bien qu'il eût aspiré à une alliance plus grandiose, il s'y était résigné à l'annonce d'une grossesse. La naissance du bébé – il espérait un garçon, ce fut une fille –, l'installation du couple dans l'ancien appartement de son fils adoptif, Victor, qui s'était lui aussi mis la corde au cou, après s'être exilé loin de la librairie où il faisait acte de présence selon son bon vouloir, tout cela avait contribué à exacerber son ressentiment. Depuis lors il devait cohabiter avec trois locataires, et de surcroît endurer la présence quasi permanente d'Euphrosine Pignot. Ces multiples branle-bas en si peu de temps avaient bouleversé ses sacro-saintes habitudes. Il ôta ses besicles, les tripota, fourragea dans un tiroir. Les remontrances sentencieuses de Joseph l'horripilaient, son timbre sonore ricochait contre les murs, résonnait à ses tympans.

— Urbain, enfoncez-vous ça dans le crâne. Le commis est le pivot autour duquel se meut le commerce des livres. Il doit être à la fois pourvu d'une science infaillible des écrivains et des éditions, être productif, courtois, et preste à suggérer à la clientèle du magasin des lectures dont elle n'aurait jamais eu l'idée.

« Décidément, ce garçon a hérité du caractère de sa mère, pensa Kenji en regroupant ses notes. Urbain ne fera pas de vieux os en ce lieu. Au fait, quel est le terme exact de ma parenté avec Euphrosine Pignot ? »

Joseph, en vigie sur un escabeau derrière le comptoir, épiait son subalterne. Il était jaloux, car Urbain manifestait une habileté incontestable dans la pratique d'envelopper les commandes de papier d'emballage et de les attacher d'une rosette.

— C'est son unique capacité. Il serait bien en peine d'énumérer les poètes de la Pléiade ! Il a osé soutenir à Mme de Cambrésis que Marivaux est l'auteur de *La Paysanne parvenue*[1] ! La bique n'y a d'ailleurs vu que du feu, elle-même est convaincue que *Le Menteur*[2] est une comédie de Molière ! marmonna-t-il.

À la prochaine bourde, il congédierait cet olibrius qu'il suspectait d'empocher en douce la monnaie des ventes.

Faire un paquet, c'est du grand art. Joseph, pour sa part, n'avait jamais eu ce talent. Soit le papier n'était pas assez solide, soit le lien lui pétait entre les doigts. Une fois qu'il avait empilé les uns sur les autres les in-octavo, in-douze, in-dix-huit, in-trente-deux, et qu'il s'évertuait à vouloir les nouer, crac !.... son édifice s'écroulait. Bref, ses paquets ressemblaient à des masses informes tandis que ceux d'Urbain étaient impeccables.

« A-t-il l'air ficelle ! On lui accorderait le bon Dieu sans confession, c'est de la frime évidem... »

Ses réflexions furent interrompues par l'intrusion de M. Chaudrey, pharmacien rue Jacob.

— Ah, monsieur Pignot, quelle aventure ! Quelle aventure ! J'ai tout vu !

— Vous avez vu quoi ?

— Avant-hier soir j'étais à Montmorency, chez ma sœur, nous fêtions ses noces de diamant, il faisait nuit, les étoiles tombaient en pluie, ça m'a flanqué un coup.

1. Confusion avec *La Paysanne pervertie*, de Restif de La Bretonne.

2. Pièce de Corneille.

— Il ne va bientôt plus en rester une, lâcha Kenji en claquant son tiroir.

— Ne plaisantez pas, monsieur Mori, le ciel se détraque, c'est mauvais, cela prédit la guerre ou la fin du monde. Tenez, c'est là, dans le journal. Qu'en pensez-vous ?

— Ce sont les âmes du purgatoire qui s'en vont au paradis, grommela Kenji.

Zut ! J'ai raté ça, je pionçais, pesta Joseph.

Pendant qu'il cuisinait le pharmacien, Kenji mordilla son crayon, à l'écoute d'un trottinement à l'étage. Daphné, sa petite-fille de quatorze mois, occupait dans son cœur un espace jusqu'alors ignoré, semblable à l'un de ces territoires qui, dès qu'un explorateur lui a attribué des frontières, s'insinuent de plein droit au sein des possessions d'outre-mer. Force lui avait été d'admettre, après quelques semaines de pleurs nocturnes, que c'était un bébé au caractère sociable. Le premier sourire qu'elle lui avait dédié l'avait élevée au rang d'être angélique. Ses cheveux de jais, ses yeux en amande de minuscule mousmé, ses bras et ses jambes potelés présageaient une future beauté. Premiers pas, premiers babils : Kenji s'était métamorphosé en un esclave consentant qui subissait les chatouillis et les bourrades. Il lui fallait hélas pâtir de la concurrence d'Euphrosine Pignot et l'entendre s'extasier des prouesses de la gamine dans un jargon frisant la sénilité.

— Pour l'amour de Dieu, madame Pignot, cessez de lui débiter ce galimatias !

Du vent ! Les *dadas*, les *popots*, les *bibiches,* les *miam-miam* s'écoulaient en cascade des lèvres d'Euphrosine. Seule diversion possible : lui rappeler qu'il était l'heure de préparer un repas ou de veiller à ce que Zulma Tailleroux, la bonne, ne s'esquivât pas sans avoir achevé son ouvrage.

— Juste ! Elle serait fichue de garder la besogne sous le coude, cette mollasse, et de filocher rejoindre son tourtereau… Chipie !

Le galant en question, l'honorable et compassé André Bognol, domestique au domicile de Victor Legris et de son épouse, Tasha, menait une interminable cour auprès de Zulma Tailleroux sans se résoudre à lui déclarer sa flamme. Cette indécision influait sur l'humeur de la jeune fille et aggravait sa propension à fracasser la vaisselle. Euphrosine, qu'irritaient les langueurs coquettes de Zulma, la tançait vertement quand elle la surprenait à se mirer dans les culs de casserole ou à se laver les joues avant chaque coup de sonnette :

— Vous avez pas bientôt fini de vous reluquer comme une gourgandine ? Toujours à s'frotter, c'te gueuse ! Y a qu'les filles de rien qui s'débarbouillent à tout bout d'champ !

Mais dès qu'elle avait épuisé ses blâmes, Euphrosine savait se montrer parfois compatissante. Elle n'avait pas son pareil pour donner des conseils. Ainsi le but suprême de la vie d'une jeune fille, c'était la bague au doigt.

Les événements qui agitaient la maisonnée n'étaient pas la préoccupation exclusive de Kenji. L'idylle qui l'unissait à Djina avait fait de lui un homme comblé. Il était heureux d'avoir loué cette garçonnière rue de l'Échelle, il y goûtait les moments les plus délicieux de son existence du samedi soir au lundi matin. Jamais il n'aurait cru ressentir une ardeur aussi voluptueuse que celle qu'il avait éprouvée envers Daphné, décédée en 1878 à l'âge de trente-neuf ans. Djina et lui avaient opté pour une liaison discrète.

Le carillon tinta. Joseph reprit son bavardage.

— Monsieur Mori, vous savez ce qu'il vient de me révéler, le potard ? José Maria de Heredia a déniché sur les quais un exemplaire original des *Pensées* de Pascal marqué deux sous !

— Quel dommage que cette aubaine ne soit pas échue à Victor ou à vous ! Mais il faudrait qu'il s'arrache à son laboratoire photographique et que vous renonciez à vos écrits et à vos découpages !

Kenji désigna le comptoir, jonché des pages du *Figaro* de M. Chaudrey.

C'est que c'est bigrement intéressant, ce qui s'est passé dans la forêt de Montmorency ! Jugez vous-même.

> « Un étrange phénomène céleste a semé la panique non loin du village de Domont. Il semble qu'une chute de météorites ait atteint la portion de terrain située entre les ruines de ce qui fut l'ermitage de Sainte-Radegonde, siège jadis d'une abbaye célèbre, et une région marécageuse prisée des naturalistes et des cueilleurs de simples, dont le plus illustre fut Jean-Jacques Rousseau. Les habitants affirment avoir eu l'impression qu'il y avait deux lunes. »

Cette lecture laissa Kenji indifférent. Il s'escrimait à évincer de ses cogitations l'image de son ex-maîtresse, Eudoxie Allard, archiduchesse Maximova, autrefois Fifi Bas-Rhin, danseuse au Moulin-Rouge. Elle n'avait pas digéré le triomphe remporté par Liane de Pougy en Russie au cours de l'année 1894 et s'était juré de l'égaler à Paris, sur les planches. Cette créature lascive s'immisçait dans ses fantasmes telle une figure de la tentation. Il l'avait abordée la semaine dernière avenue de l'Opéra et sa vision l'obsédait, sans altérer l'amour que lui inspirait Djina. « Serais-je un Casanova asiatique ? »

Joseph continuait sa dissertation sur les météores.

— Du 10 au 14 août, une flopée en a chaviré sur l'Angleterre, de Stratford-on-Avon jusqu'à Bristol. Un observateur en a dénombré vingt-six !

— J'espère qu'on lui a octroyé une médaille. Vous êtes sûr qu'il n'avait pas abusé de la dive bouteille ? lança un homme à veston de tweed et chapeau mou qui venait d'entrer.

— C'est ça, Victor, moquez-vous ! N'empêche, c'est inquiétant, ces avalanches qui nous bombardent, ça en augure des vertes et des pas mûres !

— Que redoutez-vous ? L'apocalypse ? Les Perséides, vous y êtes ? À la mi-août, elles illuminent une partie de nos nuits, il n'y a là rien que de très banal.

— Banal ou pas, j'ai découpé, et je colle.

Joignant le geste à la parole, il enrichit de cet entrefilet son carnet bourré de péripéties insolites.

— Les trois livraisons, c'est pour aujourd'hui ? interrogea Urbain.

— Non, pour dimanche, après la grand-messe ! Parfaitement, c'est pour aujourd'hui ! Vous devriez déjà être en route.

— C'est que les trois destinations sont fort distantes les unes des autres : rue de Turbigo dans le IIIe, rue Duranton dans le XVe et Saint-Mandé. J'y vais comment ?

— À moins que vous n'ayez la passion de la randonnée, vous faites comme tout le monde, vous empruntez l'omnibus !

Dépité, Urbain s'en alla, tandis que Victor se faisait violence pour ne pas dire à Joseph qu'il avait longtemps bénéficié d'un traitement de faveur et sillonné la capitale en fiacre. Il se dirigea vers l'arrière-boutique où il gara sa bicyclette Papillon.

La librairie s'obstinant à demeurer vide, les trois associés purent s'adonner à leurs rêveries de prédilection.

Kenji convoitait un gramophone haut-parleur à cornet, dépourvu de tubes acoustiques. Il en avait admiré la publicité dans *L'Illustration*, et si ses finances le lui permettaient, il prévoyait de l'acheter pour Noël.

Victor essayait de comprendre pourquoi les tirages des nus de Tasha – que d'éloquence il avait dû déployer afin de la persuader de poser ! – n'étaient pas aussi bons qu'il l'avait escompté.

Probablement parce qu'il avait mélangé trop de carbonate de soude à la solution réservée au développement. Il succomba à un songe éveillé où ces clichés s'animaient. Une de ses relations lui avait décrit la présentation du cinématographe des frères Lumière dans les locaux de la Société d'encouragement à l'industrie nationale, rue de Rennes, le 22 mars, et il pensait que le mouvement était le but auquel tendait la photographie. Qu'il eût aimé avoir été convié à la projection de *La Sortie des usines* ! Il ferma les yeux, sourd aux cavalcades de la petite Daphné au premier étage, et s'inventa une séance privée dont le personnage principal possédait les traits et les rondeurs de Tasha.

Joseph réfléchissait : quel serait le sujet de son roman à épisodes ? *Le Bouquet du diable*, paru au cours des mois précédents dans *Le Passe-partout*, avait rencontré un succès relatif et ne tarderait pas à être édité en deux volumes brochés chez Charpentier & Fasquelle. Mais, depuis qu'il avait appris d'Iris, qui lui en traduisait les aventures – il peinait à maîtriser la langue de Shakespeare –, que Sherlock Holmes avait été victime d'une culbute mortelle dans un gouffre en compagnie de son ennemi le professeur Moriarty, à Reichenbach, en Suisse, il lui semblait que le roman policier était en deuil. Serait-il apte à en rédiger un ? Vers quel genre s'orienter ? Il feuilleta

Le Fils de Lagardère[1] et se gratta l'occiput. Une intrigue de cape et d'épée ? *Why not ?* Il était inconcevable d'exploiter le thème du bossu, même s'il était expert en la matière. Ah ! Lagardère ! Être son alter ego ! Difficile, quand on est nul à manier la rapière et le fleuret. Alors, adieu duels au crépuscule sur les glacis du château de Caylus ! Imiter Jules Verne et Albert Robida ? Se lancer dans la rédaction d'un livre d'anticipation, à l'instar de ce *Time Machine*[2] d'un certain H. G. Wells qui publiait régulièrement dans la *New Review* britannique ? Iris s'était beaucoup amusée à lui relater les démêlés des Éloïs et des Morlocks en l'an 802701. Un plan émergeait de la brume : et si un gigantesque météore s'écrasait sur Paris ?

1. De Paul Féval fils. Paru en 1893.
2. *La Machine à explorer le temps.*

CHAPITRE III

Mardi 22 octobre

— Quelle heure est-il ? mâchonna le jeune homme avachi sur l'édredon.

La bouche hérissée d'épingles à cheveux, la fille rajusta son chignon et pointa le coude vers les vitres encrassées.

— Midi. Magne-toi ! Je dois filer au turbin, dit-elle, en nouant quelques rubans froissés autour d'une houlette.

Cora officiait en tant que serveuse à la *Brasserie du Divorce*, rue Saint-Séverin. Racolée à quinze ans par la concierge, elle avait été soumise à l'évaluation de la caissière et embauchée sous le serment de se déclarer majeure en toutes circonstances. Le costume d'avocat choisi au départ n'ayant pas été jugé suffisamment suggestif, on lui avait préféré celui de bergère d'Arcadie : un soupçon de corsage, une courte jupe retroussée jusqu'à la hanche et un pantalon ouvert. Ainsi que ses consœurs, elle devait se montrer agréable aux clients, faute de quoi la patronne l'accuserait de ne pas cultiver le sentiment du commerce. Elle avait mission de conduire ces messieurs au sous-sol – les prix doublaient pour un tête-à-tête d'une demi-heure – ou dans le petit salon où ils triplaient. Là, ils étaient sommés de consommer, outre la bergère, un kirsch ou un kummel. La journée achevée, libre à Cora de partager ses draps à la blancheur douteuse avec ses clients assidus. Éric Pérochon était du nombre, et, parce qu'il était mignon et prévenant, ce blondinet avait parfois droit à une nuit entière.

Il soulagea de ses ultimes francs la poche de sa redingote et descendit les escaliers en sifflotant. Le moment était arrivé d'appliquer le proverbe ressassé par son oncle : « On n'a jamais vu un coffre-fort escorter un corbillard. » Depuis le décès de son père, Éric vivotait d'expédients. La pension allouée par sa mère couvrait à peine ses fredaines. Aussi était-il temps de mettre le vieux tonton Donatien à contribution et, puisqu'il était totalement impotent, autant commencer à le nettoyer dès maintenant, ce fameux coffre-fort. Si son contenu gonflait le portefeuille d'un garçon plein d'avenir, ce serait un placement avisé. Car les chevaux du corbillard, eux, piaffaient à l'horizon. Oui, l'oncle Donatien Vendel était dans un sale état, plus vite il dételLerait, mieux son neveu s'en porterait.

Éric Pérochon générait la sympathie, même si sa moralité laissait à désirer. Il avait vingt-trois ans. Doté d'un physique attrayant, il séduisait les femmes, quelle que fût leur extraction sociale. Dès sa prime enfance, il avait décidé de croquer la vie par les deux bouts sans se plier aux règles du milieu petit-bourgeois dont il était le rejeton. Suivre l'exemple de son père qui se tuait à la tâche pour grossir son bas de laine, jamais ! À quoi bon vivre s'il fallait se glisser hors du lit à l'aube pour comptabiliser la vente de marteaux, de verrous, de plumeaux et de batteries de cuisine ? À seize ans, on se bâtit une destinée de héros plutôt que celle d'un tenancier de bazar. Éric exécrait les lugubres repas de famille où les seules conversations se limitaient à dire « Passe-moi le beurre » entre quelques remarques bien senties sur les idiots incompétents à gérer correctement leurs investissements. Le soir, cloîtré dans sa chambre, il lisait tout ce qui lui tombait sous la main, il devenait tour à tour le capitaine Nemo, Chacas[1], Lagardère, Monte-Cristo ou Sigognac[2], les trois derniers ayant sa préférence à cause de leurs multiples personnalités. S'il s'était laissé aller, il aurait rué dans les brancards, mais son caractère calculateur l'incitait à feindre la docilité, « Tant crie-t-on Noël qu'il vient ». Vivant aux crochets de sa famille, il obtint ses diplômes et s'inscrivit selon les vœux de son père à l'école d'architecture au 136, boulevard du Montparnasse. Après une année d'un ennui mortel, il renonça en secret à ses études en se promettant que nul n'interférerait dans ses activités, qui consistaient à courir les théâtres, les bals de barrière, et à fréquenter des individus aux mœurs équivoques. Chaque matin, il se répétait : « Ça ira mieux demain, ça ira mieux demain », car il était persuadé que le ciel lui réservait un futur radieux.

La chambre était vouée au violet. Violet, le papier mural où s'obstinaient à fleurir des bouquets de pensées. Violets, le sofa et les deux voltaires disposés devant une crédence encombrée d'assiettes anglaises à motifs aubergine. Violette, la nappe drapant la table. Une chambre épiscopale.

Emmuré dans la paralysie qui lui interdisait de formuler le moindre son, Donatien Vendel songeait que, parmi les diverses justifications qu'il avait de guérir, annihiler ce décor serait peut-être la meilleure. Quel

1. Le héros des *Natchez*, de Chateaubriand.
2. Le héros du *Capitaine Fracasse*, de Théophile Gautier.

imbécile il avait été de permettre à sa sœur d'organiser le cadre de leur existence commune à la mort de son époux ! Il se rappelait s'être désintéressé de la question lorsque, quatre ans auparavant, Bernadette avait débarqué chez lui, les paupières bouffies, le teint blafard, incapable de parler de quoi que ce fût excepté de ce pauvre Jean-Paul. À l'époque, Donatien Vendel se dévouait corps et âme à son emploi de sous-chef de gare et se souciait comme d'une guigne de son intérieur de célibataire. Que sa sœur mue le quatre-pièces en bonbonnière lui était alors indifférent. En outre, cette occupation la détournait de son chagrin et lui clouait le bec au sujet du cher Jean-Paul, un quincaillier inculte imbu de sa personne. Bernadette avait donc bouleversé de fond en comble l'appartement de Donatien. Trois mois de travaux et de gravats pour aboutir à un assemblage d'objets inutiles et de coloris indigestes. Le seul élément positif de cet emménagement était la présence du fils de Bernadette, Éric, pour qui son oncle vibrait d'une affection paternelle. Ce petit avait l'étoffe d'un bâtisseur, et non d'un vulgaire marchand de couleurs. Ses réalisations seraient renommées, les écoliers ânonneraient l'inventaire des édifices dont il aurait gratifié l'Hexagone et ses colonies, il surpasserait Gustave Eiffel.

Éric enfila la rue du Départ à midi pile. À coup sûr, l'oncle serait en train de déjeuner. Corvée suprême que de devoir assister à ce gavage ! Il se confinerait dans sa chambre.

Il eut le désagrément de se heurter à sa mère, ployant sous les victuailles qu'elle s'efforçait de ranger à l'office.

— Tu n'as pas cours ? demanda-t-elle.

— Deux professeurs ont chopé l'influenza. Et toi, tes œuvres de charité ?

— J'irai demain, le garde-manger avait besoin d'être approvisionné et la bonne ne m'a avertie qu'hier soir que sa mère s'est cassé le bras, je lui ai consenti un congé de vingt-quatre heures.

— L'infirmière est avec l'oncle ?

Bernadette Pérochon opina. Elle avait l'impression qu'on avait substitué un zombie à son frère chéri. Ce gisant allongé dans le salon, où elle avait jugé adéquat de l'installer parce que l'exposition y était ensoleillée, ne ressemblait que vaguement à celui auprès duquel elle avait grandi. Ce qu'elle n'osait s'avouer, c'était qu'en dépit de l'amertume provoquée par cette situation de dépendance où il en était réduit, elle ressentait un plaisir diffus à régner sur la maisonnée. Elle avait subi la férule de ses parents, puis celle de son mari, et si son frère n'était pas un tyran, habiter sous son toit l'avait astreinte à des accommodements. À cinquante-deux ans, elle était libre. Hormis de brèves apparitions, Éric passait son temps à l'extérieur. Qu'il était exquis de dépenser au gré de son humeur, de prélever un quignon de pain chaud, de savourer des choux à la crème sans que Jean-Paul la gourmandât, de se masser une poitrine et un ventre comprimés par une robe neuve de taffetas émeraude ! Et enfin d'accoster en douairière la pièce où elle espérait piéger la garde-malade le nez dans un des tiroirs du secrétaire. Elle en fut pour ses frais. L'athlétique infirmière aux pommettes saillantes et aux incisives de lapin qui veillait sur Donatien s'acharnait à introduire entre ses lèvres contractées une cuillerée de viande hachée qu'il recracha incontinent.

— Le voilà qui fait des embarras, il est têtu comme la mule du pape, mais moi aussi je suis coriace, monsieur Vendel ! Vous refusez la viande ? Va pour la soupe.

Après ce qui s'apparentait davantage à un pugilat qu'à une becquée, elle parvint à enfourner dans le gosier de son patient une telle quantité de liquide qu'il faillit s'étrangler. Les yeux exorbités, il suffoquait. Elle lui administra plusieurs claques vigoureuses dans le dos, puis épongea le drap imprégné de potage.

— Mon pauvre frère a-t-il essayé de communiquer ? s'enquit Bernadette.

— Un vrai saurien, à l'affût de ce qui l'entoure, je le devine à son regard. Il m'apprécie grandement.

Dubitative, Bernadette Pérochon surprit un éclair de haine illuminant les prunelles de son frère. Elle reborda sa couverture et tapota son oreiller.

— Nous devrions le laisser se reposer. Je vais fermer les persiennes.

— Et sa compote ?

— Conservez-la pour son quatre-heures.

— En ce cas, pourrais-je m'absenter ? Je dois me dérouiller les jambes.

La garde-malade s'abstint de dire qu'elle avait surtout envie de fumer une pipe.

— Je veux moi-même me consacrer à ma correspondance, je vais chercher Éric.

C'était trop beau, le ciel l'exauçait ! Il était seul avec l'oncle, et celui-ci dormait. Baignée dans une semi-obscurité, la chambre l'incitait à une fouille minutieuse.

« Ne te gêne pas, Éric, palpe les vêtements, soulève les couvercles des drageoirs, sonde le secrétaire, du diable si tu ne déniches pas quelques billets bleus. »

Les paupières mi-closes, l'oncle n'en perdait pas une miette. La colère occasionnée par le manque d'égards de la garde-malade et les souvenirs de son infortune se dissolvait face à l'ombre rôdant autour du lit. Son neveu jetait sa gourme ? La belle affaire ! Il avait raison, le dadais, de voler un invalide au bout du voyage afin de se payer du bon temps : c'était l'apanage de la jeunesse qu'il s'amuse tant qu'il était encore apte à bouger, ses études n'en souffriraient pas, au contraire. Donatien, lui, ne jouissait que d'une mince consolation à sa paralysie : il se berçait de rêves. Plein d'une rage sombre et impuissante, il donnait libre cours à son imagination exacerbée. Il galopait aux trousses d'une forme floue, plus vite, plus vite… Il galopait, franchissait les obstacles, la rattrapait et assouvissait sa vengeance.

Parti de Granville à 8 h 45, l'express n° 56 venait d'être signalé à Versailles Rive gauche. Un vagabond musant près des rails vit le dragon métallique expectorer un panache gris et se hâter en direction du viaduc.

Hautes de soixante-cinq mètres, les arches dominaient la chaussée du Maine et les boulevards de Montrouge. Le mécanicien, Guillaume-Marie Pellerin, intima au chauffeur Victor Garnier d'accélérer l'allure sur les deux kilomètres de voie jusqu'à la station reliant la ligne de l'ouest à celle du chemin de fer de ceinture. Toucher ponctuellement au but avait toujours été son credo, il voulut défier l'impossible pour éviter de déroger à la règle. S'il réussissait à rallier la gare Montparnasse avec le modeste déshonneur d'un retard de cinq minutes, sa réputation serait sauve.

Un peu inquiet de constater qu'on dépassait les quinze kilomètres à l'heure, le chef de train, Albert Mariette, accordait cependant une confiance indéfectible à son mécanicien, un homme d'expérience employé depuis dix-neuf ans dans la compagnie. Il voyait défiler les maisons et songeait qu'en dépit de sa curiosité il ne connaîtrait jamais les faits et gestes de leurs locataires. Avec un brin d'appréhension, il remarqua que d'habitude, lorsqu'on franchissait le cap de l'immeuble sur lequel était peint un énorme paquet de Phosphatine Falières, on ralentissait. Mais, cet après-midi-là, la chaudière était sous pression et, malgré les efforts de Guillaume-Marie Pellerin pour diminuer le tirage, elle paraissait débridée. Brusquement, la locomotive confirma ses craintes d'un hurlement pathétique.

De la plate-forme longeant la voie 6, on distingua dans le lointain l'express qui débouchait à une vitesse inusitée.

Albert Mariette, affolé, tenta sans succès de serrer le frein d'urgence Westinghouse tandis que le chauffeur, perché au-dessus d'une roue, vidait son sablier en pure perte. Le train déchaîné fonçait sur le hall.

Un cheminot se mit à courir, aussitôt imité par ses collègues. L'effroi s'empara des témoins, le convoi déboulait devant les bureaux du quai et se ruait vers les butoirs. L'esplanade se dépeupla en quelques secondes.

Place de Rennes[1], à côté du buffet situé sous deux marquises, stationnaient les tramways des lignes Bastille-Montparnasse et Montparnasse-Étoile. En retrait, de la rue de l'Arrivée à la rue du Départ, un très large refuge équipé d'abris fourmillait de personnes attendant les omnibus Vanves ou Ménilmon-

1. Actuelle place du 18-Juin-1940.

tant. Au sein de la cohue, un couple de vieux provinciaux chargés de cabas, la femme soutenue par l'homme arc-bouté sur sa canne, grimpèrent dans l'une des voitures et s'échouèrent sur une banquette. Presque sur-le-champ ils s'immergèrent dans le sommeil. Par bonheur, les chevaux attelés au tramway perçurent un épouvantable fracas sous la voûte. Mus par leur instinct, ils se cabrèrent et bondirent droit devant, épargnant ainsi aux passagers une mort inéluctable.

Parcourant à toute vapeur la salle des arrivées, la locomotive 721 du train n° 56 défonça le heurtoir terminus, escalada le trottoir au bas duquel aboutissaient les voies, puis elle traversa le mur supportant le vitrage d'une des deux baies ouvertes sur la place de Rennes, avant de surgir, dans un vacarme infernal, aux yeux des passants. Emportée par son poids, elle tomba verticalement en une chute de dix mètres.

En s'écroulant, la machine rasa la poupe du tramway Montparnasse-Étoile dont elle arracha le marchepied. Le groin dans le sol, campée sur ses roues motrices, elle évoquait un diplodocus happé par un abîme. Le tender et le premier fourgon formaient, de biais, un monstrueux étai. Le deuxième fourgon, le wagon-poste et les dix compartiments restèrent en équilibre au bord du trou béant.

À l'extérieur, les badauds s'agglutinaient, alors que la foule demeurée dans la gare se débandait. Le personnel se propulsa au secours des passagers, parmi lesquels on ne dénombrait aucun blessé sérieux. Le mécanicien et le chauffeur avaient pu sauter en atteignant le butoir.

On déplorait une victime : Marie-Augustine Héguillard, mère de deux bébés. Désertant son travail de couture afin de suppléer son mari dans son kiosque pour qu'il se ravitaille en journaux du soir, elle avait eu le crâne brisé par le cendrier du train fou.

Telle une onde de séisme, le choc fit vibrer l'immeuble de la rue du Départ. Une potiche culbuta, et le plafond, déjà lézardé sous une double épaisseur de peinture violette, se fissura. De gros plâtras dégringolèrent sur la tête de Donatien Vendel. Éric se précipita vers son oncle au visage enduit de poussière. Il rabattit le drap et s'en servit pour essuyer le malheureux qui peinait à respirer. À demi couché sur lui, il saisit un murmure.

— Je peux… je veux…

— Tu parles ! Tu es guéri !

Éric ne savait s'il devait se féliciter ou grincer des dents. Lui qui tablait sur un décès qui le convertirait en héritier grassement pourvu assistait à un retournement de situation digne d'un vaudeville. Pourtant, il avait envie d'applaudir à cette mauvaise blague, parce qu'en réalité Donatien était un brave homme et qu'il ne méritait pas son sort.

— Je préviens maman.

Une main puissante agrippa la sienne.

— Non, non, il faut que je te dise… Le temps presse, je me sens mal…

Hagard, Donatien se rejeta de côté, terrassé par une violente douleur. Une langue de feu taraudait ses tempes.

— Le trésor… Récupère-le, c'est à cause de lui que je suis dans cet état. Écris, dépêche-toi, c'est la fin… Venge-moi !

Irrité de ne pas disposer de crayon, Éric colla son oreille aux lèvres du mourant, qui n'avait maintenant presque plus la force d'articuler. Il prononçait des paroles incohérentes, où il était question du 15 août, d'une liste d'individus, de duplicité, et constamment revenait le mot *trésor*. Puis il y eut un nom, à moitié mangé par les halètements qui soulevaient la poitrine de l'oncle, et une adresse. Éric les répéta plusieurs fois afin d'être certain de les retenir. L'étreinte des doigts crispés se relâcha, Donatien Vendel exhala un soupir. Le dernier.

CHAPITRE IV

Mercredi 23 octobre

« Dans notre mémoire, ce magasin d'antiquités des sensations et des idées, nous retrouvons parfois, tout à coup, un vieux souvenir oublié, qui nous fait revivre en une seconde toute une période lointaine de notre existence. »

Au moment où, au milieu du havre de son arrière-boutique, il relisait cet extrait de Maupassant édité par *Le Gaulois* en 1881, Kenji Mori se remémora un épisode de sa jeunesse relégué au fond des chambres de son esprit. C'était une chaude journée de juillet, il se promenait dans les rues de Kobe avec sa cousine Kumiko. Un marchand de sucreries attira leur convoitise. Sur son éventaire ambulant s'étageaient des tiges de roseau sèches et de l'*amé mizou*, espèce de pâte de malt, soufflée ou pétrie à la requête du client. Ce fournisseur exclusif de l'enfance créait, selon la fantaisie de chacun, animaux, fleurs, oiseaux ou papillons. Kenji proposa à Kumiko de lui acheter une de ces friandises, elle hésita puis opta pour un dragon. Elle détacha du roseau une chimère poisseuse, l'enveloppa dans un morceau de papier et s'engagea à la conserver éternellement. Kenji se demanda si Kumiko était aujourd'hui une dame âgée aussi jolie qu'elle promettait de le devenir, et si elle avait sauvegardé ou croqué la chimère.

Ses songeries se diluèrent sous un chœur de voix perçantes, parmi lesquelles il identifia celles de Mathilde de Flavignol, de Raphaëlle de Gouveline, d'Helga Becker, de Micheline Ballu, la concierge, et de l'incontournable Euphrosine. Quintette pour cinq organes dissonants auquel se mêlaient les barytons de Joseph et de Victor. Kenji se raidit. Il était cerné.

— Soixante-dix mille kilos, vous n'avez pas intérêt à recevoir ça sur la calebasse ! affirmait Joseph à Helga Becker.

— *Ja, ja*, c'est très très lourd, c'est pitié que le frein n'ait pas fonctionné.

— C'est la faute du mécanicien. On assure qu'il a agi contrairement aux règlements prescrits à la gare Montparnasse : il devait ralentir bien avant de toucher à destination, décréta Raphaëlle de Gouveline.

— Les turbines hydrauliques, c'est *unmöglich*... impossible à manœuvrer, objecta Helga Becker. Prenez les engrenages de la bicyclette, vous roulez sur un sol humide, vous patinez, et hop, patatras ! Monsieur Legris, savez-vous qu'une pétition circule à Londres pour que les femmes en culotte soient tolérées dans les hôtels et les restaurants ?

— Oh ! Monsieur Legris, donnez-nous votre avis, roucoula Mathilde de Flavignol, infatuée du libraire au point d'ingurgiter des paquets entiers de pilules orientales, recommandées pour la splendeur du buste.

— Ainsi que le constaterait mon associé s'il daignait sortir de son ermitage, de nos jours les dames sont mieux culottées que le roi Dagobert, mais moins que les pipes en écume ou les théières.

— Ben moi, j'considère ça malhonnête, de montrer ses jambes, si vous voulez mon opinion ! lança Euphrosine à qui personne ne réclamait rien.

Foudroyée du regard par celle qu'elle surnommait la Teutonne, elle se tint en aparté un discours ponctué de « cohortes alboches » et se jura de le noter dans son journal intime.

— Pour en revenir à la catastrophe, la place de Rennes présente un aspect apocalyptique, reprit Raphaëlle de Gouveline. Ce train suspendu, ces pierres dispersées de tous côtés... Il faudra un treuil actionnant un câble pour redresser la machine et la basculer sur un échafaudage. Quoi qu'il en soit, nous devons une fière chandelle à M. Lépine, le service d'ordre a été particulièrement efficace.

— Le train a éventré la gare et le plus surprenant, c'est que les voyageurs de l'express n'ont senti qu'une légère secousse. Si le mur n'avait pas cédé, les wagons se seraient encastrés, et c'eût été une hécatombe, expliqua Mathilde de Flavignol.

— Vous omettez la femme tuée, protesta Helga Becker.

— Ça devrait vous réjouir, vous qui prêchez l'égalité des sexes ! jeta Euphrosine, qui s'empressa de fuir la réprobation générale en montant rejoindre sa bru.

— Moi, j'suis pas près d'mettre le pied dans un de ces engins ! Ces inventions, ça m'glisse dessus comme la pluie sur une aile de canard. On prétend que le corps humain est incapable de survivre à trop de rapidité, alors piane-piane, sinon j'prédis des calamités.

Sur ces fortes paroles, Micheline Ballu regagna sa loge.

— Une chose est sûre, c'est qu'elle ne risque pas la crise cardiaque, vu la besogne qu'elle abat, grommela Joseph.

Il s'apprêtait à s'adonner à une méditation concernant le singulier parallélisme entre son concept de météore géant écrabouillant Paris et l'accident ferroviaire survenu la veille. Raphaëlle de Gouveline ne lui en laissa pas loisir.

— Monsieur Pignot, j'ai une faveur à solliciter. Sous peu votre charmante petite fille dormira dans un vrai lit et…

— Euh, oui, Iris va transformer votre ancien cabinet de travail en chambre d'enfant, Victor.

— Le jour où cet événement se produira, auriez-vous la bonté de me vendre le superbe moïse en osier tressé que votre délicieuse épouse a garni de satinette et de tulle ?

Décontenancé, Joseph examinait Raphaëlle de Gouveline. Avait-t-elle fauté, à son âge ?

— Mes chers petits seraient comblés s'ils disposaient d'un tel couffin, orné de valenciennes et de nœuds à coque.

— Vos chers petits ?

— Mon bichon maltais et mon schipperke.

Victor fut la proie d'une quinte de toux déguisant un fou rire qui le contraignit à s'exiler dans l'arrière-boutique auprès de Kenji. Celui-ci l'accueillit sans aménité.

— Vont-elles bientôt lever le camp ?

— Je l'ignore, elles paraissent plutôt s'incruster.

— Et Urbain, quand sera-t-il de retour ?

— Je l'ignore tout autant.

— Vous êtes au courant de la meilleure ? Joseph s'exerce à libeller des annonces proposant une place de commis. J'ai beau le sermonner, il s'obstine. Il exige un employé doté d'une parfaite maîtrise de l'anglais, de la dactylographie, de l'histoire littéraire et de la comptabilité.

— Je veux bien être privé de dessert si je me trompe. Je pense qu'Urbain a de l'avenir chez nous, observa Victor, épanoui.

Raphaëlle de Gouveline avait acculé Joseph contre l'escalier.

— J'aimerais d'ailleurs deviser avec votre épouse, elle est si adroite ! et je suis en quête de conseils : je tricote des colliers au crochet pour mes amours, ils sont entremêlés de grelots et se ferment par une agrafe. Seulement j'ai du mal à agencer mes mailles de fil chiné sur la chaînette, et je m'interroge : faut-il en passer huit ou dix pour confectionner la boucle ?

— Ne bougez pas, je vais m'informer !

Iris était contrariée. Nonobstant son vœu d'être tranquille afin d'achever la rédaction d'un conte intitulé *La Coccinelle dépourvue de points,* elle ne cessait d'être dérangée. D'abord Euphrosine, traînant dans la boue l'Allemagne et les bicyclistes, maintenant Joseph, essoufflé de ses efforts pour ne pas envoyer paître les moukères. Elle lui fit néanmoins bonne figure. Ensemble, ils s'extasièrent sur le berceau où gazouillait Daphné rassasiée par une copieuse bouillie. Joseph, qui ambitionnait d'avoir l'audace de régler un chapitre cher à son cœur : leur installation en un lieu où ne seraient admis ni Kenji ni Euphrosine, sentit s'évanouir son courage. Chaque fois qu'il évoquait la possibilité d'un déménagement, Iris s'arrangeait pour détourner la conversation. S'éloigner d'un père trop absent pendant sa jeunesse lui était pénible.

« Faudra pourtant qu'un jour on coupe le cordon, elle et moi », se dit Joseph, prêt à redescendre affronter la Walkyrie et les moukères.

Iris verrouilla la porte derrière lui, soulagée de savourer un instant sa solitude. Elle ouvrit le tiroir du secrétaire où elle avait rangé le cahier de contes, illustrés par Tasha, qu'elle rédigeait en cachette. Elle rêvassa quelques minutes, imaginant que son père lui offrait un piano et qu'elle y interpréterait du Bach. Puis elle se remit à écrire.

Jamais Ladybird, la coccinelle, n'était conviée à des lunchs, tant ses élytres que n'enjolivait nulle tache noire l'isolaient de ses semblables...

— Alors, elle consent à une entrevue ?

— Elle lange le bébé. Attendez demain.

Dépitée, Raphaëlle de Gouveline balaya le sol de la librairie de sa jupe à godets et s'éclipsa sans dire au revoir, aspirant dans son sillage Fräulein Becker et Mathilde de Flavignol, désolée de la défection de Victor.

Dans la librairie obscurcie par le crépuscule, Joseph alluma les becs Auer alimentés au gaz d'éclairage. Ils avaient été commandés en septembre à la demande de Kenji, toujours avide d'innovations. Il se perdit dans la contemplation des lueurs impétueuses.

Les flammes des cierges plantés dans quatre chandeliers filaient et dessinaient au plafond d'étranges volutes. La profonde entaille au milieu de la peinture violette ressemblait à une auréole flottant au-dessus du corps inerte de Donatien Vendel. Affalée sur un voltaire, Bernadette Pérochon gémissait, les paumes plaquées sur son visage, prétexte à camoufler ses yeux secs. Elle avait beau être déchirée, aucune larme ne mouillait ses cils. Peut-être en avait-elle trop versé au décès de son mari ? Il était préférable qu'Éric ne s'en aperçût pas. Elle ne pouvait s'empêcher d'en vouloir à Donatien. Il l'abandonnait ! Parti sans même avoir eu le temps de se confesser. Avait-il laissé un testament ? Que contenait-il ? De l'argent ? Des valeurs ? De toute façon, Éric et elle étaient ses uniques héritiers, donc inutile de s'inquiéter. Certes, son frère lui manquerait, ce serait dur. Ensuite, elle espérait que sa santé l'autoriserait à jouir d'une vieillesse sereine.

Au garde-à-vous, l'infirmière s'alarmait. Elle serait forcée de dépister un nouveau patient, dommage, elle avait posé ses jalons dans cet appartement. Elle redoutait de devenir l'ilote d'un malade et d'une famille despotiques ; les Vendel lui avaient fichu une paix royale, elle les regretterait. Mais Dieu qu'elle s'ennuyait, et combien elle détestait ces jérémiades dont les vivants se croient obligés d'honorer les morts ! Elle lorgna le neveu. Lui, au moins, affichait une mine dégagée. Quand elle était revenue de sa promenade, il semblait paniqué. Mais dès que le docteur eut confirmé ce qu'elle pressentait, à savoir que Donatien Vendel, suite à un traumatisme crânien, était allé rejoindre sa défunte parentèle, ses traits avaient recouvré une expression mi-narquoise mi-flegmatique. Heureux jeune homme que celui rompu à dompter ainsi ses nerfs, cela atténuait un tantinet les giries de sa maman !

Assis aux pieds de la dépouille de son oncle, Éric ressentait de la peur et de la répulsion imprégnées d'un chagrin diffus. Il ferma les paupières et se concentra sur les ultimes révélations de Donatien. L'oncle avait mentionné un trésor. Maintenant qu'il y réfléchissait, il se persuadait que c'était le délire d'un homme proche de sa fin. Comment un respectable sous-chef de gare dénué de tout engouement pour le romanesque enterrerait-il un coffre débordant de joyaux, de sequins, de doublons ? Absurde ! Oui, mais si ce mot désignait autre chose ? Éric ravala un bâillement, ces conjectures l'épuisaient, il n'avait qu'à les chasser de sa tête jusqu'à l'ouverture du testament chez le notaire. Si l'héritage ne répondait pas à ses prétentions, il se creuserait la cervelle pour résoudre la devinette de cet hypothétique trésor.

La lecture du testament conforta Éric dans la conviction que les oncles d'Amérique relevaient d'un mythe. La succession s'avéra décevante. Donatien Vendel léguait la totalité de son patrimoine à sa sœur Bernadette, ce qui se limitait au domicile de la rue du Départ, y compris l'armada des meubles, du linge de maison, des ustensiles de cuisine et tout le toutim. Quant à Éric, il devenait propriétaire d'une collection de chemins de fer miniatures soigneusement classée dans le placard du bureau. Autant dire de la camelote, à moins que…

Couché sur le dos dans sa chambre, les yeux rivés au plafond, Éric ruminait de sombres pensées. La dèche ! Puis, brodant sur une vague idée qui lui était venue lors de l'entretien chez le notaire, il parvint à la certitude que cette histoire de trésor avait peut-être un sens. Il gagna sans bruit le cagibi que l'oncle avait converti en cabinet de travail, le seul recoin de l'appartement ayant échappé aux velléités décoratives de sa sœur, son bastion. Les murs disparaissaient sous des dizaines d'affiches de danseuses en petite tenue, invitations à des équipées plus émoustillantes que celles de tous les trains de plaisir de la gare Montparnasse.

L'oncle Donatien avait raison de le rabâcher : « Dans la vie il convient de saisir les opportunités sans atermoyer. » C'était précisément le credo d'Éric Pérochon. Il se doutait, pour avoir souvent espionné le vieux, qu'en ouvrant le placard il serait récompensé. Il repoussa les modèles réduits et leurs accessoires. D'un geste, il arracha le tissu punaisé aux planches et découvrit les billets de mille francs. Il y en avait douze, une fortune ! Sa mère n'en saurait rien. Cependant, une question le tracassait : était-ce là le trésor de l'oncle ? Non, on le lui avait volé, enfin c'est ce qu'il avait affirmé à l'heure de son trépas. Et pour quels motifs avait-il fait promettre à son neveu de le venger ?

Il fallut à Éric de longues heures de réflexion avant d'envisager le plan qu'il décida d'adopter : le *comment* qui devait s'ajouter au *quand* et au *où* et pour lequel sa résolution était prise.

Il connaissait le *où* qui lui fournirait la liste. Le *quand* ne dépendait que de lui. Le *comment* était une autre paire de manches.

CHAPITRE V

Lundi 28 octobre

Joseph Pignot se tenait accoudé au comptoir où fumait une tasse de café, il regardait la rue morose et pluvieuse. Les gouttes dégoulinaient sur la vitre en grosses larmes et ruisselaient sur le trottoir.

« Aujourd'hui, le tiroir-caisse ne fera pas *cling*, j'aurais pu traînasser au lit. »

Une des deux vitrines de la libraire Elzévir exposait un assortiment de romans d'investigation ou d'aventures qui reflétait ses goûts. *La Chambre du crime*, d'Eugène Chavette, *Décapitée !*, de Fortuné du Boisgobey, avoisinaient les livres de Pierre Zaccone et *Les Cinq Sous de Lavarède*, de Paul d'Ivoi, publié l'année précédente, ainsi que quelques bouquins de Robert Louis Stevenson et d'Arthur Conan Doyle en version originale. Au milieu des couvertures criardes et envoûtantes trônaient sur des lutrins *L'Étrange Affaire des Ancolies* et *La Coupe de Thulé*, signées Joseph Pignot.

Le possesseur d'un melon râpé et d'un méchant costume à carreaux était en train d'examiner ce choix avec intérêt, indifférent à la giboulée qui lubrifiait les pavés de la rue des Saints-Pères. Ses cheveux noirs striés de gris se collaient à son cou, sans qu'il s'en souciât. Joseph, intrigué par ce personnage, s'interrogeait : avait-il atteint la notoriété, qu'on bravât les intempéries afin d'admirer ses prédilections littéraires ? Tout faraud, il se posta au seuil de la boutique.

— Je vois que Monsieur prise les textes d'évasion.

Le flâneur sursauta.

— Les romans policiers me captivent, dit-il.

— Vraiment ? Quelle satisfaction de rencontrer un connaisseur ! Vous avez des écrivains favoris ?

— Je... Je les ai tous dévorés à l'exception de... ces deux titres, bredouilla l'homme.

— Ceux qui reposent sur des lutrins ? J'en suis l'auteur, figurez-vous.

— C'est stupéfiant ! Quel honneur !

— Entrez donc, vous allez attraper la mort ! On causera.

L'homme se fit prier. Son costume s'imbiba davantage et ses chaussures détrempées prirent l'aspect de deux éponges. Aussi, quand il pénétra dans la librairie, sema-t-il une profusion d'empreintes.

— Ah, ah ! Sherlock Holmes se pourlécherait les babines à vous pister si vous étiez un malfaiteur, remarqua Joseph en passant dare-dare la serpillière avant que sa mère ne constate les dégâts.

Il avait la joie d'être seul maître à bord, mais il ne fallait pas tenter le démon. Il finit de nettoyer le plancher et guida le visiteur vers les étagères consacrées aux mystères.

— Notre sélection. Si cela vous amuse de fouiller...

L'homme hésita, puis, se dandinant d'un pied sur l'autre, balbutia :

— Je préférerais... acheter... vos livres, agrémentés... d'un autographe.

Les pommettes roses de jubilation, Joseph tendit la main et s'empara des deux volumes.

— Sacrebleu, des comme vous, y en a pas bésef ! Oh, soit dit sans épate, j'ai récolté un petit succès.

Il courut jusqu'au bureau de Kenji, caressant en guise de signe propitiatoire le buste de Molière planté sur la cheminée. Vautré dans le fauteuil de son associé, il tira de sa poche son porte-plume à réservoir.

— À quel nom, la dédicace ?

— Siméon Delmas.

Avec enthousiasme, Joseph noircit les deux pages de garde.

— Tenez. Laissez sécher l'encre. Alors vous avez lu Stevenson et Conan Doyle. Vous parlez l'anglais ?

— Oui, j'ai passé un an à Cambridge. Combien vous dois-je ?

— Deux fois trois francs cinquante, ça fait sept.

Siméon Delmas empila sur sa paume des pièces extraites de sa veste. Il n'y en avait que quatre.

— Je suis navré, je ne me suis pas muni de numéraire. Mettez-les-moi de côté, je reviendrai en fin de journée. À quelle heure fermez-vous ?

— À six heures trente. S'il vous plaît, emportez-les, j'ai confiance.

— Non, non, supposez que j'aie un contretemps. À ce soir, monsieur Pignot, je tâcherai d'être là aux alentours de six heures.

Siméon Delmas souleva son melon. À l'instant où il ouvrait la porte, il fut contraint de céder la voie à Urbain qui déboula en trombe.

— Goujat ! Malotru ! l'invectiva Joseph. Ce paroissien est d'une politesse exquise, prenez-en de la graine. Ce qui vous pend au nez, c'est de vous réveiller aux Halles à charroyer des légumes et non des bouquins !

— M'sieu Pignot, c'est pas d'ma faute, m'sieu Chaudrey fulmine parce que vos portraits politiques sont incomplets !

— D'abord, ce ne sont pas *mes* portraits, ce sont ceux d'Eugène de Mirecourt[1]. Ensuite, M. Chaudrey a eu le loisir de vérifier leur état, et en outre je lui ai concédé un rabais, vous auriez dû lui river son clou ! Ce n'est pas un motif pour bousculer les clients. Faites gaffe, hein ! Un de ces quatre, l'un d'eux vous frictionnera les oreilles !

Urbain regagna prudemment le comptoir et s'absorba dans le registre des commandes.

Victor ne se lassait pas de s'extasier sur son laboratoire de photographie installé dans l'ex-salle à manger de son appartement, rue Fontaine. Cet aménagement lui avait été suggéré par Tasha, puisqu'ils partageaient leurs repas chez elle, à l'extrémité de la cour. Il jouissait ainsi d'une vaste surface où l'outillage était réparti de façon rationnelle. Une conduite reliée à la cuisine dispensait l'eau courante au moyen d'un robinet dominant une pierre à évier en grès. Un second robinet, terminé en pomme d'arrosoir, versait une pluie destinée aux rinçages.

À gauche de l'évier, un bac recevait les bains de développement, à droite s'alignaient diverses solutions contenues dans des flacons étiquetés, parmi lesquels un bocal d'acide pyrogallique. Une cuiller de bois servait aux prélèvements, une pince à crochets permettait de saisir les clichés immergés. Devant la fenêtre qu'un store opaque obturait à volonté se trouvait la cuvette des lavages. Dans l'espace libre se côtoyaient un fourneau surmonté d'une hotte et des gazinières. Une table supportait des balances, une lanterne à verres rouge et jaune abritait une lampe à pétrole.

1. Pseudonyme de Charles Jacquot (1812-1880), auteur des *Contemporains*.

Il effleura un appareil photographique à pied 13 × 18, cadeau de Tasha pour fêter l'anniversaire de leur rencontre en juin 1889. Malgré les prédictions de certains amis bien intentionnés, son attachement envers elle ne faiblissait pas, au contraire. Le désir s'y mêlait à la tendresse et à une compréhension d'autant plus intense que tous deux s'appliquaient fougueusement à leur art.

Il adorait baguenauder à travers la capitale et fixer sur plaques sensibles ou sur pellicule la vie journalière de ses habitants. Il éprouvait une attraction marquée à l'égard des artisans et des forains, des femmes et des enfants. Reproduire leurs comportements et leurs attitudes lui paraissait primordial, il se sentait investi d'une sorte de mission : témoigner de ce monde laborieux amené peut-être à disparaître dans les remous de ce qu'on nommait la modernité. Il était néanmoins conscient que c'était insuffisant. Derrière cette opiniâtreté à sauvegarder le quotidien se cachait une aspiration similaire à celle qui, périodiquement, l'entraînait au cœur d'une enquête criminelle : débusquer ce qui échappait à l'attention des promeneurs, analyser à la loupe des photos en apparence anodines, mais recelant la possibilité d'images réservées aux initiés de l'observation.

Il s'attarda face aux derniers clichés de Tasha dénudée. Les courbes alanguies de son corps adossé à un mur suscitèrent en lui des résonances sensuelles. Comme il la chérissait !

« J'ai changé », pensa-t-il.

Autrefois, il marivaudait, il était inconstant. Puis Tasha était apparue et il avait commencé à endurer les affres de la possessivité. Ces angoisses prenaient sans doute leur source dans son enfance durant laquelle il avait craint d'être délaissé. Ce sentiment de frustration l'avait submergé jusqu'au décès d'un père honni. Il lui arrivait encore d'évoquer avec rancœur ces jours anciens et il s'en voulait de ne pouvoir se contrôler. Le mariage ne modifiait rien, il devait sans cesse exorciser ses incertitudes. Avec le temps il avait appris à tenir en respect cette oppressante sensation, à bander son énergie afin d'esquiver les soupçons qui faisaient irruption dans sa conscience devant les relations masculines de sa dulcinée.

Il décida d'améliorer ses tirages de nus puis entreprit de préparer un nouveau bain de développement. Il s'aperçut qu'il n'avait plus un gramme de bicarbonate de soude, ce qui le mit de mauvaise humeur.

Dans l'atelier où elle se battait avec un panneau monumental, une écuyère sur son cheval au galop, Tasha se disait que jamais elle ne parviendrait à égaler Lautrec. Découragée, elle repoussa sa palette et se baissa pour gratter sous le menton Kochka qui se frottait à ses jambes en ronronnant.

— Tu as de la chance, Demi-Pinceau, tu te contentes d'exister, tu dors, tu te remplis la panse, tu cours le guilledou, sauf quand nous te confinons ici de peur que tu nous infliges une nouvelle portée.

De la chance ? Pauvre chatte, à qui on avait ravi ses petits l'année précédente, dès leur sevrage, afin de les distribuer ! Certes, leurs maîtres avaient été sélectionnés sur le volet, n'empêche, Kochka en avait définitivement été séparée.

— Drôle de destin ! Toi, tu as des rejetons, ma sœur Ruhléa est enceinte, Victor et moi toujours rien. Peut-être est-ce mieux. Peut-être en souffre-t-il…

Elle s'étira, contempla son domaine et se laissa tomber dans l'un des deux fauteuils Henri IV, près du canapé Régence recouvert d'un bric-à-brac de papiers et de vêtements. Elle avait préservé le mobilier hétéroclite acquis par Victor à l'Hôtel des ventes en 1890, elle affectionnait le lit à deux places qui occupait l'alcôve, bien qu'il ait amplement souffert de leurs multiples ébats. Lorsque les ressorts se montraient trop agressifs, ils changeaient de couche et se réfugiaient chez Victor, dont l'appartement tiré au cordeau la mettait parfois mal à l'aise. Étrange que des êtres si différents puissent s'aimer à ce point ! Probablement parce que chacun respectait la liberté de l'autre.

Elle feuilleta les croquis dessinés en vue d'illustrer les contes d'Andersen, commande d'un éditeur belge qu'elle avait acceptée à défaut de vendre des tableaux. Malgré un succès d'estime remporté à son exposition en 1894 dans les locaux de *La Revue blanche*, elle n'avait été contactée par aucun amateur et perdait la foi. Elle avait beau savoir que les femmes peintres provoquaient un intérêt plus restreint que leurs homologues masculins, elle s'interrogeait sur son avenir artistique. Fallait-il persévérer ? Victor l'y incitait. Mais les matériaux, châssis et gouaches, occasionnaient de grosses dépenses, ne se lasserait-il pas ? Voilà pourquoi elle s'obstinait à poursuivre ses besognes alimentaires : illustratrice, caricaturiste fortuite dans les journaux, notamment *Le Passe-partout* où elle avait débuté, professeur d'aquarelle un jour par semaine au bénéfice des élèves de sa mère, Djina. Elle étudia minutieusement l'esquisse qu'elle jugeait la meilleure, celle de l'ondine renonçant à sa vie aquatique et à son anatomie de sirène pour un homme. N'était-elle pas semblable à cette femme-poisson, résolue à s'automutiler, non par amour mais par esprit d'indépendance ? Elle songea à la toile de fond exécutée au printemps pour le Théâtre-Libre. Beaucoup d'abnégation, un salaire dérisoire ! L'argent, ce maudit argent qui interférait avec ses créations. Devait-elle s'accommoder de l'offre émanant de ce

Reginald Leamington, un intime de l'écrivain britannique Oscar Wilde dont le procès inique avait défrayé la chronique en mai ? Il s'agissait de réaliser quatre panneaux décoratifs pour orner l'un des salons de sa propriété parisienne. Elle était tentée d'assumer ce chantier non seulement pour arrondir ses fins de mois, mais aussi parce qu'elle espérait débarrasser Victor une fois pour toutes de sa jalousie infondée et lui prouver que rien ne pourrait détruire la connivence qui s'était instaurée entre eux.

— Idiote ! Tu es pétrie de contradictions ! Tu vis auprès d'un époux adorable, et tu regrettes les froncements de sourcils qui plissaient son front dès que tu rejoignais tes camarades de la Butte ou de la rue Laffitte. Nous nous embourgeoisons, nous menons une existence végétative, hein, Kochka ? Ce vaurien de Maurice Laumier lui-même finit par me manquer !

Tasha s'était coupée du milieu des rapins montmartrois quand un certain capitaine Dreyfus, prétendu traître à la France, avait déchaîné un ouragan d'antisémitisme. Qu'il fût coupable ou non importait peu, ces messieurs les virtuoses du crayon, Willette, Forain, Caran d'Ache, avaient craché leur exécration raciste avec une virulence décuplée. Depuis le départ de l'officier pour l'île du Diable le 21 février, la situation s'était calmée. Pourtant Tasha demeurait meurtrie, suspicieuse, et se cantonnait à la société des frères Natanson[1]. Elle avait trop souffert de la haine viscérale que les Russes vouaient aux Juifs pour la subir encore dans le pays des Droits de l'homme et du citoyen. Son père, Pinkus, l'avait avertie la veille de son embarquement pour New York. Il redoutait le

1. Thadée Natanson (1868-1951), associé à ses deux frères Alexandre et Louis-Alfred (dont le nom de plume était Alfred Athis), dirigeait *La Revue blanche*.

pire. Elle soupira et reposa sa petite sirène sur la pile d'ébauches. Kochka miaula.

— Tu as raison, je dois trancher. Eh bien, les dés sont jetés, je vais agréer la proposition de Sir Reginald.

Vingt minutes avant l'heure de la fermeture, un homme en costume à carreaux et melon râpé fit son apparition. Joseph, radieux, alla vers lui.

— Vous êtes d'une ponctualité, monsieur Delmas ! Vos livres sont emballés.

— Je vous devais trois francs, les voici. J'ai pensé… Cela vous ferait-il plaisir de posséder ces exemplaires de Conan Doyle ? Je les ai en double, ils sont un peu défraîchis, mais ce sont les premières éditions anglaises.

— C'est rudement généreux de votre part. Justement, j'étudie cette langue, ce sera un excellent exercice. Nous serons mieux dans l'arrière-boutique, ici c'est la confusion.

Il venait de remarquer la silhouette imposante de sa mère plantée à deux pas de Kenji.

L'expression maussade affichée par Victor présageant un orage imminent, Kenji s'abstint de l'entretenir de ses achats de la matinée à Drouot. Il envisageait une querelle domestique et se hâta de virevolter dans les jupes d'une sémillante demoiselle en quête de récits à l'eau de rose. Il ignora le regard inquisiteur qu'Euphrosine décochait à ses cheveux enduits de « Nigritine », une teinture noire instantanée supposée le muer en jeune homme, et fit la sourde oreille à ses récriminations concernant Zulma Tailleroux :

— Elle m'a ratiboisé ma marmite, c'te gueuse ! Elle perd rien pour attendre ! Belle rose devient gratte-cul !

Répondant à l'appel énigmatique de la loi des séries, les chalands affluaient dans la librairie. Ce brouhaha aiguisait les nerfs de Victor, car, après des mois de tranquillité, Tasha avait eu l'audace de lui annoncer qu'une tâche essentielle allait la mobiliser pendant plusieurs semaines, et qu'elle serait peut-être obligée de dormir dans l'hôtel particulier de Sir Reginald Leamington, rue de la Faisanderie ! Quel était ce faisan qui lui dérobait sa compagne ? Elle l'avait décrit comme un dandy célibataire alliant le chic au charme, entiché de ses œuvres au point de souhaiter qu'elle enjolivât son intérieur de représentations mythologique. Naïades, dryades, satyres, et tutti quanti, en tenue légère, batifoleraient chez ce décadent fasciné par les doigts experts de cette recrue féminine !

Aussi quand, revêtue de sa souquenille et chaussée de ses caoutchoucs, Micheline Ballu le harponna afin de lui soumettre ses doléances, la reçut-il d'un grognement hostile. Mais affronter une concierge dotée d'une hargne digne du chien à trois têtes gardien des enfers était au-dessus de ses forces, il baissa pavillon.

— J'vous suis reconnaissante de m'avoir prêté cette mansarde au cinquième, j'y serre le trop-plein d'mes biscuits et d'mon argenterie au cas où j'serais mise à pied. Avec ce vautour de proprio et les locataires, des malveillants, des teignes, faut que j'soye parée aux coups de théâtre… Tenez, on parle du loup, v'là cette vipère de Primolin, elle est plus curieuse qu'un pot d'chambre !

Elle poussa Victor vers l'arrière-boutique.

— Méfiance. C'est très gentil à vous. Le hic, c'est qu'votre mansarde est saturée, y a surtout une cantine militaire, vous savez, celle où feu votre oncle Émile a entassé des dossiers, eh ben elle bouffe la superficie qu'est déjà réduite. J'me suis autorisée à y jeter un œil, c'est qu'des paperasses et des factures qui datent de Mathusalem. Si vous consentiez à en balancer une partie, ça m'permettrait de caser mon service à café en porcelaine en sus des jattes et des saladiers qu'j'ai transbahutés, c'est ce malheureux Onésime qui m'l'avait payé pour nos noces, tout ça pour calancher l'année suivante, si c'est pas…

— D'accord, d'accord, je vous promets de trier rapidement ces documents.

— Quand, au juste ?

Siméon Delmas observait la scène avec intérêt. Joseph crut de son devoir d'intervenir.

— Ne faites pas attention, monsieur Delmas, c'est notre concierge, elle a le verbe haut et le cœur sur la main. Mon associé, M. Legris, lui a laissé la jouissance d'une chambre de bonne dans notre immeuble, depuis elle m'asticote pour que je lui déménage son fourbi.

Il réalisa qu'il avait oublié les présentations.

— Victor, voici M. Delmas, un de mes lecteurs assidus. Monsieur Delmas, Victor Legris, mon beau-frère et associé. Puis-je montrer notre collection à M. Delmas ?

— Enchanté, dit Victor qui se retourna vers la concierge.

— Vous me prenez au dépourvu, madame Ballu, marmotta-t-il en libérant le passage.

— Vous disposerez bien d'une heure demain, c'est pas l'Pérou que j'réclame ! J'vous dépose la clé près de La Fontaine ! précisa Mme Ballu.

— Il s'agit de Molière.

— Oh, c'est du pareil au même, les perruques et les bouts rimés, ça endort, à la longue.

— Bonne nuit ! conclut Victor, excédé.

Il s'élança à l'opposé de la librairie.

— Ben il en a, des lubies ! Qu'est-ce qu'il se figure ? Que j'vais empocher mes appointements en sabotant mon ouvrage ? J'm'éreinte, moi, j'me pieute pas en compagnie des poules !

— Vous avez tort, madame Ballu, car si la poule délaisse le nid, l'omelette déserte l'assiette, lui souffla Kenji.

— J'décolle, ils sont frappés, dans c'te baraque ! clama la concierge.

Joseph tapota l'épaule de Siméon Delmas.

— Aucun souci, monsieur Delmas, une manie de la maison, on se chamaille et ça passe.

Siméon Delmas hocha la tête.

— Je comprends, je suis le benjamin d'une famille nombreuse. Nous habitions un caravansérail à Montrouge, nous étions bruyants, la concierge nous talonnait armée de son balai.

— Ah, je vois… Dites, si vous restiez dîner ? Mon épouse se ferait un plaisir de…

— Non, non, je ne veux pas abuser.

— Nous logeons au premier. On traverse la cour et on y est. Si vous désirez prévenir votre épouse…

— Je suis seul au monde.

— Alors c'est entendu.

Joseph se coula jusqu'à la porte, lança un bonsoir à la cantonade et entraîna son invité vers l'immeuble où Mme Ballu s'acharnait contre deux tapis.

Kenji dédia un sourire complice à la demoiselle tenant entre ses bras des romans de Zénaïde Fleuriot. Tout en se faufilant derrière le comptoir, il confia sa cliente à Urbain, ciseaux et ficelle prêts à l'action, et s'esquiva.

Victor eût volontiers levé le camp, mais un gandin à crinière blonde insistait pour qu'on lui procurât le traité d'architecture de Vitruve. Joseph avait pris la poudre d'escampette, le renégat, l'empêchant de s'isoler et de remâcher ses petites misères. Après s'être ingénié à déplacer des rangées de reliés sans autre résultat que d'en faire choir cinq ou six, il prétexta un rendez-vous urgent et planta là le gandin éberlué.

— Quelle brillante initiative a eue maman de disputer ce soir son tournoi de nain jaune ! Mon beau-père est aussi de sortie, ce sera plus convivial. On va souper à la fortune du pot, monsieur Delmas, et quand on aura englouti la ratatouille que ma mère a mijotée, on s'racontera des scénarios sibyllins !

Iris sympathisa d'emblée avec ce garçon qui rougissait à la moindre occasion. Il n'était guère attrayant, son nez saillant et ses favoris ébouriffés l'apparentaient à un hibou, mais quelle érudition ! La conversation roula principalement sur la carrière littéraire de Joseph, menacée de panne d'inspiration.

— Jusqu'ici je me suis satisfait en romançant des affaires criminelles auxquelles j'ai participé de concert avec mon ex-patron, M. Victor Legris.

— De véritables affaires criminelles ? s'exclama Siméon Delmas.

— Oh, modestement, en amateur éclairé. Si vous recherchez dans les journaux des années écoulées, vous trouverez mon nom et celui de M. Legris en première page.

— Ne l'écoutez pas, monsieur Delmas, ils ont pesé dans les dénouements de ces charades sans s'émouvoir de ce que pouvaient ressentir leurs proches ! s'écria Iris qui ajouta d'une voix blanche : À ma grande frayeur. Ils ont tous deux risqué d'y laisser leur vie. Désormais il est père de famille, il m'a juré de se contenter de l'écriture, n'est-ce pas ?

— Bien obligé, il ne se passe rien, bougonna Joseph, et j'ai tellement de boulot depuis que je suis associé, plus le temps de m'évader.

— Pourquoi ne pas poursuivre tes *Chroniques frénétiques de la rue Visconti* ? suggéra-elle.

— Oh, ça… C'est de l'histoire ancienne.

— Quel en était le sujet ? s'informa Siméon Delmas.

— Une biographie romancée des habitants célèbres qui y ont vécu ou travaillé, Balzac, Delacroix, Ingres, Racine et Louis Alibaud, le régicide guillotiné pour avoir voulu trucider Louis-Philippe d'un coup de canne-fusil.

— Ça me donne une idée… Et si vous utilisiez son spectre ? Supposez qu'il hante les rues de la capitale et perpétue des assassinats ?

Joseph en oublia de mastiquer.

— Ben vous… Vous en avez dans la citrouille ! C'est lumineux, je sens déjà la folle du logis me dicter des rebondissements à la pelle !

— Vraiment, monsieur Delmas, vous tirez une grosse épine du talon de mon mari, il se démoralisait depuis des semaines, merci. Pardonnez-moi, mes responsabilités de mère, remarqua Iris à l'affût des pleurs de sa fille.

— Mon vieux, ma gratitude est sincère. Ça vous tenterait de devenir notre commis ? Oh, je sais, c'est un emploi subalterne, mais ce serait toujours mieux que d'être le précepteur de moutards qui vous font tourner en bourrique. J'intercéderai auprès de mes associés.

Siméon Delmas piqua un fard. Il avait avoué gagner chichement sa vie en dispensant des leçons particulières aux deux fils d'un colonel de cavalerie. Les enfants étaient insupportables, des cancres insolents.

— J'hésite… C'est que… je suis inexpérimenté…

— Fadaises ! Vous en savez vingt fois plus que cette enclume d'Urbain ! Quant à empaqueter les livres, c'est élémentaire, moi-même j'étais l'as de l'emballage.

— Cet Urbain… Penser qu'à cause de moi il serait au chômage…

— Lui ? Vous déraillez. Son père est mandataire aux Halles, c'était une relation de ma mère. Il le pourvoira sans peine d'un turbin là-bas et, franchement, il sera à l'aise au milieu des choux et des navets !

— Je vais réfléchir. Ça me séduit.

— Topez là ! Ça vous amuserait de redescendre à la boutique ? Je vous détaillerais de quelle manière elle est agencée, c'est moi qui classe les bouquins, le stock est à la réserve, ça vous dirait de visiter ?

— J'en serais ravi.

Iris les entendit dévaler les marches. Enfin Joseph allait reprendre goût à l'existence, grâce à l'écriture ! Elle aussi allait profiter de cette quiétude retrouvée. Dès le lendemain, elle prierait Euphrosine de promener la petite au Luxembourg. Nul doute que sa coccinelle privée de points ne progressât ainsi à pas de géant !

Jeudi 31 octobre

Incapable de se consacrer à des travaux photographiques alors que sa bien-aimée désertait le domicile conjugal, Victor décida de se débarrasser de la corvée que Micheline Ballu avait réclamée de lui.

Pourquoi les objets ont-ils une pareille propension à se volatiliser lorsqu'on a besoin d'eux ? Telle était la question qui l'agitait tandis qu'il traquait la clé de la chambre de bonne autour du buste de Molière. Il avait l'impression de jouer à cache-cache avec son équilibre mental. Les câlins échangés la veille avec

Tasha n'atténuaient pas la sourde anxiété qui le minait. Ce Reginald Leamington était-il un danger ?

— Vous avez fait des ventes ? lança-t-il à Joseph.

— Siméon Delmas est allé porter deux bouquins chez la comtesse de Salignac.

— Vous êtes parvenu à vos fins, *exit* Urbain, *ave* Siméon. Un type que vous ne connaissez ni d'Ève ni d'Adam !

— M. Delmas est parfait, il est cultivé, il parle anglais.

— Et Urbain ? Le flanquer dehors sans préavis, c'est du propre !

— Je vous ferais poliment remarquer que j'ai dédommagé Urbain de ma poche.

— Encore heureux !

— M. Mori a donné son accord, alors…

— Il a voulu se simplifier la vie.

— Mais c'est que je suis débordé, moi ! Un commis compétent, c'est trop exiger ?

À bout d'arguments, Victor lança sa flèche de Parthe.

— Je parie qu'Euphrosine a été la proie d'un nouvel accès de maniaquerie aiguë, et que je lui suis redevable de la disparition de ma clé !

Joseph rétorqua, indigné :

— Ne comptez pas sur moi pour la corriger de ce défaut, elle me planque mes articles et ensuite elle assure qu'elle n'a touché à rien et que par ma faute elle la porte, sa croix, Jésus-Marie-Joseph !

Sentant qu'il se ridiculisait, Victor murmura d'une voix rauque :

— À moins que ce ne soit Kenji qui…

— Il pratique ses exercices de yoga, montez donc le cuisiner, il sera aux anges ! Moi, je penche plutôt pour une autre hypothèse : ne serait-ce pas Mme Ballu qui l'aurait chipée, votre clé ? Elle brûlait d'opérer illico.

Sans un mot, Victor sortit et franchit le porche de l'immeuble mitoyen. Joseph avait raison, cette maudite concierge l'avait devancé, il allait la surprendre sur le fait. Quand il eut gravi les six étages et parcouru le corridor qui aboutissait à la mansarde, il vit la clé dans la serrure. Il poussa brutalement la porte. La pièce, éclairée d'une pâleur parcimonieuse échappée d'une tabatière, était vide, à l'exception de quelques chaises branlantes, d'un sommier rouillé, de plusieurs cartons à chapeaux et d'une cantine métallique béante qui avait dégorgé une cataracte de papiers submergeant le tapis poussiéreux.

Saisi d'une colère subite, Victor s'apprêtait à se ruer sur la loge. Il se ravisa. Qu'allait-il récolter ? Des explications oiseuses, des propos acariâtres, bref une perte de temps et un courroux accru.

Il s'agenouilla et se mit en devoir de rassembler à l'intérieur de leurs dossiers respectifs les pages éparpillées. Il en emplirait une ou deux caisses, et dès son retour rue Fontaine prierait André Bognol de les lui livrer. Il manipula une liasse de documents ramassés au hasard, parmi lesquels un portrait au fusain retint son attention. Il avait identifié Monsieur son père, son visage émacié, ses lèvres pincées, sa barbiche à la Badinguet[1]. Émile avait dû crayonner cette caricature lors de son avant-dernier séjour à Londres, en 1866. Victor devait avoir six ans, il se remémorait confusément un bonhomme rondouillard et enjoué qui ressemblait à son frère comme un clown à un croque-mort et ne parlait que de réformes sociales et d'harmonie universelle, à la grande contrariété de son cadet. Il se souvenait d'avoir souhaité pouvoir substituer cet oncle à son père.

1. Surnom donné à l'empereur Napoléon III.

Il ne put résister à la tentation d'envoyer une pique à Mme Ballu, à quatre pattes sur le plancher du premier qu'elle raclait avec une brosse à chiendent.

— Finalement, je garde la clé, j'ai bouclé la mansarde. Pour votre gouverne, ranger et disséminer sont loin d'être synonymes. Au plaisir.

Interloquée, la concierge se redressa en se massant le dos.

— Le bonjour chez vous… C'était quoi, ce charabia ? V'là qu'j'ai droit à un débroussaillage de vocabulaire ! Comment ça, il a « bouclé la mansarde » ? J'espère bien qu'il l'a cadenassée, faudrait pas qu'cette fouine de Primolin aille fourrer son museau dans mes affaires ! Seulement s'il me rend pas la clé, j'suis en rade, moi !

Micheline Ballu demeura appuyée à la rampe, les reins endoloris, méditant sur la sombre destinée d'une veuve honnête et laborieuse incomprise de son entourage.

CHAPITRE VI

Jeudi 14 novembre

Éric Pérochon jubilait. C'était comme si l'oncle Donatien l'avait guidé à bon escient du haut de son nuage paradisiaque. La liste se composait de treize noms, inclus ceux de son oncle Donatien et de feu Émile Legris. La récupérer avait été un jeu d'enfant, ça valait la peine de prendre sur ses heures de sommeil. Dès le lendemain, muni de ce précieux document, il avait hélé un fiacre et s'était fait conduire à une adresse tirée au sort. Quelle aventure ! Plus excitante que les jeux d'argent. Il avait pris soin de s'habiller sobrement. On verrait en lui un type falot, un fonctionnaire quelconque. Cette démarche fut un fiasco. Le concierge lui signifia que la dame avait déménagé.

— Et c'est tant mieux parce que sous des dehors de sainte-nitouche, cette libertine racolait à domicile. Quant à savoir où elle a transporté ses pénates, j'en sais fichtrement rien !

Éric adopta une offensive différente. Durant les jours qui suivirent il éplucha les petites annonces et repéra le local idéal à louer au 20, passage d'Enfer, à l'entresol, sous une étude de notaire, loyer modéré. Le 5 novembre, il signait le bail et punaisait sur la porte un bristol au nom de Grandin.

Mentir à sa mère en la persuadant qu'il était embauché par un architecte et dénicher cet appartement n'avaient pas créé de difficultés. Deux chambres, l'une assez vaste, pour recevoir, l'autre, étriquée, contenant un lit et une table de chevet. La cuisine serait à la fois vestiaire et cabinet de toilette. Il prendrait ses repas à l'extérieur. Ses talents de décorateur s'étaient concentrés sur la première pièce. Certes, si Cora visitait un jour le logis de son amant, elle risquait d'avoir un drôle d'étonnement en se heurtant à la gravure sous verre du serment des Horaces, d'après le tableau de David. De même, le sévère mobilier Empire la laisserait stupéfaite. Elle s'esclafferait devant les fauteuils Jacob, le secrétaire à abattant, les candélabres de bronze doré et la console ornée d'un caoutchouc, tant cette ambiance lui semblerait ostentatoire. À la réflexion Cora ne mettrait jamais les pieds chez lui.

Les fenêtres offraient l'avantage de s'ouvrir côté rue, et l'inconvénient de se lover sous la corniche de l'étage supérieur, ce qui tamisait la luminosité. Il s'en était accommodé en accrochant un miroir au-dessus du poêle de faïence. Tapissés d'un papier ivoire à rayures brunes, les murs, le long desquels six chaises montaient la garde, signalaient qu'en ce lieu régnaient la discipline et l'austérité, mais aussi la rectitude en cas de litige. Afin de détendre la clientèle, un buffet d'acajou à crédence d'époque Second Empire alignait une délicate collection d'assiettes à filet d'or dérobées à Bernadette Pérochon. Cette touche féminine donnait à entendre qu'on veillerait avec une fermeté mêlée de magnanimité à la réussite des entreprises de chacun.

Il avait la possibilité d'agir. Il convoqua par courrier les membres de la confrérie À cloche-pied qu'il pouvait joindre, sauf bien sûr Émile Legris et Donatien, décédés.

Enfin, la veille, deux des personnes figurant sur la liste s'étaient présentées, l'une le matin, la seconde en soirée. Éric les avait éclairées du mandat dont feu M. Vendel l'avait instruit. Elles avaient prêté une oreille vigilante à cette histoire extravagante et nié être au courant de quoi que ce soit. Naïveté ? Probité ? Méfiance ? Cependant, un bakchich de cent francs leur délia la langue, elles ne firent pas d'embarras pour lui confirmer les adresses des adhérents, à l'exception de ceux qui avaient déserté l'association depuis plusieurs années. Face à ces noms Éric nota : *À vérifier*.

Vendredi 15 novembre

Victor broyait du noir. En l'espace de quelques jours, le rempart édifié contre sa jalousie s'était effondré, il avait cédé à ses incertitudes. Il était las, pourtant il savait que jamais Tasha ne lui serait infidèle, mais curieusement il éprouvait un plaisir malsain à se projeter dans une situation dramatique. Il ne supportait pas que des hommes puissent la convoiter. Depuis qu'elle frayait avec Sir Reginald Leamington et sa coterie de pseudo-créateurs elle était encore plus ravissante. Lorsqu'ils se retrouvaient le soir, elle l'abreuvait de mots d'esprit et lui agitait sous le nez des pétitions en faveur d'Oscar Wilde. Son penchant pour des individus qu'il tenait en peu d'estime devenait un obstacle à son plan de vie.

« Que m'arrive-t-il ? Est-ce le résultat de six ans d'une existence commune ? En ce cas je devrais être insensible à ses fréquentations. Imbécile ! Il est temps de laisser tomber ces enfantillages ! »

Malgré lui, il écoutait les papotages dont Euphrosine soûlait Fräulein Becker, en quête de : *Du cyclisme, hygiène et pathologie*, un opuscule du Dr Rocheblave.

— J'aurais voulu que vous zyeutiez le quatrième tableau, celui où Tiphaine Raguenel, la dame du connétable, harangue et bénit les combattants à la bataille de Cocherel. C'était tout sauf du chiqué ! Ah ! J'suis pas près d'l'oublier, ce spectacle-là, et j'remercierai jamais assez Mme de Salignac du billet qu'elle m'a procuré !

— De quelle pièce s'agit-il ? s'informa Kenji, courbé vers ses fiches.

— *Messire Du Guesclin*, un drame de Paul Déroulède qui se joue au théâtre de la Porte-Saint-Martin. Toutes les phrases riment !

— On appelle cela des vers, grommela Kenji avec une note d'agacement. Paul Déroulède ? Le chevalier de la revanche, le chantre du refrain patriotique ? Celui qui a commis : « Pour tout bousculer, nom de nom ! Vivent la bombe et le canon ! »

Cette réplique amusa un client qui venait de régler un relié en plein chagrin vert et le faisait emballer par Siméon Delmas. Son visage aux traits rudes, au front dégagé s'opposant à une moustache et à une courte barbe rousse, était familier à Victor. Un habitué ? Non, il s'en serait souvenu. Dommage que Joseph fût allé quérir de l'élixir des Bénédictins chez l'apothicaire de la rue Jacob pour apaiser les gencives de Daphné, il aurait su, lui. Le rouquin marcha à sa rencontre.

— Monsieur Legris ?

— Oui, je… Je me disais justement que…

— Sans doute avez-vous vendu des exemplaires de mon livre, l'année dernière ? Il s'intitule *Poil de Carotte*.

Victor se frappa la tête du plat de la main.

— Vous êtes Jules Renard, je vous ai croisé à *La Revue blanche* !

— Vous escortiez votre charmante épouse qui collabore ainsi que moi avec les Natanson. Il y avait une partie de l'équipe du *Mercure de France*, Alfred Vallette, Rachilde, Remy de Gourmont et un jeune normalien nommé Léon Blum.

— J'ai lu l'article enthousiaste qu'il a consacré à votre roman que j'ai moi-même beaucoup aimé… « Tout le monde ne peut pas être orphelin… »

Kenji lança un regard outré à Victor.

— Vous avez eu la meilleure des mères !

— C'est exact. Je pensais à feu M. mon père, il possédait une similitude confondante avec votre Mme Lepic, monsieur Renard. Puis-je savoir ce que vous avez choisi ?

— *Chronique du règne de Charles IX*, de Prosper Mérimée, un auteur de talent. Je le destine à mon fils. Fantec n'a que six ans, bientôt il appréhendera l'univers des grands écrivains.

Kenji s'était levé pour saluer Jules Renard et lui manifester sa sympathie. Plus touché qu'il ne souhaitait le laisser paraître, celui-ci se retrancha derrière une attitude ironique et dit en matière de boutade :

— Tasha m'a parlé de vous, monsieur Mori. Que ressentez-vous face aux boutiques de japonaiseries qui nous envahissent ? Je ne fais pas allusion aux estampes chères à nos peintres, mais à ces vases surchargés et à ces paravents multicolores dignes des demi-mondaines.

— *Japoniaiseries*, monsieur Renard. Ce sont des fleurs artificielles qui ambitionnent de rivaliser avec les véritables corolles. Et, bien entendu, les bourgeois s'exclament : « Oh, les belles pivoines, les superbes chrysanthèmes, on jurerait des vrais ! » Et quand ils repèrent la fleur authentique, ils la piétinent.

— Jolie repartie, je vous l'emprunterai peut-être un jour, répondit Jules Renard en prenant congé.

— Ma métaphore lui a plu, écoutez.

Kenji s'empara de *La Nouvelle Revue* de février 1895, posée sur son bureau parmi des journaux en vrac.

> — « Les yeux servent de filets où les images s'emprisonnent d'elles-mêmes. »

— Adroitement tourné, non ? Que Joseph en prenne de la graine.

Victor acquiesça. Ce dialogue succinct avait chassé ses papillons noirs. Il consulta sa montre, six heures du soir, il avait juste le temps de rejoindre Tasha au *Café oriental,* leur restaurant d'amoureux de la rue des Petits-Champs.

— Figurez-vous, monsieur Legris, qu'un médecin allemand, le Dr Hoenig, vient d'adapter la bicyclette au transport des malades !

Cette déclaration de Fräulein Becker le replongea dans la neurasthénie.

Situé entre une pompe à vapeur et des murs de couvent, l'immeuble déployait ses ailes autour de deux cours. Déodat Briquebec louait une pièce et une cuisine en enfilade, assez haut perchées pour qu'il aperçût, couronnant les toits, le faîte d'hospices où l'on accueillait des enfants abandonnés, des femmes sans ressources impuissantes à supporter la servitude d'un nourrisson, et une institution réservée aux jeunes filles aveugles. Aussi, penché à sa fenêtre, ne cherchait-il guère à contempler la façade vis-à-vis. Il se contentait d'espionner, à sa gauche, la bonne récemment entrée au service de deux vieilles dames enseignant le solfège et la harpe à des têtes blondes privées du moindre don musical. Un de ses amis s'était ravi lors d'une visite :

— C'est beau, la harpe ! Ce qu'on peut faire avec des cordes !

— Ouais, suspendre une lessive, par exemple, avait-il rétorqué vertement à son hôte.

Ce matin-là, il lorgna les bras maigrelets de la soubrette en train de lustrer des bottines. La vision des mains gercées étalant sur le balcon un régiment de souliers éveilla au fond de lui un mirage vaguement érotique. Son trouble s'accentua lorsqu'une voix de soprano modula au rez-de-chaussée le grand air du *Trouvère* et s'interrompit en un éclat de rire.

Puis la maison émit une mélopée tissée de bruits diffus, enfant torturant ses gammes au piano, percussions de casseroles, glouglous de canalisations, dominés par le « Jacquot ! Café crrrème ! » d'un perroquet.

D'un coup de peigne mouillé, Déodat traça une raie au milieu de ses cheveux gras, d'où tombèrent sur ses épaules quelques pellicules bannies d'une pichenette. Il boutonna sa redingote à col officier sous laquelle une chemise à manchettes grisâtres était enfouie dans un pantalon d'aspect militaire.

Un bol de chicorée tiède et une tartine plâtrée de fromage constituèrent le déjeuner, avalé à la hâte.

Méprisant les quolibets que lui décochaient les gamins d'une voisine tancés par lui à maintes reprises, Déodat longea la cour et tourna aussitôt avenue de l'Observatoire. Il s'empressa de dépasser la Maison du Bon-Pasteur et d'obliquer rue Cassini, vers la maternité que les femmes du peuple appelaient « la Bourbe ». À travers les branches dégarnies des marronniers, les coupoles de l'Observatoire l'aimantaient irrésistiblement. Il s'engagea sous la porte principale et atteignit un vestibule voûté d'où partait un large escalier. Il troqua son melon contre une casquette contenue dans un casier dont il possédait la clé et qui abritait également un plumeau.

Bien que son allure générale fût celle d'un ecclésiastique anglican, Déodat n'était qu'un modeste fonctionnaire, chargé de surveiller et de nettoyer les appareils d'optique exposés dans le bâtiment. Cette activité n'avait selon lui rien de négligeable. Sans ses soins méticuleux, la sculpture de Jean-Dominique Cassini, premier directeur de l'Observatoire en 1671, auteur de mémoires sur Vénus, Mars, Jupiter, et découvreur de deux satellites de Saturne, n'eût pas affiché ce poli obtenu grâce à une peau de chamois dûment appliquée. Et c'eût été dommage, cet illustre personnage étant dorénavant méconnu du public, plus féru de danseuses légères que d'érudits.

Peu économe de sa peine, Déodat s'employait à tenir impeccables les pièces précédant le bureau de l'actuel directeur, Félix Tisserand, orienté au nord sur le Luxembourg, au midi sur une terrasse dallée qui servait aux observations.

Puis il se consacrait à la salle des instruments méridiens où étaient disposés des objets d'une valeur inestimable, pendules astronomiques, télescope grégorien, théodolites, lunettes. S'il ne les avait astiqués, les savants n'auraient peut-être pas réalisé leurs glorieuses trouvailles. Imaginer qu'un grain de poussière vînt perturber le ballet des galaxies !

Il saluait ces messieurs absorbés par la rédaction de leurs calculs ou argumentant d'un point controversé et ne s'offusquait jamais de leur indifférence. Qu'était-il, sinon un infime rouage de cette immense mécanique céleste qui d'ailleurs lui était impénétrable ? C'était par l'entremise d'Émile Legris qu'il avait décroché ce poste et il lui en serait éternellement reconnaissant.

Il évita le vaste hall où étaient regroupés les nombreux fossiles scientifiques de l'établissement, domaine dévolu à son collègue Marcel Duchaumier, un blanc-bec plus au fait du « pas de la tulipe orageuse[1] » que du « grand équatorial » de François Arago.

Dans la salle centrale du second étage, il marqua comme d'habitude une pause face à la règle métallique incrustée dans le pavage. Elle indiquait l'axe nord-sud de Paris, qui avait été pour la France son méridien d'origine, jusqu'à ce qu'en 1884 celui de Greenwich le détrônât. Malgré son animosité à l'encontre de la perfide Albion, Déodat vibrait d'une vive admiration envers cette bourgade des environs de Londres qui du jour au lendemain était devenue célèbre ! D'où le sobriquet de « Greenwich » dont l'avaient affublé les sectateurs d'Émile Legris.

Il termina sa ronde sous les coupoles où, parmi de multiples trésors, étaient hébergés le cercle répétiteur de Reichenbach et le cercle parallactique de Gambey. L'équipement météorologique installé sur la plateforme et le bureau des longitudes incombaient au zèle de Marcel Duchaumier.

La matinée se déroula avec la monotonie coutumière, et, tel un chronomètre bien remonté, Déodat Briquebec se propulsa, plumeau prêt à l'action, d'un palier au suivant. Il était toutefois préoccupé, de sorte qu'il faillit omettre d'aller balayer les feuilles mortes accumulées au pied de la statue de l'astronome Le Verrier.

Ce ne fut qu'à l'heure du casse-croûte, chez un marchand de vin de la rue du Faubourg-Saint-Jacques, non loin de l'hôpital Cochin, où il se repaissait d'un ragoût de mouton, qu'il relut la lettre. Un certain maître Grandin le mandait au 20, passage d'Enfer, au sujet d'un legs dont une de ses relations l'avait institué bénéficiaire sous conditions. Il était

1. Figure exécutée par une danseuse de bal public qui soulevait ses jupes à la hauteur de la tête en tournant sur elle-même.

convié dans les plus brefs délais à l'étude sise à l'entresol.

D'un naturel suspicieux, Déodat Briquebec n'attendait rien de bon de cette nouvelle. Les mots « sous conditions » semblaient impliquer un chantage qu'il ne parvenait pas à élucider, d'autant que le testateur demeurait inconnu et que l'adresse lui répugnait. Il se souvenait en effet d'avoir lu que ce passage d'Enfer, très proche de son propre domicile, avait été en 1855 le théâtre d'un meurtre. Un cocher de fiacre nommé Collignon avait tiré à bout portant une balle dans la tempe d'un client, M. Juge, directeur de l'École normale primaire de Douai, parce que ce dernier s'était plaint auprès de l'organisme de la fourrière d'avoir payé sa course deux francs de trop. Jailli du rez-de-chaussée, un gros monsieur à barbe fournie et lorgnons avait verrouillé la porte du passage, empêchant la fuite de l'assassin, qui lui avait déclaré être un ouvrier sacrifié. Ce locataire justicier n'était autre que Pierre Joseph Proudhon, auteur d'une phrase historique, « La propriété, c'est le vol ». Quant au criminel, il était passé à la postérité et désignait désormais les cochers à haut-de-forme en cuir bouilli conduisant les véhicules de l'Urbaine ou des compagnies de voitures de place : les collignons.

Au moment de grignoter le gruyère racorni tenant lieu de dessert, Déodat Briquebec avait pris sa décision : prétendre n'avoir pas eu connaissance de l'assignation notariale et jouer les autruches. Afin de conjurer le mauvais sort, il déchira cette convocation en menus morceaux qu'il sema rue du Faubourg-Saint-Jacques. Ainsi l'après-midi s'écoula de manière plus sereine, et, à six heures pétantes, Déodat s'apprêtait à ranger sa casquette, lorsque Marcel Duchaumier lui toucha le coude.

— Un traîne-savates m'a glissé cette enveloppe à l'instant, c'est pour toi, il espérait un pourboire, le butor !

Déodat Briquebec accapara la missive sans remercier, soucieux de manifester à son coéquipier l'aversion que lui inspiraient son tutoiement et sa pingrerie.

Il ne la décacheta qu'une fois dans la rue.

> *Salut camarade ! Virgile est sorti hier de la maison de santé où on bichonnait ses rognons. À cette occasion, il nous invite tous à un médianoche chez lui, au* Miroton des Ternes. *Nous comptons absolument sur ta présence. Pour être sûrs que tu ne te défiles pas, nous nous sommes cotisés : un sapin*[1] *viendra te chercher en bas de ta turne aux alentours de sept heures. Le trajet est réglé d'avance, alors pas de faux bond !*

La signature était illisible, mais Déodat crut identifier l'écriture de cette vieille fripouille et arbora un sourire radieux. Tant pis s'il se couchait tard, un festin de Balthazar en l'honneur d'un ami ne se refusait pas. Il chiffonna le message et le jeta dans le caniveau.

À sept heures, un fiacre se gara le long du trottoir. Déodat confirma sa destination et se calfeutra frileusement à l'intérieur, fenêtres closes. Il fut satisfait de constater qu'une briquette de chauffage était posée sur le plancher, dégageant une chaleur agréable. Ce mois de novembre très humide augurait un hiver précoce. Il se cala au dossier et plaqua ses semelles à la chaufferette rectangulaire alimentée de charbons ardents.

Une flambée de soleil incendiait les arbres du Luxembourg. Déodat s'amusa à suivre les imprécises silhouettes des passants qui se perdaient dans les

1. Sapin : fiacre.

vapeurs du soir et, bercé par le roulis de la voiture, plongea dans le monde irréel de ses fantaisies. Il était séduisant, il était jeune, il avait dévoilé l'orbite d'une nouvelle planète et mérité ses galons d'académicien…

Un cahot le tira de sa rêverie. Il faisait chaud, trop chaud. Il tendit la main pour abaisser la vitre. La poignée était coincée. Il s'attaqua à celle de la portière de gauche, bloquée elle aussi.

« Qu'est-ce que ça veut dire ? »

Le fiacre longeait une avenue déserte bordée de murs en meulière au-delà desquels se profilaient des usines à gaz, des fabriques de goudron, des dépôts de pavés. Le véhicule brinquebala au-dessous d'un lugubre pont.

« Ce n'est pas la direction ! Où est-ce qu'il me trimbale, ce postillon ? »

— Vous vous trompez de sens ! Arrêtez-vous, nom de Dieu ! cria-t-il.

Déodat sentait la griserie le gagner, une paresse étrange alourdissait ses membres, un bourdonnement martelait son crâne, son regard se brouillait. Peu à peu, une torpeur l'envahit. Il dodelina, la poitrine oppressée, tandis que la combustion de la briquette se poursuivait, et que l'oxyde de carbone empoisonnait l'atmosphère confinée. Ses paupières se fermèrent. Il s'affala lentement.

Le fiacre prit de la vitesse, laissant derrière lui la rue de Tolbiac.

Tasha goba une goulée d'air, serra le ventre sans le creuser avant de souffler en contractant les abdominaux. Inculquer l'aquarelle à des pimbêches qui auraient préféré courir les magasins mettait sa patience à rude épreuve. Sa consolation était de soulager sa mère. Djina profitait de cette récréation en s'octroyant une sieste ou en mettant en ordre son logis exigu sis sur le même palier que l'atelier.

Tasha empila les tabourets, se redressa, appuya les poings sur ses hanches et s'étira en arrière afin d'atténuer ses courbatures. Elle parcourut la pièce, jaugeant les œuvres des élèves, censées reproduire une perspective de Venise signée Ziem qu'elle avait copiée au musée du Luxembourg. Une esquisse l'impressionna, celle de Marguerite Ravillon, vraiment douée, mais qui convolerait avec un minable riz-pain-sel imposé par son adjudant-chef de père, et dont les occupations artistiques se résumeraient à la confection d'ouvrages de dames.

Djina apporta un plateau où fumait un samovar et le posa sur un guéridon entre deux chevalets. Une assiette débordait de tranches de pain natté aux raisins et de gâteaux au fromage.

— Comment va ta vie d'épouse ? demanda-t-elle.

— Merveilleusement. Victor est un compagnon idéal, il est parfait.

Cette réponse élogieuse ne convainquit pas Djina. Elle voulut aborder le chapitre des enfants, mais elle se retint. Surtout éviter de peiner Tasha. Sa fille cadette Ruhléa allait accoucher à la fin de l'année. Sa joie de devenir grand-mère se tempérait du désir de conserver sa jeunesse aux yeux de Kenji.

Tasha l'étudiait comme si elle pouvait décrypter ses pensées. Elle lança d'un ton enjoué :

— Depuis qu'Iris lui a donné une petite fille, Kenji s'est assagi. Je le soupçonne d'avoir une liaison qui ressemble à un mariage. Il découche régulièrement deux nuits par semaine pour travailler, mais personne n'est dupe.

Djina rougit. Cette remarque la gênait et la comblait.

Tasha essuya ingénument une miette à la commissure de ses lèvres et emplit les tasses.

— J'ai reçu ce matin une lettre d'Amérique qui t'est également adressée. Pinkus s'inquiète. Il y a ajouté des coupures de presse que lui a procurées un ami français. Tiens.

En se rongeant l'ongle du pouce, Tasha déchiffra les pattes de mouche de son père. Emporté par son enthousiasme envers Thomas Alva Edison, il déplorait que celui-ci ne parvînt pas à sonoriser les bandes du kinétoscope.

> *… son heure viendra. En attendant, les séances publiques se multiplient. En mai, Woodville Latham a projeté dans Broadway les vues animées du match de boxe opposant Young Griffo à Battling Barnett. Énorme succès. Woodville a utilisé un Eidoloscope construit par le collaborateur français d'Edison : Eugène Lauste. En avez-vous eu des échos ? Savez-vous où en sont les frères Lumière ? Mon associé, Sean O'Flaherty, et moi, avons réalisé une bande destinée à l'Eidoloscope, dont une danse rituelle sioux et une scène de saloon très réussies. Pourvu que nous ne soyons pas coiffés au poteau par ces outsiders de frenchies !*

Tasha pouffa.

— J'ignorais que papa s'intéressait aux Indiens et à la boxe !

— Il est imprévisible.

La lettre se terminait sur des réflexions quant au sort des Juifs en Europe et particulièrement en France. Pinkus s'angoissait des conséquences néfastes de la relégation du capitaine Dreyfus à l'île du Diable et du silence pesant qui avait succédé aux incitations à la haine. Il avait joint un courageux article de Jean Ajalbert publié dans le *Gil Blas* qui débutait par ces mots :

« Que la foule, à l'âme fauve, aux instincts de bête, aille humer la honte et le sang autour des échafauds, je me l'explique encore. Mais la cruauté des écrivains, des artistes […] cela, je n'y comprends rien. »

Et un socialiste, Maurice Charnay, s'indignait :

« La raison d'État n'a pas de loi afin de surexciter le chauvinisme, de faire diversion utile au moment où le socialisme commence à pénétrer dans l'armée. »

Tasha rendit la lettre à sa mère.

— Moi, je m'attache à garder confiance en ce pays, nous ne sommes pas sous le knout des tsars.

La conversation dévia sur des considérations générales, notamment la disparition de Berthe Morisot, l'entrée du legs Caillebotte au musée du Luxembourg et les dernières sculptures de Rodin.

— Iras-tu visiter Ruhléa à Cracovie ? demanda Tasha à brûle-pourpoint. Ce serait bien que tu sois à son chevet pour la naissance.

— C'était mon intention, mais… Son époux est médecin, peut-être ne verrait-il pas d'un bon œil que… Enfin ma présence…

— Sornettes ! Cela vous permettrait de vous connaître. Je suis convaincue que M. Milos Tábor est un charmant garçon, en tout cas sur la photo de mariage il en a l'air.

— C'est vrai, je pourrais partir fin décembre, je resterais en Pologne jusqu'au printemps. Et ton amie Doucia, as-tu des nouvelles ?

— Elle a décidé d'émigrer en Amérique, elle a des tantes à New York. Je lui ai transmis l'adresse de papa.

Tasha enfila ses gants.

— Victor et moi dînons dehors.

Elle sortit, embaumant son sillage de benjoin.

Les sens exacerbés par cette fragrance, Djina regagna son appartement et se blottit près de l'âtre. Ce fut en appliquant ses paumes sur ses yeux fatigués que l'image surgit. Pinkus lui apparut, aussitôt chassé par Kenji, infiniment caressant, rassurant, attentif. À ses côtés, elle oubliait son âge. Le temps se dissolvait dans le présent. Il lui avait fait découvrir que son corps pouvait éprouver des ivresses jusque-là inconnues. Elle recherchait ses bras qui l'enlaçaient lascivement, et lorsqu'ils s'unissaient, elle saisissait la signification de l'expression « n'être qu'un ».

CHAPITRE VII

Samedi 16 novembre

L'atelier de la fonderie Piat eût séduit le dieu Vulcain s'il avait été contraint de troquer sa forge de l'Olympe contre le 85, de la rue Saint-Maur. Pareil à un temple, le vaste rectangle à toiture vitrée cerné de deux rangées de galeries abritait les modèles en bois et les magasins, alors que les machines occupaient la nef. Les bas-côtés grouillaient de tourneurs et d'ajusteurs. Au fond rougeoyaient les fourneaux exhalant des émanations de lave en fusion et de moiteur tropicale. Un tintamarre issu de chaque engin interdisait toute tentative de dialogue. Ici, c'était un rabot qui grinçait sur le métal. Là tambourinaient en cadence les marteaux agressant un palier. Les limes crissaient, les soufflets gémissaient, le charbon incandescent crépitait. La note aiguë des forets lustrés par les meules le disputait au grondement continu des poulies suspendues dans les hauteurs par un puissant mécanisme à vapeur.

Maxence Vigneux aimait fouler la couche de sable noir avec lequel on manufacturait les moules. Comme un paysan égrenant une poignée de glèbe, il l'écrasait entre ses doigts auxquels il ne devait pas coller. Seule la crème des ouvriers se voyait révéler les secrets de fabrication dont le vieil homme avait passé des années à perfectionner la recette. Il enseignait aux apprentis à se méfier de l'argile et à ne pas l'utiliser en trop grande quantité. Il supervisait les opérations de démoulage avec la virtuosité d'un maître pâtissier. Accablé par la chaleur et les gaz toxiques, il fit signe à l'ingénieur qu'il s'en allait et gagna le trottoir sombre.

Bras ballants, il chemina jusqu'à la rue populeuse du Faubourg-du-Temple, encombrée de marchands de légumes. Devant la façade du Théâtre de la République il se heurta aux forces de l'ordre en train d'appréhender un voleur à la tire malmené par les badauds. C'était un pitoyable adolescent loqueteux. Les agents le poussèrent sans ménagement à l'intérieur d'un panier à salade. En route pour le dépôt. Cette scène en généra une autre dans l'esprit de Maxence. Il devait avoir dix-huit ans. Jamais ne s'effacerait de sa mémoire la manifestation du 13 juin 1849. Trente mille gardes nationaux non armés massés au Château d'Eau avaient défilé sur les Boulevards au cri de « Vive la Constitution ! ». Brutalement chargés rue de la Paix, ils avaient emboîté le pas à Ledru-Rollin et à Victor Considérant jusqu'au Conservatoire des arts et métiers. Nombre d'entre eux s'étaient cachés, tandis que la répression s'abattait sur Paris en état de siège. Sans l'intervention d'un libraire qui l'avait entraîné vers sa boutique de la rue des Saints-Pères où il s'était terré plusieurs semaines aux frais de la princesse, Maxence était cuit. Quand il avait enfin quitté Émile Legris et réintégré son meublé du 6, cité Dupont, il palpait dans sa poche les maximes d'un empereur nommé Marc Aurèle, mort depuis mille sept cents ans. Il y puisait sagesse et soutien, les jugeant adaptées à chaque événement de son quotidien.

Il attrapa l'omnibus N qui le laissa au Louvre. Là, il changea de véhicule et, après un interminable trajet, le A N le mena rue des Fourneaux. Il lui restait une quinzaine de minutes à pied pour atteindre la fondation Tisserand, 134, rue d'Alésia.

Il distingua le bâtiment mal éclairé où il allait s'engouffrer. Au préalable, il acheta chez un boulanger un baba au rhum qui améliorerait la soupe aux vermicelles du dîner.

Une fois de plus, la portière de la maison de retraite le réprimanda :

— À vôtre âge, c'est titiller le diable que de vous tanner le cuir près de vos fourneaux, puis de vadrouiller dans le bain d'encre de ce quartier ! Dépêchez-vous donc, votre potage refroidit.

Les semonces des braves femmes qui géraient la fondation prouvaient qu'elles se souciaient de leurs protégés. Maxence Vigneux, le doyen, faisait d'ailleurs figure de chouchou. Soigneux, poli, courageux, il méritait sans conteste la pièce quotidienne de un franc versée par l'administration, autorisant malgré cette largesse les ouvriers qu'elle hébergeait à travailler au-dehors.

Il s'empressa de saucer son assiette dans le réfectoire où un groupe d'anciens employés de la maison Jules Carpentier – instruments de mesure et d'optique – jouaient au jacquet autour du poêle à sciure.

Les chambres dévolues aux quarante pensionnaires se répartissaient sur deux étages. Maxence Vigneux grimpa au second, saluant ici et là une vague relation. Il n'avait aucun ami, hormis Cyprien, son voisin de gauche, un quinquagénaire crachant ses poumons après quatre lustres de vagabondage et quinze années de labeur à la Société des mines de bitume et d'asphalte. Maxence lui proposa de partager son baba au rhum mais Cyprien refusa, le mouchoir en tampon contre les lèvres.

Sa porte close, Maxence considéra la cellule où un lit, une table, une chaise et un placard cohabitaient à grand-peine. Certains soirs, sa vie se résumait à un tel ratage que ce décor final le déprimait. Derrière ces quelques mètres carrés se profilait le rêve de sa jeunesse, une maisonnette à la campagne, un jardin de curé, une épouse câline, trois ou quatre enfants qui prendraient soin de ses vieux jours. La réalité avait détruit cette illusion.

Maxence Vigneux s'approcha de l'eau-forte censée reproduire les traits de Marc Aurèle, punaisée au-dessus du lit, et prit les pensées de l'empereur posées sur un tabouret. Elles s'ouvrirent à une page marquée d'un signet.

> « Il faut moins t'occuper l'esprit des choses qui te manquent que de celles que tu as actuellement ; choisir même, parmi les choses que tu as, celles qui te sont le plus propres à te rendre heureux ; te rappeler leur beauté, et combien tu aurais lieu de les regretter si tu ne les avais pas. »

Ces lignes l'apaisèrent. Calé sur sa chaise, il grignota son dessert en appréciant le confort de son refuge, tandis que tant de prolétaires achevaient leur existence à la rue, rejetés après avoir servi au-delà de leur résistance. Il avait la chance d'exercer encore une activité qui, somme toute, lui plaisait.

Il se leva, plia le papier qui avait enveloppé le gâteau et le disposa près de la lettre dont le sabir notarial l'effrayait et l'assommait. Cette mise en demeure de se présenter sous huitaine à une adresse d'aussi mauvais présage l'inquiétait. « 20, passage d'Enfer », relut-il. Il fourra la lettre entre les pages d'un numéro du *Rire* ramassé dans une poubelle, un cadeau de Cyprien, chiffonnier à ses heures.

Il se préparait à éteindre la lampe à pétrole allumée à son arrivée et à se coucher, quand on frappa discrètement. Il entrebâilla.

— Toi ? Cristi, trois mois, déjà ! Quel bon vent… ? La portière t'a laissé monter ?

— Elle n'y a vu que du feu. Les copains ont décidé de ne pas languir jusqu'à l'été 96 pour une nouvelle ribouldingue. Les circonstances ne s'y prêtent qu'à moitié, s'agit de bambocher en l'honneur de Virgile, qui s'est morfondu un mois en clinique à cause de ses calculs rénaux, et de célébrer la mémoire de Donatien.

Médusé, Maxence se creusait les méninges afin de comprendre pourquoi l'on encensait Donatien Vendel. Il ne fréquentait le sous-chef de la gare Montparnasse, prompt à se hausser du col, qu'en hommage à Émile Legris.

— Tu n'es pas au courant ? Il est mort le mois dernier !

— Mort, Donatien ? articula Maxence.

— Oui, mon colon, excuse-moi de te déballer ça tout à trac, je croyais dur comme fer qu'on t'avait prévenu. Son plafond s'est éboulé sur sa tirelire, commotion cérébrale. Remarque, ça vaut sans doute mieux que de traîner dans un pieu, métamorphosé en légume. Paix à son âme. C'est le destin, y en a qui restent sur le carreau, d'autres qui reprennent du poil de la bête. Virgile est de ceux-là. La confrérie va se goinfrer séance tenante à ses frais. Tu en es ?

— C'est que… J'ai eu une rude journée, je suis vanné.

— Pas de si ni de mais, tu enterreras la troupe entière ! Faut pas laisser s'échapper une occasion de s'ébaudir et de s'empiffrer, surtout quand c'est Virgile qui régale, le roi du gigot braisé aux haricots !

L'estomac de Maxence, peu rassasié d'une soupe claire et d'un gâteau, devança sa raison. Il renoua ses godillots et endossa sa redingote éraillée. Deux ombres se faufilèrent dans l'escalier, rasant les murs, des gloussements refoulés plein la gorge.

— Tiens, colle vingt sous dans la pogne de la portière, je ne veux pas qu'elle me débusque.

À la femme revêche, Maxence expliqua d'une mine contrite que son frère était au plus mal et qu'elle n'avait qu'à lui confier un double de la clé, au cas où il reviendrait après minuit.

Les vingt sous l'amadouèrent.

— Vraiment, tu n'aurais pas dû, protesta Maxence.

— C'est une façon supérieure de huiler les serrures rouillées. Rapplique, le fiacre est là.

Ils se casèrent sur la banquette, tels des étudiants partis godailler. Maxence en oubliait les rhumatismes qui lui tiraillaient sans répit le dos et les genoux. Pendant que le véhicule ballottait sur la lugubre avenue du Maine, sombre tunnel, il s'amusait à dénombrer les pissotières émergeant de la nuit à la faveur de rares becs de gaz. Il poussa du coude son voisin.

— Hein, crois-tu, la vie est belle ! Débagouler des plaisanteries à deux à travers la capitale engourdie, quel plaisir suprême !

— Blague dans le coin, faut s'arrêter là, ça brille, ça beugle, y a sûrement des boutiques.

— Normal, c'est la rue de la Gaîté, rétorqua Maxence.

Aux coups toqués à la vitre, le cocher obtempéra, le fiacre s'immobilisa.

— J'en ai pour une minute, le temps de dégoter une boutanche, histoire de ne pas s'amener les mains vides. Ça caille, là-dedans, je t'actionne la chaufferette.

La portière claqua. Maxence Vigneux se pelotonna sur la banquette, les croquenots pressés contre la briquette chaude. Ses membres fatigués se détendirent, il se souvint d'un des meilleurs moments de son passé. Il avait sept ans, sa grand-mère, une marchande de ballons qui l'élevait suite à la mort de ses parents, lui avait payé des gaufres, en hiver, dans une brasserie des Boulevards. Ils s'étaient installés près d'une cheminée et là, gavé de chocolat et de friandises, Maxence s'était assoupi.

C'était tellement agréable, de s'abandonner, même si ce relâchement s'accompagnait d'une légère migraine. Sa respiration devint saccadée, son cœur s'emballa. Il avait trop tiré sur la corde, il aurait dû refuser. Comment combattre cette faiblesse aussi lourde qu'une chape de fonte ? Il eut une hallucination, il était prisonnier d'un cubilot, un de ces cylindres où l'on liquéfiait le métal. Un ronflement emplit sa poitrine, il se mit à tousser. La tête rejetée de côté, la bouche s'efforçant d'aspirer une bouffée d'air, il chercha la poignée à tâtons. Bloquée, elle tint bon. Il gémit. Le fiacre s'ébranla. Avant de perdre conscience, Maxence eut la certitude qu'il allait enfin rencontrer l'empereur Marc Aurèle.

CHAPITRE VIII

Lundi 18 novembre

Il y a des jours où l'on se damnerait pour qu'un lutin bondisse d'un rayonnage et vous propose d'exaucer votre vœu le plus cher. Joseph tergiversait. Exigerait-il d'être expédié sur-le-champ en Patagonie, dans les îles de la Sonde, au sommet du Kilimandjaro ? Peu importait, pourvu qu'il fût délivré des moukères. Après une nuit gâchée par les pleurs de Daphné, dont les dents renâclaient à percer, il se fût dispensé de la venue en grande pompe d'Olympe de Salignac, escortée de sa maigre amie à faciès caprin, Blanche de Cambrésis. Non contentes de bouleverser la librairie afin d'y pêcher, l'une *Eyrimah*, roman préhistorique de J.-H. Rosny, l'autre les *Lettres de femmes*, de Marcel Prévost, elles jabotaient à qui mieux mieux. Le thème privilégié portait sur les femmes, outrageusement indépendantes aux États-Unis, humbles servantes de leurs maris et de leur progéniture au Japon. Bienheureux Kenji, qui avait filé expertiser une bibliothèque à Bourg-la-Reine ! Prévoyant le danger, Victor s'était hâté de prétexter un rangement à effectuer dans la réserve. Ne restaient que Joseph et Siméon, ce dernier gratifié d'une patience angélique et d'un sourire ineffaçable. Aucun lutin ne se manifestant, Joseph s'empara d'un quotidien et progressa à reculons vers l'arrière-boutique. Des bribes de phrases lui parvinrent.

— … les désigne avec révérence *Okamisan*, ce qui signifie « maîtresse de la maison », pourtant elles ignorent totalement l'organisation des… Rendez-vous compte ! Une *indignation meeting* a tenté de forcer une mère à marier ses deux filles dans le territoire d'Idaho à deux jeunes…

Bientôt, immergé dans la lecture des faits divers, il n'entendit plus rien.

> DEUX MORTS INQUIÉTANTES EN FIACRE
>
> « Nous eûmes les perruches infectieuses. Nous avons aujourd'hui les fiacres meurtriers. Les briquettes de chauffage des voitures publiques viennent de faire deux victimes, deux hommes : Déodat Briquebec, gardien à l'Observatoire de Paris, et Maxence Vigneux, ouvrier fondeur résidant à la fondation Tisserand, rue d'Alésia, ont été retrouvés sans vie à un jour d'intervalle. La police subodore des actes malfaisants. Avons-nous affaire à un déséquilibré, à un maniaque ? Une enquête est ouverte. De son côté le Conseil d'hygiène mène une campagne des plus vives dans le but d'amener les Compagnies à recourir à des appareils fiables. Les clients sont avertis. Que les voyageurs poussent régulièrement les portières des fiacres afin de se préserver du péril de l'asphyxie. »

Joseph, qui affectionnait ce mode de transport, se sentit menacé, et céda à l'envie d'en informer son beau-frère. Une discrète marche en crabe lui permit d'atteindre l'escalier du sous-sol sans être repéré par l'ennemi.

Si Joseph fuyait les clientes indésirables, Victor fuyait Joseph. C'est pourquoi il ne goûta guère son intrusion dans l'antre où s'empilaient les invendus, mais également des merveilles méconnues. Un incunable à la main, il subit sans broncher le recensement des risques mortels guettant les utilisateurs de sapins mal aérés. En lui-même il fredonnait une chansonnette de son invention :

« C'est à Briquebec qu'il apprit le rebec grâce à un Grec exilé de La Mecque. »

— Vous m'écoutez ?

— Bien sûr, Joseph, comme toujours. Briquebec… L'écrit-on avec un C de même que la ville ?

— Non, avec un Q. Briquebeq ! Pauvre type, je suis certain qu'à l'école on le surnommait *Bric-à-brac* !

— Parmi ses nombreuses passions, mon oncle Émile était mordu de celle des châteaux. Lors de son dernier séjour à Londres, il a mentionné plusieurs fois la motte féodale de Bricquebec.

— La Motte, c'était pas le nom d'une aristocrate impliquée dans l'affaire du Collier sous le règne de Louis XVI ?

— Je vous parle d'un célèbre donjon polygonal à onze pans, flanqué d'une enceinte de huit tours, et sis dans la Manche. Il date vraisemblablement du XIIe siècle.

— Quel rapport avec ce que je viens de vous lire ?

— Aucun.

— Autrement dit, je vous dérange, et votre histoire de château c'est une façon de m'envoyer vérifier ailleurs si vous y êtes.

— Excellente idée. Si j'y suis, prévenez-moi.

Furieux, Joseph déguerpit en jetant son journal roulé en boule sur un carton.

Victor, pensif, essayait de se remémorer les détails de cette conversation avec son oncle. Les châteaux, certes, il s'y intéressait, mais justement, s'il avait évoqué celui de Bricquebec, c'était parce qu'il avait rencontré à Paris un quidam à l'identité amusante. Comment l'avait-il décrit ?

— Il n'a que vingt-quatre ans, et il en paraît le double. Cela tient sans doute à ses cheveux raides trop longs et à ses stricts vêtements noirs, il a quelque chose d'un personnage de Dickens… un clergyman.

Victor défroissa le journal. Déodat Briquebec. Un fanal clignota dans le brouillard de ses souvenirs. Déodat Briquebec, Maxence Vigneux. Ces noms lui étaient familiers. Machinalement il les souligna au crayon et nota en marge :

Vérifier… Quand ? Où ?

Où donc avait-il eu l'occasion de les examiner ? Dans un cahier ?… Non, dans le vieil échéancier d'Émile Legris. Il claqua des doigts. C'était ça ! À la mort de l'oncle, il avait passé des semaines à ranger le capharnaüm dispersé dans la boutique. Assisté de Kenji, il avait opéré un tri, jeté ce qui aurait dû l'être depuis longtemps, tels qu'emballages déchirés, factures antédiluviennes, courriers administratifs périmés. Et, selon les volontés d'Émile, regroupé ce qui concernait son culte envers Charles Fourier, et rassemblé ces reliques et des papiers personnels à l'intérieur d'une cantine militaire. La fameuse cantine dont s'était plainte Micheline Ballu et qu'il avait eu le déplaisir de découvrir dégorgeant son contenu au milieu d'ustensiles de cuisine.

« À saute-ruisseau… À saute-mouton… Non ! À cloche-pied ! » Ainsi Émile avait-il baptisé la communauté à laquelle appartenaient Déodat Briquebec et Maxence Vigneux. Diverti par cette liste inscrite sur la page de garde de l'échéancier, le Victor de dix-huit ans avait gribouillé des caricatures face au patronyme de chaque adhérent. Incapable d'énumérer les autres, il décida de procéder à une fouille approfondie de la mansarde.

Il remonta quatre à quatre dans la boutique et manqua d'être agrafé par Blanche de Cambrésis qui, à défaut de Marcel Prévost, se serait satisfaite de *La Galilée* de Pierre Loti, hélas invisible.

— Je suis à vous dans trente secondes ! promit-il en escaladant l'escalier à vis.

Sans un mot pour Iris qui berçait avec résignation son bébé hurleur, il parcourut l'appartement pour accéder à l'escalier de l'immeuble. Hors d'haleine, il ouvrit la mansarde avec la clé enfouie dans sa veste et, conséquence du ciel plombé, enfonça le pied droit dans un saladier. Empêtré de ce sabot, n'y voyant goutte, il laissa fuser une cascade de jurons. Forcé d'abandonner son soulier au piège qui le retenait, il sautilla jusqu'à ce qu'il parvînt à craquer une allumette et à enflammer une bougie. Il lui fut alors loisible d'extirper sa chaussure coincée et de la remettre. Il pesta contre le désordre de la concierge. À croupetons devant la cantine, il s'aperçut qu'elle était vide.

— Étourneau que je suis ! J'ai prié André Bognol de m'apporter rue Fontaine les documents de l'oncle dont j'avais empli deux caisses. Où les a-t-il cachées ?

Il croisa Mme Ballu qui revenait du marché, et, avec un bref salut, lui restitua la clé.

— Mille mercis, monsieur Victor, ça m'arrange, j'ai justement agencé les outils de feu Onésime, y a un fatras de boulons, de cisailles et de scies à évacuer là-haut. Mes lombaires vont implorer pitié…

Sans proposer son aide, Victor renonça à récupérer sa bicyclette pour ne pas affronter les moukères. Il rentra chez lui en fiacre, et, en dépit du froid, se priva de chaufferette.

À peine arrivé rue Fontaine, il téléphona à Joseph.

— Cher associé, on n'mesure pas le temps de la même façon, vous et moi ! Vos trente secondes ont duré deux heures ! Et qui c'est qui s'est appuyé la bique ?

— Excusez-moi, je me suis rappelé un rendez-vous, mon retard était tel que j'ai foncé.

Joseph ne parut pas dupe, mais le serment de son beau-frère d'être à son poste le lendemain dès l'ouverture le rasséréna.

Les deux caisses avaient été remisées dans un coin de l'atelier de Tasha, encore absente. Victor s'attela à la tâche.

Après une battue minutieuse, il exhuma enfin l'échéancier. Contrarié que la page de garde eût été arrachée, il s'interrogea. Lorsqu'il était allé dans la mansarde à la demande de Mme Ballu, tout était sens dessus dessous. Il avait accusé la concierge d'avoir rageusement disséminé une partie des paperasses qui la gênait. Mais pourquoi aurait-elle subtilisé ce feuillet ? Y avait-il un lien entre cet acte et la mort suspecte de deux relations d'Émile Legris ? Un diablotin le taquinait, une voix tentatrice lui soufflait : « Continue, tu es sur la voie de l'aventure et du mystère. » Il scruta une photographie un peu floue au bas de laquelle il lut : *juin 1876*. Alignés sur deux rangs, neuf hommes se serraient les coudes. Deux jeunes femmes levaient leur verre, une gamine montée en graine brandissait un métronome.

Il eut l'intuition d'avoir sous les yeux la confrérie À cloche-pied. Dommage qu'il ne pût accoler de noms à ces visages ! Mû par une idée, il traversa en flèche la cour et se rua vers son bureau.

Lorsqu'il avait emménagé dans cet appartement, il avait confié à un encadreur recommandé par Tasha pour les habiller de neuf les aquarelles de Constable, les portraits de Gainsborough et les croquis à la plume du phalanstère de Fourier, hérités de son oncle. En délivrant ces derniers de leurs anciens sous-verre, il avait constaté qu'une liste était écrite au verso de l'un d'eux.

— Lequel ? *That is the question.* Au boulot !

Il décrocha les cadres et commença à décoller les baguettes avec précaution. La chance lui sourit au dos du troisième dessin. Des noms se superposaient dans l'angle supérieur gauche, sous le titre souligné deux fois : *À cloche-pied.*

— Ida Bonneval, Mathurin Bonneval, Suzanne Bosquet, Déodat Briquebec, Reine et Lazare Ducoudray, Hugo Malpeyre, Virgile Sernin, Ernest Sorbier, Donatien Vendel, Maxence Vigneux, Évariste Voisin, épela-t-il. Ça fait douze, chacun pourvu d'un sobriquet, puis il y a toi, Fourre-Tout, mon cher oncle, le treizième larron, qui a dû prendre la photo. Merci de les avoir classés par ordre alphabétique. Hélas, pas d'adresses. Elles étaient notées sur l'échéancier, ça, j'en suis quasiment certain. Mais il me semble… L'article que Joseph m'a soumis indiquait que Déodat travaillait à l'Observatoire et que Maxence vivait… Ça m'est sorti de la cervelle, je me renseignerai demain. Ces jalons me mènent à une piste. Vérification.

Il fourragea les casiers du bureau à cylindre jusqu'à ce qu'une boîte de sucres d'orge des religieuses de Moret-sur-Loing, dissimulée sous une pile de courrier, accroche son attention.

— C'est là, quelque part au milieu de cette confusion de faire-part, mariages, naissances, baptêmes, funérailles, incroyable le nombre de gens qui ont quitté ce monde dep… Je le tiens !

Il tournait entre ses doigts une petite enveloppe envoyée à M. Émile Legris, libraire, 18, rue des Saints-Pères, en février 1888. De toute évidence, l'expéditeur ignorait la disparition de l'oncle. Il tira une carte bordée de noir où étaient rédigés ces quelques mots :

Mme Julienne Sorbier, née Catheu,
Ses fils Jean et Michel
Ont la douleur de vous apprendre
Le décès de leur époux et père
Ernest Sorbier
Les obsèques auront lieu au cimetière
du Père-Lachaise le...

— J'avais raison, Sorbier, Sorbier, ce nom m'était connu, c'est celui du dénommé Polka Piquet !

Il déchiffra de minuscules caractères, à droite :

26 *ter*, avenue Daumesnil, Paris XIIe.

— Coucou, c'est moi ! claironna Tasha. Tu fais le nettoyage par le vide ?

— Non, je... je rangeais mes tiroirs.

— Tu te lances dans une collection ? suggéra-t-elle en effleurant de sa main gantée les cartes répandues devant lui.

Désarçonné, il esquissa un sourire.

— Je ne collectionne que les femmes, ma chérie.

— J'espère être le fleuron suprême de cet assortiment.

Il admira sa robe de tussor gris-bleu broché de soie de la même nuance, ses manches à larges bouillonnés, son chapeau garni de rubans.

— Il est né sous une bonne étoile, ce Sir Reginald. Recevoir une femme si belle et si élégante !

— Grâce à toi, puisque cette toilette, c'est ton cadeau d'anniversaire de l'an dernier. Quant à Sir Reginald, réjouis-toi, il part pour Londres, où il va s'efforcer de remuer l'opinion sur le sort tragique de son ami Oscar Wilde, qui va prochainement être transféré de la prison de Wandsworth à la geôle de

Reading. Le malheureux souffre de malnutrition et est employé à la confection de sacs postaux. Un tel génie voué aux gémonies à cause de son homosexualité comme d'autres le sont parce qu'ils sont étrangers !

— Tu n'es pas invitée à Londres ?

— Pourquoi irais-je ? Je serai plus utile à Paris, où je côtoie des peintres et des écrivains. Et puis je veux achever le premier de mes panneaux, une naïade étreignant un rocher derrière lequel flotte un lointain navire surmonté d'une mince cheminée qui fume. J'ai tenté d'unir le passé au présent.

— Un rappel de ta période « sujets modernes inspirés de l'Antiquité » ?

— Discret. Mon mécène va peut-être renauder. En tout cas, un de ses hôtes actuels, un jeune homme nommé Aubrey Beardsley, ne prise guère mon style. Il va rester deux jours rue de la Faisanderie, ce seront deux jours de congé pour ta chère moitié.

— J'en suis ravi. Beardsley ? N'a-t-il pas illustré la *Salomé* de Wilde parue en 1894 ? Des esclaves nus, des anges pervers, c'est quelque peu sulfureux.

— Mais bourré de talent, Whistler le porte aux nues. Ce Beardsley n'a que vingt-trois ans, il a déjà exposé à la galerie Bing et au Salon de 1892, il fréquente Lautrec, je suis envieuse.

— Il t'intéresse ?

— Sois sérieux. Il a été un des intimes de Wilde, et en dépit de leurs rapports plutôt orageux le procès l'a éclaboussé. S'il réside chez Sir Reginald, c'est davantage parce que celui-ci est un compère d'Arthur Symons, qui édite *The Savoy*, une revue à laquelle collabore Beardsley.

— Je suis reconnaissant à ce dandy de critiquer tes œuvres, cela signifie que ma houri préférée va rallier le bercail ! Mais quarante-huit heures sont vite écoulées…

Il l'enlaça et se grisa du benjoin qui s'exhalait de ses cheveux fauves.

— Je parie que tu as profité de mon absence pour succomber aux charmes d'une énième énigme, murmura-t-elle, les yeux rivés aux faire-part.

— L'énigme, c'est toi, ma sphinxinette adorée.

— Tu détournes la conversation, selon ta vieille méthode. Tu es un hypocrite, un possessif et un menteur, l'ennui c'est que je t'aime à la folie.

— Et moi, je te déteste.

Ils s'écartèrent et se considérèrent avec tendresse. Une gaieté enfantine éclairait leurs regards. La solidité de leur passion réciproque tenait à cette faculté, fortement ancrée en chacun d'eux, d'échapper à l'absurdité des conventions.

— Mon chéri, as-tu entendu parler de Walter Pater ?

— Non, qui est-ce ?

— Un essayiste anglais, il est mort l'an passé. C'était le père spirituel d'Oscar Wilde. Pater disait à peu près ceci à ses étudiants : « Ce n'est pas le fruit de l'expérience, mais l'expérience elle-même qu'il faut chercher… Brûler toujours d'une flamme intense, précieuse, prolonger l'extase, voilà la réussite. »

— C'est exactement ce que je m'efforce de mettre en pratique.

— Tu enquêtes ? Avoue.

— *Maybe yes, maybe no.*

— En français, mon dourak.

— P'têt' ben qu'oui, p'têt' ben qu'non.

— Traduction : tu enquêtes.

Il se mit à rire et lui murmura à l'oreille :

— Pas même en rêve, ma chérie. Mes nuits sont bercées par ta présence obsédante.

— Rien que tes nuits ? Je suis déçue, tu as perdu le goût de me photographier en costume d'Ève.

Il déboutonna son corsage orné d'un grand col à revers, introduisit sa main sous une chemisette en baptiste crème, et bénit le ciel qu'elle refusât le diktat du corset.

— L'alcôve s'impatiente, chuchota-t-il.

— Prépare tes appareils.

— Au diable la photo !

Abandonnée dans la cour, Kochka gratta à la porte.

— Et au diable la gent féline, marmonna-t-il, les doigts courant sur les seins ronds et tièdes.

Même jour, début de soirée

— Ça, la psyché de Mlle Mars ? Complètement loupée, cette copie ! On vous a floué comme un ahuri de Chaillot !

— Ma souricette, vous n'envisagez tout de même pas de vous approprier l'original chez la comtesse de La Bigne ?

— Ne prononcez pas ce nom ! Je la hais, cette Valtesse de La Bigne, qui en vérité se nomme Lucie Émilie Delabigne et se prend pour l'impératrice des Indes !

— Mais vous vous ingéniez à l'imiter.

Exaspérée, Suzanne Bosquet arpentait le boudoir où elle escomptait placer son trophée. Sa robe de satin noir enrubannée de soie lilas traînait sur le plancher et s'entortillait dans ses mules à hauts talons. Enfin, elle s'apaisa et se courba vers le cadeau que lui présentait Amaury de Champlieu-Mareuil. Elle y contempla son propre visage plâtré de fard et de poudre de riz propices à gommer les quinze années qui la séparaient de son compagnon, et se tourna à demi de façon à rajuster les guipures écrues divisées en trois dents profondes sur le dos de son corsage.

« Est-il noix ! Si c'était pas un veau d'or entiché de ma personne, je l'enverrais paître ! »

Mais Suzanne était assez fine pour s'arrêter à temps d'asticoter ce grand nigaud, amateur de maîtresses mûres et maternelles. Une scène de ménage à intervalles réguliers était d'ailleurs bénéfique à ce jeune amant. La dernière datait de l'avant-veille, quand Suzanne avait ramassé sous un fauteuil un carnet de photos intitulé *Le Petit Coucher de l'Infante*, où une persilleuse appelée Fiammetta dévoilait ses dessous.

— J'la r'mets, cette princesse de l'asphalte ! C'est votre ex, une danseuse de cancan qui a épousé un archiduc russkoff, Fifi Bas-Rhin, ah c'est du joli ! Alors c'est avec ça qu'vous folâtrez quand vous n'êtes pas avec moi !

Une heure avait été nécessaire à M. de Champlieu-Mareuil afin de rassurer Suzanne et de lui certifier qu'elle était désormais l'unique déesse régnant sur son cœur.

« Quel béjaune avec son nez de traviole et ses tifs en baguettes de tambour ! » songea-t-elle une fois de plus.

Bah ! Peu importait sa plastique, pourvu qu'il lui fasse mener à grandes guides la vie dont elle avait toujours rêvée. Cette petite villa de la rue du Bel-Respiro[1] ne prétendait nullement égaler l'hôtel dont la comtesse de La Bigne, cette biche, fille-mère à quinze ans, adulée des rapins au point d'être surnommée « l'Union des peintres », avait dirigé la construction 98, boulevard Malesherbes. Une revue qualifiait sa demeure de « très moderne de goût », malgré un net penchant pour la Renaissance. Aussi Suzanne,

1. Rebaptisée rue Arsène-Houssaye en 1897.

folle de jalousie, avait-elle imposé à son amant d'engloutir une partie de son héritage dans la restauration de cette « misérable bicoque » sise à côté de la place de l'Étoile.

— J'exige un vestibule de pierre blanche agrémenté d'ibis empaillés, une salle à manger moyenâgeuse, et dans ma chambre un lit à baldaquin surmonté d'une Vénus d'argent aux bras ouverts : chacune de ses mains retiendra un panneau de dentelle formant les rideaux du plumard. Y aura une véranda, une terrasse et un jardin paysager. Et dans mon boudoir, l'exacte réplique de la psyché de Mlle Mars !

— Mais, ma souricette, cela va coûter une fortune ! Je ne suis pas le prince de Sagan[1], moi.

— Vous, vous êtes le roi du sucre, c'est mieux. Ah ! C'que j'vous aime ! Hein, qu'on a des atomes crochus, nous deux ?

Amaury de Champlieu-Mareuil s'était incliné, vaincu par la gorge plantureuse dont son hétaïre l'alléchait.

— Qu'avons-nous besoin d'une bibliothèque ? glapit-elle en avisant un des murs du salon jouxtant le boudoir.

— Je veux la remplir de beaux ouvrages reliés.

— À quoi bon ? Vous ne lisez jamais. Vous m'avez assez seriné que vous détestez gaspiller ainsi vos journées et que ça esquinte les yeux !

— La galerie appréciera. Nous recevrons le Tout-Paris.

— Mais qu'est-ce qu'elle farfouille, cette godiche ?

Suzanne se rua sur une soubrette aux traits lourds alignant les pièces d'un service à café à l'intérieur d'une armoire vitrée.

— Gare à vous si vous en fêlez une ! Elles me viennent de ma grand-mère.

1. Qui finança l'hôtel de Valtesse de La Bigne, ce qui le ruina.

En vérité, c'était un don d'Émile Legris, un de ses premiers amants, qui l'avait introduite dans les milieux bohèmes et dont elle conservait un souvenir ému.

— Et celle-là qui lit le journal ! Ma parole, mon ami, vous avez engagé un troupeau d'incapables ! Vous les avez eues au rabais, comme ce miroir ?

— Madame, pardonnez-moi ! s'empressa de s'écrier l'autre servante. C'est qu'y a de quoi avoir la frousse, y a eu deux morts à cause des briquettes de chauffage dans les fiacres ! Et justement, mon père, il s'occupe d'une voiture de louage !

Suzanne empoigna le quotidien et parcourut l'article. Deux noms dansèrent la gigue en travers de la feuille. Déodat Briquebec et Maxence Vigneux. On faisait clairement allusion à des homicides. Elle eut un bref étourdissement, la pièce tournoyait autour d'elle, elle sentit le sol se dérober sous ses jambes. Elle s'agrippa à une chaise, les yeux rivés sur *Le Figaro* tombé sur le tapis.

— Ma souricette, que vous arrive-t-il ?

— Rien, rien, j'ai dû prendre froid. Cette maison est une glacière, vous souhaitez me changer en Dame aux camélias !

— Lison, vite, les sels de Madame, chuchota Amaury de Champlieu-Mareuil.

Il s'empara du journal.

— Oh ! C'est cela qui vous a effrayée ? C'est probablement une vengeance, œuvre d'un employé de la compagnie des fiacres de l'Urbaine, on l'aura renvoyé ou je ne sais quoi, ça s'est vu. Vous n'avez pas à redouter semblable fatalité, nous avons déjà des cheminées à la prussienne, et je vais pourvoir à l'installation de calorifères où circule de l'eau chaude, vous serez bientôt dans une bouillotte !

— Ce que vous êtes pot-au-feu ! Et que cette chose est laide !

Elle repoussa sans ménagement Lison qui lui proposait un flacon de sels. S'ajoutant au choc de la réalité, la déception ressentie devant la psyché riquiqui surchargée d'angelots dodus la submergeait. Suzanne luttait contre l'affolement.

— Une veine que je ne vous ai pas supplié de m'acheter la baignoire de la Païva[1], vous auriez été fichu de me payer une cuvette ! Dieu, que cette baraque est lugubre ! Ça manque de tentures, de plantes vertes, ça manque de tout ! Quelle heure est-il ?

— Quatre heures et demie, ma souricette.

— J'ai envie de me montrer, figurez-vous, pas de me claquemurer dans cette bricabracologie !

— Je vous escorte ?

— Non, vous filez chez un fleuriste commander des palmiers en pots !

Puis saisie d'un remords, elle susurra :

— T'es un chou, mon Momo, je t'adore.

« Vas-y, ma jolie, c'est gratis. Les hommes sont si bêtes que, même lorsqu'on les ruine, ils s'imaginent être aimés pour eux-mêmes », pensa-t-elle.

Mais cette psychologie désabusée ne put chasser les alarmes provoquées par la lecture du journal. Assassinés ! Par quel tour de passe-passe la police était-elle parvenue à cette conclusion ? Son cœur piqua un galop. Il y aurait des investigations, on la trouverait, on l'interrogerait. Bah ! À quoi bon se ronger les sangs ? Amaury avait le bras long à défaut d'autre chose.

Elle se coiffa d'un large chapeau croulant sous les coques et les plumes, troqua ses mules contre des

1. La Païva (Thérèse Lachman, marquise de), 1819-1884, née à Moscou. Elle vint à Paris et épousa en troisièmes noces l'Allemand Henckel de Donnersmarck, qui fit construire pour elle un hôtel particulier aux Champs-Élysées (25, avenue des Champs-Élysées) que l'on peut visiter de nos jours.

bottines et endossa une jaquette à basque courte ondulée, qu'elle recouvrit d'une étole de vison.

Dans le tilbury conduit par un cocher à côtelettes et collet rigide, qui avait dû être témoin des Cent-Jours, Suzanne Bosquet pressait sur son sein en manière de réconfort Cacao, son caniche chocolat – le chien à la mode. Inutile de se sentir en péril. Elle, mêlée à cette histoire ? Sornettes. Elle se rappela soudain la terrible mésaventure de Donatien Vendel, ce jour d'été où, avec les deux imbéciles et Hugo Malpeyre, elle avait grimpé l'escalier du 5, rue du Départ, derrière la civière. Et si Bernadette Pérochon avait des soupçons, en ferait-elle part à la police ? Saugrenu. Autant envisager que ce gentil toutou voulût la dévorer toute crue. Elle embrassa le caniche et, en guise de diversion, se tortura les méninges, à la recherche d'un nom de guerre, le sien étant décidément trop peuple. Pourquoi pas Hermine de Combray ? Ou alors… Ermengarde de Roquebrune ? Elle étouffa un rire à l'idée que ses amis la désignaient sous le sobriquet d'Entre-Deux.

— *Eurêka !* Aphrodite d'Enghien ! Après tout, c'est ma ville natale. Superflu de préciser que mes parents y étaient charcutiers.

Le crépuscule imprégnait la cité, des badauds avaient pris place sur des chaises rangées le long de l'avenue des Champs-Élysées bordée d'arbres et de réverbères allumés. Entre les hôtels particuliers flambant neufs s'inséraient des allées sablées et les manèges de marchands de chevaux ou les magasins de célèbres carrossiers. Une pharmacie anglaise, une confiserie de luxe, une pâtisserie parvenaient à s'immiscer dans le décor.

Suzanne avait hâte d'atteindre l'avenue Marigny, d'où elle guetterait la victoria de la comtesse Greffulhe, née Caraman-Chimay. Il ne s'agissait pas de rater le défilé qui, à partir de cinq heures, saturerait l'air d'un arôme de cuir, de crottin et d'ilang-ilang, lorsque les dogcarts[1], les buggies à roues de caoutchouc, les coaches et les dos-à-dos[2] remonteraient la voie triomphale depuis le faubourg Saint-Honoré. Avec un peu de chance, Suzanne, non, Aphrodite d'Enghien, serait remarquée de la baronne de Rothschild dans son coupé reluisant attelé de deux pur-sang, ou de M. Louis Stern, dont l'automédon en bottes à revers, secondé d'un groom aux bras croisés, effleurerait de son fouet la croupe de superbes alezans. La chaussée grouillait de cavaliers, de tonneaux que tiraient des poneys, d'amazones et même de vélocipédistes. Il fallut ralentir devant l'hôtel de la Païva, et Suzanne se récita la phrase d'Émile Augier inscrite au temps de la débâcle impériale sur la porte de l'escalier :

« Ainsi que la vertu, le vice a ses degrés. »

Et l'infamie ? Gravissait-elle aussi les marches ? Le double de Suzanne se tenait debout sur l'une d'elles, assistant à l'ascension de l'ombre menaçante d'une cohorte de sergents de ville.

1. Voiture à deux roues élevées.

2. Dos-à-dos : voitures dont les occupants se tournaient le dos.

CHAPITRE IX

Mardi 19 novembre

Les mots valsaient sous les yeux d'Éric, assis sur un banc du square de la Trinité où la bise houspillait les arbres. Dans leurs triples vasques les fontaines murmuraient une rengaine lancinante :

— Tués, ils ont été tués, Déodat Briquebec et Maxence Vigneux, intoxiqués à cause de briquettes de chauffage, encagés dans des fiacres dont les vitres et les portières avaient été intentionnellement condamnées…

Le froid était trop vif, autant se réfugier dans un des nombreux mastroquets de la rue de Clichy. S'éloignant de la sinistre église de la Trinité, il eut tôt fait de s'engouffrer dans un café ordinaire, à panneaux de bois peints en rouge et ceints de dorures. Sur la table derrière laquelle il se calfeutra on avait dû servir un repas, à en juger par les miettes jonchant la nappe et la moutarde figée dans un pot de porcelaine. Un garçon vêtu d'un costume noir qu'enserrait un grand tablier à bavette bleu ôta prestement ces résidus et prit la commande.

Éric déplia le journal. La controverse opposant les tenants des briquettes, notamment les cochers, à leurs détracteurs ne l'intéressait nullement. En revanche, il se montra captivé par les récits des collignons qui avaient chargé Déodat et Maxence. Leurs déclarations concordaient. Tous deux avaient été payés d'avance par un individu qu'ils affirmaient ne pouvoir décrire parce qu'il était enveloppé d'un ulster à capuchon et déguisait manifestement sa voix. On leur avait fourni un itinéraire à respecter lors de la course qui mènerait leur client à destination. Ils ignoraient que les issues de leurs véhicules avaient été trafiquées et ne s'étaient pas aperçus du drame qui se jouait près d'eux. Il était d'usage courant de placer une chaufferette l'hiver dans leur fiacre, et aucun accident sérieux n'avait encore été déploré.

Le garçon déposa un Picon grenadine devant Éric, qui en avala une gorgée et reprit le quotidien. S'ensuivait un rapport de police notifiant que les cendres des briquettes incriminées s'étaient révélées contenir une substance produisant une quantité d'oxyde de carbone supérieure à celles des briquettes communément utilisées. Il y avait donc bien eu détermination à supprimer des vies.

Éric remua son verre de manière à faire miroiter le liquide. Qui avait pu éliminer ces pauvres diables, dont il attendait la visite après leur avoir écrit ? Il soupçonnait les deux personnes qui s'étaient présentées au 20, passage d'Enfer. En y réfléchissant mieux, elles étaient cependant susceptibles d'avoir narré leur entrevue à d'autres membres de la société figurant sur la liste. Or, si l'on va jusqu'à une telle mise en scène dans le but de pousser deux pions hors de l'échiquier, c'est que le jeu en vaut la chandelle.

« Non seulement le trésor évoqué par mon oncle n'est pas une fiction, mais c'est un fameux morceau. J'ai eu le nez creux. Je dois maintenant marcher sur des œufs, pas question de provoquer une omelette. »

Il vida son verre et consulta la liste de l'échéancier gribouillé de caricatures qu'il avait tapée à la machine.

Statuts de l'association *À cloche-pied*, destinée à la création d'un phalanstère voué à la philanthropie et à la solidarité.

Première réunion le 6 janvier 1876.

Étaient présents, par ordre alphabétique :

Bonneval Ida, née en 1863, étudiante en chant, dite Double-Croche, habite avec son père, Mathurin, 24, rue de Clichy.

Bonneval Mathurin, né en 1838, porteur d'eau, dit Flic-Flac, père d'Ida, même adresse.

Bosquet Suzanne, née en 1855, sans profession, dite Entre-Deux, 63, avenue de Wagram.

Legris Émile, fondateur, libraire, dit Fourre-Tout, 18 rue des Saints-Pères.

Malpeyre Hugo, né en 1835, philosophe ami des chiens, dit Taïaut, Castel du Bois-Joli, Domont.

Vendel Donatien, né en 1837, employé aux chemins de fer, dit Piston, 5, rue du Départ.

Vigneux Maxence, né en 1831, ouvrier fondeur, dit Max Oreille, 6, cité Dupont.

Étaient absents par impossibilité de se déplacer, ont délégué leurs voix :

Briquebec Déodat, né en 1846, gardien à l'Observatoire, dit Greenwich, 83, rue Denfert-Rochereau.

Ducoudray Reine, née en 1844, commerçante, dite Toupie, 13 *bis*, boulevard Beaumarchais.

Ducoudray Lazare, né en 1843, commerçant, dit Toton, même adresse.

Sernin Virgile, né en 1842, restaurateur, dit Gobe-Mouche, 2, rue Poncelet.

Sorbier Ernest, né en 1833, professeur de danse, dit Polka Piquet, 26 *ter*, avenue Daumesnil.

Voisin Évariste, né en 1845, champignonniste, dit Agaric, 11, chemin de la Grue, Carrières-Saint-Denis.

À l'origine ils étaient treize, Émile Legris et Donatien Vendel avaient quitté ce monde de mort naturelle, Déodat Briquebec et Maxence Vigneux avaient été asphyxiés, donc il en restait neuf. L'un d'eux était-il un meurtrier ? Comment être sûr ?

En voyant passer devant le café un petit télégraphiste, il eut une idée. Il appela le garçon afin qu'il lui procurât de quoi écrire :

Camarade,

J'ai rencontré un clerc de notaire, au 20, passage d'Enfer, pour une affaire concernant Donatien Vendel, dont je méconnaissais le décès. J'ai également lu dans la presse que les morts successives de Déodat et de Maxence, attribuées à des émanations nocives de briquettes de chauffage, étaient délibérées. J'ai peur, je me sens en danger. Le sommes-nous tous ? Je tiens à vous mettre en garde. L'un d'entre nous est peut-être en train de régler ses comptes.

Avec mes salutations confraternelles,

Évariste Voisin.

Puis il consulta de nouveau la liste et cocha chaque nom à l'aide d'un crayon en lisant à mi-voix :

— Bonneval, Ida et Mathurin, leur déposer ce billet ; Bosquet Suzanne... Trouver sa nouvelle adresse. Comment ? ; Malpeyre Hugo, lui expédier ce billet.

Il raya le nom de Donatien Vendel et ajouta : *Mort naturelle, mais accidenté en août, à Domont.*

Après Maxence Vigneux et Déodat Briquebec il nota : *Assassiné*. Les Ducoudray, leur expédier ce billet ; Sernin Virgile, lui expédier ce billet ; Sorbier Ernest : absent aux réunions depuis quelques années. En être certain. Vérifier avant de poster ; Voisin Évariste. Va servir d'appât.

Il rédigea quatre fois son texte et inscrivit les adresses des destinataires sur des enveloppes qu'il cacheta. Trois d'entre elles rejoignirent son portefeuille, la quatrième la poche de son manteau. Sa consommation payée, il se dirigea vers le 24 de la rue de Clichy, non loin de la patinoire *Le Pôle Nord*.

La concierge était invisible. Éric chercha en vain un papier mentionnant les noms des locataires. Par bonheur, une vieille femme essoufflée, précédée d'un basset impatient d'aller marquer son territoire, atteignit le paillasson au moment où il allait renoncer.

— Ida ? Elle était haute comme trois pommes qu'elle sautait sur mes genoux ! Elle a toujours rêvé de devenir chanteuse à voix et elle y est parvenue, à force de vocalises et de persévérance. Fenouillard, tire pas sur ta laisse, tu vas te garrotter l'kiki, chien idiot ! Où j'en étais ? Ah oui ! Le pauvre papa d'Ida a rendu l'âme il y a cinq ans. Ah, il s'est saigné aux quatre veines pour sa fille, ça lui a usé le cœur, au Mathurin. Sa petite avait trois ans quand sa femme est morte. Un brave homme, et serviable avec ça. Toute l'année, il transportait chez ses pratiques l'eau qu'il puisait à la fontaine publique. Vingt litres au bout de chaque bras, trente-cinq à quarante voyages par jour, souvent jusqu'au dernier étage d'un immeuble. Monter, descendre, monter, descendre du matin au soir, ça vous esquinte le tempérament… Fenouillard, arrête ! Il était laborieux, sobre, économe, le Mathurin, et encore, c'était juste financièrement. Grâce à Dieu, il y avait leur grand ami, ce monsieur libraire qui hélas leur a beaucoup manqué quand il a trépassé, en 77 ou 78. Ils ont rogné sur les dépenses, jusqu'à ce qu'Ida gagne son pain.

— Où puis-je contacter Mlle Bonneval ?

— C'est qu'elle est absente, elle a décroché un contrat en province, je n'ai aucune mémoire des lieux, en tout cas ce n'est pas la porte à côté, parce qu'elle a emporté deux grosses valises.

— Et quand reviendra-t-elle ?

— Elle a promis d'être là avant les fêtes. Excusez-moi, ça urge pour mon Fenouillard. T'as fini d'tirer, oui, crétin !

Éric attendit que la femme au basset se fût éloignée. Il raya mentalement Mathurin, considéra l'enveloppe libellée au nom de Bonneval, hésita, et finit par la glisser sous la porte de la loge. Il était temps de repérer un bureau de poste.

Sermaize-les-Bains, même jour

Le miroir reflétait un visage émacié, aux yeux cerclés de bistre, aux joues badigeonnées de cold-cream. Ida Bonneval se poudra d'une main nerveuse, et quand elle enduisit ses lèvres de rouge, le bâton lui échappa, traçant une blessure au coin de sa bouche. Elle l'effaça promptement, mais la dentelle de son mouchoir s'enchevêtra dans l'une de ses pendeloques. Elle émit un cri de douleur, une goutte de sang perlait à son oreille. Mauvais présage. Embrasser le trèfle en or épinglé sur la doublure de son réticule conjurerait peut-être le sort. La journée finissait ainsi qu'elle avait démarré : mal.

La femme de chambre qui lui apportait son plateau en milieu de matinée avait, selon ses instructions, déposé quelques feuilles de chou régionales et deux ou trois journaux parisiens. Au lendemain d'une représentation, Ida savourait cette plage de farniente où, dans une suite d'hôtel plus confortable que son logis de la rue de Clichy, elle s'adonnait au dépeçage des cancans de la presse. Elle savait que les chroniqueurs théâtraux bâclent leur papier le soir de la première, quand ce n'est pas le soir de la générale, et donnent leur opinion personnelle, qui neuf fois sur dix diffère de celle du public. Cependant, bien qu'elle ne touchât que des appointements tout juste honorables si l'on pesait les charges qui lui incombaient, elle goûtait parfois l'heureux privilège d'être citée en tant que célèbre cantatrice dépêchée par la capitale dans des municipalités de province qui tenaient l'assiette au beurre. Cette fois, elle se produisait au casino de Sermaize-les-Bains, dont le premier étage avait récemment été converti en salle de spectacles. La plupart des pisse-copie y allaient de leur tartine quant aux bienfaits de la source minérale ferrugineuse et à l'élégance architecturale de la buvette construite en 1852 sur l'initiative de la Compagnie des Eaux. La majorité concluait même en louant l'œuvre élue par les édiles locaux :

> « … jusqu'au 28 novembre seulement : *La Mascotte*, paroles et musique d'Edmond Audran, avec la divine Ida Bonneval et le grand Luciano Orvietto, propres à charmer tous ceux qui cultivent l'amour de la dive opérette. »

Elle avait siroté son jus d'orange en mordillant un croissant, immergée dans une rubrique à la gloire de Sarah Bernhardt, avant de remarquer les noms de Déodat Briquebec et de Maxence Vigneux, retrouvés morts en fiacre après avoir aspiré les vapeurs délétères de briquettes de chauffage. La police évoquait un double assassinat. Pétrifiée, incapable de déglutir, elle manqua s'étrangler. Comment la police pouvait-elle prétendre qu'il s'agissait de meurtres prémédités ?

Ida regrettait amèrement d'avoir refusé l'offre du casino de Royan, inauguré en août, de participer à deux soirées exceptionnelles au cours desquelles serait donné l'opéra-comique en trois actes et quatre tableaux *Les Cloches de Corneville.* Elle estimait n'avoir pas un laps de temps suffisant pour étudier la partition de manière satisfaisante. Eût-elle accepté, elle n'aurait pas eu besoin de retourner à Paris. Elle se sentit tomber dans un grand trou noir. Les enquêteurs allaient probablement remonter jusqu'à elle, sa carrière serait brisée.

Afin de détourner ses pensées de cette inquiétante perspective, elle se récita quatre des nombreux articles du règlement instauré par son imprésario, un vautour, une andouille, qui ne cessait de lui marteler que la prévoyance est l'un des trente-neuf devoirs de ce métier de saltimbanque.

— Ma cocotte, pour se faire connaître, il faut être connue ! Tu n'es pas une étoile, alors ne te prends pas pour le soleil. Quand tu surpasseras la renommée d'Emma Calvé[1], on en recausera.

L'imbécile ! Il allait voir ce qu'il allait voir ! Elle foulerait les planches de l'Opéra-Comique et elle le laisserait se noyer dans le premier égout venu.

Les nerfs à vif, elle se mit à déambuler en déclamant :

— « L'artiste s'engage à ne pas retarder l'heure du lever de rideau indiquée par les affiches et les

1. Cantatrice française (1862-1942). En 1892, elle tint le rôle de Carmen à l'Opéra-Comique.

programmes… L'artiste devra fournir tous ses costumes… La Direction n'est tenue de fournir à l'artiste ni cuvette ni miroir… En cas de maladie, l'artiste ne devra pas quitter la tournée, à moins qu'un certificat des médecins ne déclare que l'artiste n'est pas transportable[1]… »

L'anxiété lui avait coupé l'appétit, et son partenaire, Luciano Orvietto, Guislain Leplat pour ses intimes, s'était étonné de la voir bouder un excellent lapin chasseur qu'il avait dévoré. Il en avait oublié de la courtiser mollement et s'était endormi dans la salle à manger, pendant qu'elle courait s'enfermer dans sa chambre.

Il y avait un moyen d'escamoter l'angoisse : frapper à la porte de Suzanne Bosquet. Une femme dévoyée, mais généreuse, qui lui avait confié, « à toi seule ma biquette », sous le sceau du secret, sa nouvelle adresse. Apaisée, Ida se prépara à entrer en scène. Quelques minutes plus tard, ce fut d'un mezzo à peine voilé qu'elle s'égosilla :

— *J'aime bien mes dindons*

— *J'aime bien mes moutons…* barytonna Luciano Orvietto.

— *Quand ils font leurs doux glou glou glou…* enchaîna-t-elle.

— *Quand chacun d'eux fait bè !* acheva son partenaire.

1. Charles Baret, in *Propos d'un homme qui a bien tourné*, 1909.

CHAPITRE X

Mercredi 20 novembre

— Ma poupoule, c'est pas une infirmière que vous êtes, c'est un ange gardien ! De telles prunelles, on jurerait deux volcans, aïe, vous m'avez touché au cœur avec vos jets de lave, je crame, je vais mourir ! Si vous ne m'affirmez pas tout de suite que je suis aussi beau que l'Arc de Triomphe, je me balance par la fenêtre !

En bannière, les mollets et les pieds nus, un homme au teint rubicond talonnait une jeune fille effarouchée à travers une salle où les malades allongés sur leurs lits se divertissaient de ce galop. Un médecin jaillit, stéthoscope au cou et thermomètre dressé.

— Monsieur Sernin, je vous somme de vous étendre, vous êtes loin d'être guéri !

— Vous allez encore m'entonner du laudanum, j'en ai ma claque ! J'ai un restaurant en souffrance, moi, je pressens que les cuistots vont cochonner mon commerce !

— Et vos reins, y songez-vous ? Si nous ne dissolvons pas vos calculs, vous subirez des crises tellement atroces que cela vous fera passer à jamais le goût du bœuf en daube.

— Mes calculs, mes calculs ! Ils sont simples, mes calculs ! Une journée chez vous équivaut à cinquante clients insatisfaits. À deux francs en moyenne le repas, elle est sévère, la douloureuse !

— Vous êtes un patient trop difficile, je renonce à vous soigner. La prochaine fois, choisissez donc l'hôpital !

— Eh ! Envoyez-moi Simone, elle seule a le chic de me rassasier. J'ai toujours eu un faible envers les brunettes.

Le médecin haussa les épaules et alla examiner un vieillard. Virgile Sernin se recoucha en bougonnant. La mesure était comble. Quelque jours de plus dans ce foutoir et il traînerait ses guêtres chez lui, rétabli ou non. Il s'inquiétait surtout des cages vitrées où vivaient ses hôtes chéris. La grosse Marinette avait promis de s'en occuper, mais il était conscient de la répugnance que lui inspiraient ses reptiles et ses batraciens. Les serpents l'effrayaient tant qu'elle osait à peine les regarder. Les lézards et les salamandres lui étaient moins odieux, cependant les sustenter de leur ration quotidienne de vers, de mouches et d'insectes était un supplice qui lui soulevait le cœur. Mais le pire, c'étaient les couleuvres à collier qui réclamaient exclusivement des poissons, des crapauds, des grenouilles, des têtards et qui dégageaient une odeur alliacée. Et, bien qu'elles fussent inoffensives, elle appréhendait d'être mordue.

Du vivant de sa femme, Lucie, Virgile n'avait pas à se soucier des soins à prodiguer à ces créatures qu'elle affectionnait autant que lui. Désormais, c'était différent. Il avait été obligé de taire l'adresse de la clinique où il se rendait, de peur que ses deux maîtresses, qui ignoraient l'existence l'une de l'autre, ne viennent s'y crêper le chignon. À Yvonne, il avait écrit un mot lui expliquant qu'il partait se reposer dans la Nièvre auprès de sa tante. Mélanie l'imaginait à Bordeaux où il s'était inventé un cousin négociant en cordes. Ces fables lui avaient permis de suivre son traitement sans encombre, mais le privait d'être informé de ce qui se tramait au *Miroton des Ternes,* son établissement de la rue Poncelet.

Il s'était conduit en mariole. L'unique personne sur qui il aurait pu s'appuyer, il avait négligé de l'alerter. Reine Ducoudray était une femme remarquable, une de ces perles qu'on a tort de laisser décamper quand on lui a tapé dans l'œil. Ils avaient vécu des heures chaudes sans que ni Lucie ni Lazare ne les soupçonnent. Ils avaient été à deux doigts de lâcher leurs conjoints respectifs afin de convoler. Mais il n'avait su résister à cette gazelle aux nattes sombres embauchée pour remplacer une serveuse estropiée par un tramway. Reine les avait surpris dans la cave. Que son mari la trompât, elle l'eût supporté, mais que son amant lui fût infidèle, pas mèche. Depuis, il avait accumulé les aventures, sans toutefois rencontrer une compagne qui égalât cette rareté, une femme à la fois désirable, piquante et douée pour le business. Penser qu'elle vécût avec ce fieffé imbécile de Lazare, quel gaspillage !

Timidement, l'infirmière s'approcha, poussant un chariot couvert de médicaments et de bassins émaillés.

— Mais c'est mon adorable Vésuve à roulettes qui se radine, je redoute une éruption maousse. Aux abris !

Il s'enterra sous son drap et simula un violent tremblement.

— Voyons, monsieur Virgile, soyez raisonnable, si vous n'ingurgitez pas votre potion, je vais être enguirlandée par le Dr Garrot !

— Garrot, ça convient au poil à un écorcheur de son espèce qui saboule ses patients et son personnel !

D'accord, je me soumets. À une condition : soufflez-moi votre adresse à l'oreille. Je vous hypnotise, fixez mes pupilles, je suis un cobra royal...

Cramoisie, la jeune fille se baissa lentement.

Pendant des mois, Victor s'était évertué à exercer avec constance son sacerdoce de libraire. Après délibérations avec ses deux associés, il avait alterné jours de présence ou d'achats et moments consacrés à la photographie. À la première occasion, voilà qu'il replongeait sans remords dans une double vie nécessitant la combinaison de fariboles.

Ce mercredi-là, il téléphona donc à Kenji qu'un client l'avait contacté en vue d'une expertise, et qu'il ne viendrait qu'en début d'après-midi. Puis, guilleret de démarrer une investigation, il débita de semblables balivernes à une Tasha quelque peu alanguie suite à une nuit mouvementée. Il partit à pied, faute de bicyclette, et appareilla presque aussitôt dans un fiacre.

Le cocher refusa de dépasser la gare de Lyon, assiégée par d'interminables rangées de voitures. Victor se laissa emporter dans la marée des voyageurs qui se résorba aux abords de l'avenue Daumesnil, une de ces larges rivières où le bien-être bourgeois étalait ses commerces prospères et ses immeubles prétentieux face au viaduc du chemin de fer de Vincennes. L'ambiance eût été paisible, sans un bâtiment d'aspect revêche dont la façade courait sur deux cents mètres. La Maison d'arrêt cellulaire, plus communément dénommée prison de Mazas, était ceinte de hautes murailles et de chemins de ronde. Elle se composait d'un édifice réservé aux archives, au greffe, au logement du directeur, et d'un pavillon central, moyeu d'où s'étiraient six ailes séparées par des cours et comportant chacune trois étages de cachots.

Victor se demanda si, au fond de ces alvéoles, croupissaient les assassins qu'il avait épinglés. Il lui arrivait de percevoir l'écho d'une culpabilité liée à son rôle de limier amateur. Parfois, il endurait un cauchemar où l'une de ses proies se vengeait. Pourtant, aucun de ces criminels ne méritait sa compassion. De surcroît, s'ils étaient restés libres, ils auraient commis de nouveaux forfaits. C'était un paradoxe : en bon chasseur, il raffolait de la battue, en immoraliste, il exécrait l'hallali.

Près du vantail du numéro 26 *ter*, une plaque de cuivre signalait :

MME JULIENNE SORBIER
Leçons de danses de salon,
Valse, polka, scottish, mazurka,
R.D.C. gauche.

Il sonna à une porte vitrée derrière laquelle se découpa une silhouette hésitante. Une femme aux cheveux gris et aux traits lourds, vêtue d'une robe en lainage, se résolut à l'affronter.

— Excusez-moi de vous déranger, je sollicite un entretien avec Mme Sorbier.

— C'est moi-même. Ma caméristе est en retard. Venez-vous vous inscrire ? Nous n'avons que très peu de messieurs, toutefois…

— Non, je voulais simplement vous parler de votre époux.

— Ernest ? Cela fait sept ans qu'il nous a quittés !

— Puis-je entrer un instant ? Je me nomme Victor Legris, je suis libraire. Votre mari a été l'ami de mon oncle Émile.

Ces précisions s'insinuèrent en elle et ne parurent pas l'émouvoir puis, tels des ronds dans l'eau, provoquèrent un froncement de sourcils et une contraction des lèvres. Elle tira d'une poche des lunettes à verres épais à travers lesquelles elle contempla son interlocuteur.

— Nous serons plus à l'aise à l'intérieur...

Il s'avança le long d'un vestibule envahi de potiches qui débouchait dans une vaste pièce vide, à l'exception de tapis, d'un piano droit, de barres placées aux murs et de glaces réfléchissant ce décor à l'infini. Quelques chaises se morfondaient dans un coin, ils en prirent deux et s'assirent.

— Il est exact que votre oncle a beaucoup compté pour Ernest. Quand sa maladie de cœur s'est déclarée, dans les années 72-73, c'est Émile qui a insisté afin que mon époux consulte un spécialiste qu'on lui avait vanté. Les remèdes étaient efficaces mais onéreux, et sans l'aide matérielle d'Émile, jamais nous n'aurions eu les moyens de nous les procurer, car à cette époque nous n'enseignions encore qu'à quelques élèves, juste de quoi surnager...

Elle soupira et lissa sa jupe beige ornée de velours brun.

— Un noble personnage que votre oncle. Il avait croisé la route d'Ernest parce qu'ils étaient les habitués d'un bouchon au Quartier latin où, entre deux discussions passionnées sur Charles Fourier et deux verres de cidre, ils se défiaient au piquet. D'où le pseudonyme qu'Émile lui avait forgé en apprenant qu'il était professeur de danse.

— Vous avez expédié un faire-part de décès à mon oncle, en 1888, ne saviez-vous donc pas qu'il était mort depuis dix ans ?

Elle poussa une exclamation.

— Personne ne nous a avertis !

— Vous soutenez qu'Ernest et Émile se rencontraient régulièrement !

— Oui, avant la querelle qui les a séparés. Mon mari était un être charmant, mais il avait quelquefois un caractère de chien. Et il était despotique. Il a exigé de moi que je coupe les ponts avec votre oncle.

— Pour quels motifs, cette brouille ?

— Ernest avait perdu la foi à l'âge de quinze ans. Cela ne m'empêchait pas de l'aimer, en dépit du fait que je suis fervente catholique. En 1875, mon mari a vécu une expérience mystique qui l'a bouleversé au point que le christianisme a pris le pas sur toutes ses opinions. Cette vision a infléchi ses options politiques. Votre oncle et lui étaient en désaccord sur tout.

— Émile n'était pas athée.

— Il se proclamait agnostique, ce qui scandalisait Ernest. Il professait des idées sociales incompatibles avec les nôtres. De controverse en bisbille, ils ont fini par sortir de leurs gonds. Si Ernest en a été affligé, il s'est néanmoins buté, d'où cette rupture non seulement avec Émile, mais aussi avec d'autres relations. C'est pourquoi lorsque mon mari a été foudroyé par un infarctus, je n'ai pas envoyé de faire-part, sauf à votre oncle. Après tout, il nous avait manifesté assez de gentillesse pour que je me résigne à cette concession. N'ayant pas eu le plaisir – si j'ose m'exprimer ainsi – de le voir aux obsèques, j'en ai déduit qu'il ne nous pardonnait pas et je n'ai plus essayé de le joindre. De quoi est-il mort ?

— De consomption. Tuberculose pulmonaire. Je l'ai accompagné dans ses derniers moments. Il a été d'un stoïcisme exemplaire. Il m'a adjuré de conserver ses papiers et ses gravures concernant le fouriérisme.

Victor guettait le moindre signe prouvant que Mme Sorbier connaissait l'existence de ces documents. Elle ne tiqua pas.

— L'état de votre époux avait empiré ?

— Nous redoutions une défaillance de son cœur, le coup fut porté par une artère. Mon Dieu, ce fut terrible pour moi et les garçons ! J'ai dû assumer seule ces leçons, avec le secours de mon fils aîné, Jean, qui s'est sacrifié de sorte que son cadet achève son droit. Mais je ne regrette rien, je suis assurée qu'Ernest, là où il est, loue notre ténacité. Ah ! Si vous l'aviez fréquenté… Ses devoirs religieux n'entravaient nullement son allégresse, il dansait à la perfection, il fallait le voir exécuter une polka piquée !

Ses pieds s'activaient sur le tapis sans que le haut de son corps bougeât.

— Jean a hérité de ce don. Moi, je joue du piano. Zoé, ma belle-fille, nous seconde en rectifiant les pas et les attitudes. Mais je m'inquiète, les modes évoluent. J'ai ouï dire qu'un abominable déhanchement originaire d'Argentine a séduit, malgré sa vulgarité, des gens sans éducation. On le nomme tango. Et quant à ce cancan des bals de barrière…

Victor se leva, peu désireux d'être entraîné dans un chapitre inconnu de lui qui, en fait de chorégraphie, préférait celle des ballets classiques. Encore que, quand Fifi Bas-Rhin s'était produite au Moulin-Rouge, il eût été sujet à des émotions qui n'avaient rien d'esthétique.

Kenji fut soulagé de passer le relais à son fils adoptif. Salarié à mi-temps, Siméon Delmas disposait de ses après-midi. De son côté, Joseph avait été obligé de livrer *Les Évangiles* du comte Léon Tolstoï à Salomé de Flavignol. La relève de Victor allait l'autoriser à courir plus tôt que prévu rue de l'Échelle, où il commanderait chez un traiteur un repas fin destiné à éblouir Djina qu'il avait conviée à dîner à l'improviste.

Profitant de ce que Kenji allait embrasser Iris et Daphné, Victor descendit à la réserve consulter le journal où Joseph avait puisé des tuyaux relatifs à Déodat Briquebec et à Maxence Vigneux. Satisfait d'avoir repéré leurs adresses, il examina la rubrique nécrologique, comme cela lui arrivait parfois. Une annonce encadrée de noir éveilla son intérêt.

> « Mme Bernadette Pérochon et son fils Éric remercient tous ceux qui ont eu la civilité d'assister à la messe célébrée en la cathédrale Notre-Dame le samedi 16 novembre, trois semaines après la disparition de leur frère et oncle, M. Donatien Vendel. »

— Donatien Vendel… Donatien… Bon sang, lui aussi est sur la liste d'À cloche-pied ! clama Victor, empli d'une jubilation à la limite de l'ivresse.

Il abandonna le quotidien sur la table, et se rua au rez-de-chaussée.

— En v'là un tintouin ! Y a une anicroche ? interrogea Euphrosine, plantée au sommet de l'escalier.

— Non.

— C'est malin, à cause de vous, j'ai raté ma mayonnaise. Ah, j'la porte, ma croix !

CHAPITRE XI

Jeudi 21 novembre

Un épais catafalque piqué aux quatre coins du ciel surplombait les quais de la Seine. Lorsque la bicyclette vira rue des Saints-Pères, Victor eut la sensation de s'engager dans un souterrain, aussi se sentit-il apaisé d'accoster la librairie Elzévir, où la chaleur d'une salamandre et la vive lumière des becs Auer combattaient cette matinée presque hivernale. À peine eut-il garé son engin dans l'arrière-boutique que des trombes d'eau fouettèrent les trottoirs.

— Ça ne va guère stimuler la clientèle, observa Siméon Delmas, courbé vers une pile de basanes qu'il avait entrepris de cirer.

La conscience encore embrumée par une nuit consacrée à l'amour, Kenji approuva d'un grognement et s'attela à la rédaction de son cher catalogue.

— Joseph n'est pas descendu ? jeta Victor.

— Non, la nuit a été agitée. Décidément, la nature s'est trompée en pourvoyant les humains d'une denture : des gencives du nourrisson éclosent les chicots du vieillard, décréta Kenji.

— Poétique et optimiste, grommela Victor à mi-chemin de l'escalier.

Il dénicha Joseph échoué à la table de la cuisine. D'un air farouche, il considérait un bol de café fumant qu'il n'avait même plus la force de boire.

— Joseph, secouez-vous, j'ai d'importantes nouvelles à vous révéler. Rejoignez-moi à la réserve dès que vous aurez déjeuné.

L'exaspération ranima lentement son beau-frère.

— Elle est saumâtre, celle-là. Si j'ai pioncé trois heures, c'est bien le maximum. Va me falloir des cales pour tenir debout. Et voilà que vous…

— Mais non, vous êtes jeune, le sommeil ne vous est pas indispensable. À tout de suite.

— Il en a de bonnes, bougonna Joseph resté seul. Il ignore son bonheur, il n'est pas père, lui !

Aiguillonné par la curiosité, il avala ses griefs en même temps que son crème et, sans bruit parce qu'Iris et le bébé dormaient, lui emboîta le pas

— Tiens, vous aussi vous filez au sous-sol ? C'est une épidémie, ma parentèle se mue en cavernicoles, marmonna Kenji.

— Victor et moi nous travaillons.

Joseph contourna les gisements de papiers derrière lesquels, adossé au meuble qui accueillait jadis les bacs de son labo photo, Victor consultait un calepin.

— Alors, c'est quoi ce secret exclusif ? Un météorite titanesque a bousillé la tour Eiffel ?

— D'abord, *mea culpa*, j'ai eu tort de ne prêter qu'une oreille inattentive aux faits divers que vous m'avez lus.

— Qu'est-ce qui vous arrive ? Vous avez été frappé par la grâce ? s'écria d'un ton triomphal Joseph, qui ajouta aussitôt : Quels faits divers ?

— Les deux hommes étouffés dans des fiacres.

— Ah ! Ceux-là, avec des noms à la flan, Déodat et Maxence, ça m'a valu votre boniment sur un château fortifié ! Je présume que ces pékins ont débarrassé le plancher de façon peu orthodoxe ?

— Rien ne permet de l'affirmer. Toutefois, j'ai assemblé une succession de coïncidences un tantinet équivoques.

Victor débita le récit circonstancié de ses recherches, depuis l'échéancier amputé d'une page essentielle jusqu'à sa visite à Mme veuve Sorbier, sans omettre la messe à l'intention de Donatien Vendel.

À mesure que ces données s'additionnaient, les méninges de Joseph entamaient un branle que son visage détourné tâchait de dissimuler.

— J'admets que cette série est plutôt roide. Mais en quoi ça serait-il mes oignons ?

— Une petite enquête ne vous allèche pas ?

D'un geste dramatique, Joseph porta les mains à sa poitrine.

— J'ai une famille, la paternité me contraint à me dépouiller de mes anciens démons !

— Ménagez vos effets, je ne suis pas un de vos lecteurs assidus.

— J'ai toujours flairé votre dédain envers mes livres !

Affectant l'indifférence, Victor continua sur sa lancée :

— Il y a de bons moments dans la résolution d'une énigme. Filatures, interrogatoires, alibis, hypothèses qui s'écroulent comme des châteaux de cartes et se métamorphosent soudain en certitudes… Sans parler de multiples courses en fiacre à travers Paris. Et que de canevas propices à bâtir des intrigues romanesques parmi ces trames mouvantes !

— Merci, de ce côté-là je suis servi. J'ai démarré un roman, que vous négligerez autant que les précédents. Il s'intitule *La Vengeance du lémure*. Inutile de vous en expliquer la teneur et de vous souligner qu'un médium y invoque les esprits et que celui d'Alibaud, assoiffé de représailles, se matérialise rue Visconti, où il sème l'effroi. Vous auriez conspué mes *Chroniques frénétiques* si vous en aviez parcouru le premier chapitre... Je gaspille ma salive à vous relater mon évolution littéraire.

— Vous vous méprenez. J'admire votre créativité, et puisque vous êtes sous l'emprise de la prolixe Melpomène...

— Qui c'est, celle-là ?

— La muse de la tragédie. Allons, je cesse de vous ennuyer avec mes divagations. Écrire est un labeur ardu qui exige discipline et solitude, je conçois que la chevauchée de ce coursier anachorète vous emplisse d'enthousiasme.

— Le vôtre, de canasson, il fonce dans le brouillard, alors j'ai pas envie d'échanger une monture borgne contre une monture aveugle ! Et puis, à supposer que j'accepte, quel serait mon rôle ? Subalterne, si je ne m'abuse.

— Vous exagérez, dans la dernière affaire que nous avons couverte[1], nous étions à égalité.

— Ouais, m'accuser de m'être conduit en mauviette serait une boulette de taille. N'empêche, vous avez raflé la majorité des lauriers.

— Donc, c'est non ?

Victor s'apprêtait à quitter son beau-frère, qui lui agrippa le bras.

— Lanterner équivaut à risquer de se blouser. Comment va-t-on procéder ?

— Ce matin, je suis de corvée, un bouquiniste du quai Conti à qui Remy de Gourmont a indiqué notre adresse doit m'apporter un lot de dépareillés qui recèle peut-être un mouton à cinq pattes. Si cela vous chante, allez glaner des détails à propos de

1. Voir *Le Talisman de la Villette*, 10/18, n° 3941.

Déodat Briquebec à l'Observatoire, c'est à quelques minutes du Luxembourg. Je me fie à vous, vous vous en tirerez à merveille.

— Espérez-vous que je claque des talons et que je réponde : À vos souhaits, mon colonel ?

Victor se contenta de sourire.

— Dès votre retour, je me chargerai de Maxence Vigneux et de Donatien Vendel, ils habitaient le même quartier.

— Vous savez ce que je crois ? Vous avez débusqué un fameux lièvre. Celui ou celle qui a chambardé la mansarde et piqué la liste n'a pas couru ce danger pour des nèfles. Faudra quand même cuisiner la mère Ballu ! Je monte le premier.

Il faillit percuter Siméon Delmas, ratatiné sous l'escalier du sous-sol où s'empilaient pêle-mêle des centaines de brochés et de reliés.

— Que cherchez-vous, Siméon ?

— Le tome manquant des portraits politiques d'Eugène de Mirecourt. M. Chaudrey m'a supplié de le lui retrouver.

— Laissez tomber, mon vieux, vous finirez par vous briser les reins. M. Chaudrey est un enquiquineur, nous ne l'avons pas.

Marcel Duchaumier tétait sa cigarette, rêvant que son balai se démenait en automate autour de la statue de l'astronome Le Verrier. Quelle idée stupide avait eue son collègue, ce bernard-l'ermite englué dans son train-train, de trépasser au fond d'un fiacre ! On lui eût plus aisément pardonné d'avoir glissé sur une crotte de chien au milieu du carrefour du Lion de Belfort et de s'être cassé les deux jambes ! Les inévitables atermoiements des ronds-de-cuir seraient responsables d'un supplément de besogne pour l'unique gardien en poste. D'ici à ce qu'un partenaire vînt l'épauler, Marcel Duchaumier s'étiolerait, victime d'une anémie pernicieuse, et adieu les soirées au bal Bullier, tout proche. Quelquefois il empruntait le train, de la station Paris-Denfert jusqu'au Luxembourg. Là, un omnibus l'emportait aux Folies-Bergère où, chaque fin de semaine, le promenoir lui fournissait un étalage de jolis minois et de décolletés prometteurs.

— Excusez-moi d'interrompre votre travail, je suis journaliste au *Passe-partout* et je m'échine à rédiger un article relatif à un certain Briquebec Déodat.

— Je suis votre homme ! s'exclama Marcel Duchaumier, ravi de congédier le balai sur lequel il s'appuyait.

Le reporter, un jeune type un peu bossu aux cheveux filasse, inspirait confiance. Tracer un portrait de ce pisse-froid de Briquebec représentait un dérivatif aux tracas entraînés par sa défection.

— Déodat ? Un raseur obsédé du plumeau, et prêchi-prêcha avec ça. Le jour de sa mort, c'est tout juste s'il ne m'a pas dégoisé une leçon de morale parce que j'ai refusé d'allonger une pièce au morveux qui lui avait remis une lettre ! Je ne suis pas rapiat, mais pourquoi je dilapiderais mon fric ?

— Et que contenait-elle, cette lettre ?

Marcel Duchaumier secoua le chef et ricana.

— Peut-être que cette bourrique avait enfin enjôlé une Vénus des trottoirs ! C'était ni un joyeux drille ni un prince de contes, plutôt le genre célibataire racorni aussi vertueux qu'une rosière, et laid comme un pou, mais tous les goûts sont dans la nature, pas vrai ?

— C'était fréquent, qu'il reçoive du courrier ?

Joseph prenait des notes avec une telle application qu'avant de répliquer le gardien suggéra :

— Je vous autorise à citer mon nom, Duchaumier Marcel, comme une chaumière mais sans le *e*. Non, c'était la première fois. Y devait pas être coutumier des frasques, le Déodat. Sauf l'été, quand il s'absentait trois ou quatre jours pour se réunir avec des amis quelque part en banlieue, au mois d'août, à l'occasion d'une ripaille.

— À quel endroit ?

— Il me l'a jamais dit. Qu'il ait pu s'attirer des poteaux, ça me coupe le sifflet ! Ces cocos seraient en réalité un groupe de francs-maçons que j'en resterais pas baba, les gonces de cette engeance prolifèrent et dirigent la France en sous-main, c'est lumineux.

— J'aimerais me rendre au domicile de M. Briquebec, consentiriez-vous à me le communiquer ?

— 83, rue Denfert-Rochereau. Quelle galéjade, ce vieux roquentin culbutant une fille subjuguée par ses charmes, ce que ce serait farce !

— M'est avis qu'il ne culbutera plus personne, repartit Joseph, pressé de clore le clapet de son informateur.

Le concierge mastiquait une chique et stoppait toutes les deux minutes pour cracher un jus brunâtre sur le pavé de la cour.

— À mon âge, rien ne m'étonne. Y a bien des gens de la haute qu'ont champignon sur rue et qui sont refroidis par des crapules entrées chez eux en tapis noir. Alors, qu'un brave employé soit zigouillé dans une voiture de l'Urbaine, c'est navrant, mais hélas vieux comme mes robes, ou plutôt celles de ma moitié !

Joseph notait et rectifiait les erreurs au fur et à mesure : *pignon sur rue, tapinois, Hérode,* en se félicitant de son vocabulaire.

— Tout de même : songeriez-vous réellement à un crime ?

— Ben sinon, pourquoi les flicards se seraient-ils coltinés quatre étages ? Avec mon passe, j'ai ouvert sa chambre, tout avait été chamboulé pire que pendant *Les derniers jours de Pont-Aven* !

— Vous voulez dire de Pompéi.

— J'suis pas contrariant. Sûrement un fric-frac, pourtant il était dans la dèche, ce monsieur-là, mobilier bon marché, frusques à la décrochez-moi-ça, la dèche totale, quoi.

— Recevait-il des visites ?

— Vous confondez le métier de pipelet avec celui de confesseur ! Ça rentre, ça sort, c'est les écuries d'Josiane, ici !

Les écuries d'Augias, griffonna Joseph.

— Cet homme-là était très correct, ni chien ni femme, un cœur vierge. Il était point dérangeant.

— Des lettres, récemment ?

— Une seule. Sans adresse au verso.

Au quatrième, Joseph repéra vite la porte de Déodat, car elle était nantie de scellés. Il se tâtait quant aux voisins à contacter, lorsqu'une petite femme aux cheveux blancs et aux yeux délavés s'encadra dans un chambranle.

— Vous êtes de la police ?

— Non, journaliste. Je recueille des témoignages sur M. Briquebec.

Une seconde femme, copie conforme de la première, avait surgi. Elles se concertèrent à voix basse puis firent signe à Joseph de pénétrer chez elles.

Une harpe mangeait presque toute la superficie d'un salon tendu d'une étoffe à boutons de roses. Des pupitres lestés de partitions encerclaient une ottomane fuchsia, trois chaises s'encastraient entre un buffet et une armoire, et d'innombrables photographies de famille guerroyaient contre une marée d'aquarelles champêtres afin de masquer les murs. Dans une minuscule chambre attenante, on devinait un lit, submergé lui aussi de tissu à fleurettes.

Les sœurs Génépi, Prudence et Clémence, propriétaires des lieux, acculèrent Joseph à l'ottomane où il s'affaissa, faute d'alternative.

— Appréciez-vous la musique, monsieur... interrogea Clémence.

— Pignot, Joseph Pignot. Oui, beaucoup.

— Et quel est votre compositeur favori ? demanda Prudence.

Il avisa un portrait dominant le buffet.

— Euh... Mozart.

— Sans doute prisez-vous modérément Schubert, déplora Clémence, tournée vers le tableau.

— Et M. Briquebec, il en raffolait, lui, de la musique ? s'empressa-t-il de s'enquérir.

— On n'a jamais...

— ... très bien réussi à...

— Il ne se liait que...

— ... difficilement. Juste bonjour...

— ... et bonne nuit...

Si l'une s'obstinait à terminer les phrases entamées par son double, la compréhension allait s'avérer délicate.

— Sauf ce fameux soir...

— ... où il est ressorti après son travail.

— Nous avons craint qu'il n'ait été réclamé...

— ... d'urgence au chevet d'un parent alité même si...

— ... nous le présumions orphelin.

Légèrement étourdi, Joseph se résolut à converser avec une seule des sœurs, et lorgna Prudence. Peine perdue.

— Lui qui était la pondération personnifiée, il a dû toucher très tard au bercail…

— Éméché, enfin telle a été notre opinion…

— … quand nous avons perçu le potin dans son appartement, j'en ai eu des palpitations…

— … et moi des suffocations, dommage que notre bonne, Anaïs, ait été partie, elle nous aurait préparé…

— … une tisane, nous étions convaincues que c'était lui, qu'il se cognait partout, vu son ébriété, mais…

— … ce n'était pas lui, c'étaient des cambrioleurs, c'est ce que…

— … les policiers nous ont appris hier quand ils ont fouillé son logement et nous ont posé…

— … des tas de questions. Le pauvre homme n'a pas été victime d'une malencontreuse aventure mais d'un…

— … assassinat, où va ce monde, quelle triste époque, si on commence…

— … à occire d'honnêtes citoyens et à les détrousser, il y a trop d'incurie à tous les échelons de la…

— … société, publiez-le à l'intention de vos lecteurs, et, en ce qui nous concerne,

— … nous allons de ce pas prier un artisan…

— … de remplacer nos serrures et d'y adjoindre…

— … des verrous !

Soûlé de ce duo, Joseph titubait. Il avait engrangé des indices capitaux à propos de missives, d'une effraction et d'un meurtre.

« Si j'étais moi-même un escarpe, j'aurais eu dix fois l'occasion d'estourbir ces deux jobardes qui introduisent n'importe qui. Victor a de la jugeote, une enquête est une mine pour un romancier. »

Il déambula à pas lents rue Denfert-Rochereau jusqu'à la Maison du Bon-Pasteur, refuge plutôt que couvent. Un crieur de journaux braillait en agitant sa liasse de quotidiens :

— Édition spéciale ! Deux homicides en fiacre ! Les asphyxies étaient préméditées !

Cette nouvelle confirmait ce que les sœurs Génépi avaient raconté et changeait en évidences les pressentiments de Victor.

« Saperlotte, deux macchabées, peut-être trois si on inclut Donatien Vendel ! On se remet en selle et on replonge dans la purée de poix ! » songea Joseph, au comble de l'excitation, en feuilletant *Le Passe-partout.*

Le nez dans son canard, il aborda l'avenue de l'Observatoire, élargie dix ans plus tôt pour permettre le passage du chemin de fer d'Arpajon. Il eut la clairvoyance de fermer le quotidien au moment de traverser : un tramway à chevaux fonçait vers lui.

Victor pédalait sur des pavés disjoints. Sa bicyclette tressauta au cœur du quartier de Plaisance, en bordure de terrains maraîchers. Des maisons trapues, à l'allure presque paysanne, s'inséraient entre des vignes et de rares hôtels meublés. Rue Didot, la voiture d'un crémier juchée sur deux hautes roues, puis le cabriolet d'un boucher remorqué par une vieille jument pommelée lui bloquèrent le passage. Finalement, il gara son engin près de la loge de la fondation Tisserand. À la portière renfrognée, il déclina sa qualité de libraire ami de M. Vigneux et s'attira une moue compatissante et un léger sourire. On consentit même à lui conseiller de dialoguer avec Cyprien Bretèche, le confident du malheureux Maxence.

Un fumet corrosif, mixture de chou, de pétrole, de lessive et de savon noir, flottait dans les corridors, délaissés à cette heure de l'après-midi. Victor s'amusa à inventer un parfum populaire qui concurrencerait le patchouli et l'opopanax et le baptisa « Salade Russe » en l'honneur du tsar. Un flandrin aussi chevelu qu'un Germain, serrant contre son cœur un petit objet ovale, le héla au détour d'un couloir.

— Paraît qu'vous m'cherchez. C'est la mère Tranchet qui m'a informé, j'étais descendu lui emprunter son œuf à repriser, rappliquez, ma piaule est là.

D'un coup d'œil, Victor embrassa l'étroite pièce où un lit-cage à deux places interdisait tout mobilier, à l'exception d'un réchaud à alcool et d'une caisse de bois regorgeant de vêtements et de magazines. Des pages de revues avaient été collées aux murs : scènes de plage, garçons en costume marin coiffés de canotiers à ruban, filles capotées en robe d'organdi, bâtissant des citadelles de sable auprès de chaises longues où leurs mères jacassaient à l'abri d'ombrelles à volants. Tel était sans doute l'Eldorado rêvé de l'occupant des lieux, pressé de s'effondrer sur le lit et de s'emparer d'une chaussette. Victor demeurant debout, il tapota l'indienne qui dissimulait la literie.

— Assoyez-vous donc, l'pucier sert de causeuse, comme on dit dans l'beau monde. J'ai acheté un grand modèle exprès, parce que l'pieu, c'est l'essentiel, on y gaspille la moitié d'sa fichue vie.

— Erreur, seulement le tiers.

— Parlez pour vous, moi c'est douze plombes que j'roupille, sinon j'ai des cernes, et à mon âge ça pardonne pas.

Perplexe, Victor toisa le visage du vieil homme, labyrinthe de rides et de pattes-d'oie rescapé d'un déluge pilaire.

— Admettons. Quelle est votre position sur le sort de ce Maxence ? Les journaux subodorent un meurtre.

— Les cognes m'ont cuisiné ce matin, et j'leur ai dit : « Il avait pas plus d'fiel qu'un pigeon, le Max Oreille, alors lui couper l'sifflet c'est un double crime. »

— Pourquoi ce surnom ?

— Max Oreille ? Et d'abord qui vous êtes, vous ?

Cessant son ravaudage, Cyprien Bretèche l'étudiait pour percer ses intentions.

— Mon oncle, Émile Legris, qui m'a légué sa librairie, était un camarade de Maxence. Quand j'ai appris son décès, j'ai été bouleversé.

— Dès qu'il attaquait le chapitre « Émile », Max était intarissable. Topez là, puisque vous êtes de sa famille. J'vais vous livrer un tuyau qu'les roussins y m'auraient pas extrait d'la bouche même avec des tenailles. L'soir où il a mouché sa chandelle, le Max s'est débiné avec quelqu'un, j'l'ai pas zieuté mais j'l'ai entendu.

— Homme ou femme ?

Cyprien Bretèche gonfla les joues, signe que Victor était trop exigeant.

— Vous n'avez pas répondu à ma question. D'où tenait-il ce sobriquet de Max Oreille ?

— De sa tocade pour ce bonhomme, pis parce qu'y devenait aussi sourd qu'une bécasse dès qu'un raseur s'amenait.

Cyprien Bretèche farfouilla dans sa caisse et y prit les *Pensées* de Marc Aurèle.

— Cet ouvrage lui appartenait ?

— J'ai réussi à l'barboter hier dans sa carrée, avec la gravure du coco qui l'a écrit, plus deux ou trois bricoles, juste avant qu'ces dames fassent le nettoyage par le vide, sauf les meubles. Y a un nouveau locataire, il est maçon et son gosier est en pente raide, mais avec sa gueule d'empeigne il donne le change. Hé ! Vous êtes libraire ? Ça vous tenterait, des *Vie parisienne* ? J'en ai ramassé tout un paquet rue d'Gergovie.

— Vous êtes très obligeant, je ne vends que des livres.

— Ben, laissez-moi votre adresse, au cas où j'mettrais l'grappin sur un lot. J'vous aurais bien refilé ce bouquin-là, mais c'est un souvenir. Un copain en or, le Max Oreille, il était meilleur qu'du bon pain !

Victor lui tendit un bristol et le remercia.

Il pédala jusqu'à l'avenue d'Orléans, hésita, lui préféra l'avenue du Maine de peur de s'enliser dans les trois tronçons du boulevard Raspail, commencé depuis une éternité, et de se perdre parmi des chantiers de démolition et de reconstruction. Croyant gagner du temps, il attrapa la rue de la Gaîté, où des vendeurs à la sauvette monnayaient des contremarques à prix réduit pour les cafés-concerts et le théâtre du Montparnasse. Des Bretons en costume vendaient des crêpes et du far aux pruneaux à des commères gesticulant devant des mastroquets ornés des blasons de Rennes ou Saint-Malo.

Il parvint à s'extirper de ce magma et à s'engager dans le vestibule du numéro 5, rue du Départ. Après avoir caché sa bicyclette au fond du local à poubelles, il monta sonner à la porte marquée Vendel-Pérochon. Une imposante dame à cheveux cendrés, dont la poitrine et la croupe saillaient sous une toilette de taffetas émeraude, se montra presque aussitôt. La mention de sa parenté avec Émile Legris agit une fois de plus ainsi qu'un charme, elle l'invita à l'intérieur sans la moindre réticence. Enfoncé dans un voltaire violet au milieu d'une chambre couleur zinzolin qui lui rappelait Monsieur son père, adorateur des tons lilas, il ne tarda guère à se repentir d'avoir cité son oncle. Il avait actionné les vannes de doléances qu'il s'efforçait vainement d'interrompre.

— Seule, je suis seule, abandonnée ! La vie est injuste, je ne méritais pas un sort aussi cruel, mon mari est mort, mon frère disparaît, mon fils est parti travailler chez un architecte à Lyon et ne m'a encore envoyé aucune lettre. La bonne ? Une fainéante, une voleuse, qui m'a carotté des assiettes anglaises et m'a balancé ses huit jours sous prétexte que sa mère s'est esquinté le bras ! Ah, votre oncle était un brave homme, et mon frère lui devait son emploi de sous-chef de gare à Montparnasse, mais quand je songe dans quel état cette bande de pirates qu'il allait ponctuellement retrouver me l'a rendu en août – un accident ont-ils affirmé –, impotent, paralysé, je sens la fureur m'envahir et…

— Serait-ce une allusion à la société À clochepied ? put enfin placer Victor.

— Exactement ! Quelle ironie, alors que Donatien a perdu l'usage de son corps lors de la dernière réunion ! Pas un de ces minables n'a daigné assister à l'enterrement, certes je ne possédais que l'adresse de cet Hugo Malpeyre chez qui ils allaient se goinfrer – impossible de récupérer celles des autres dans le fatras de Donatien –, mais ce Malpeyre aurait pu les alerter ! Aucun d'eux ne se préoccupait de la santé de mon frère. Pas une visite en deux mois. Des misérables !

— Pourriez-vous me fournir des détails ?

— Des détails ? Ils ont transporté mon frère ici, et ils ont bredouillé qu'à la suite d'une chute malencontreuse dans la forêt de Montmorency Donatien avait été victime d'un malaise. Un évanouissement dont il ne s'est pas remis. Jusqu'à ce que cette locomotive provoque un traumatisme qui l'achève ! Les voilà, les détails !

— De qui s'agissait-il ?

— Il y avait Hugo Malpeyre, un ours mal léché, deux goujats qui ont jugé superflu de se présenter, et une femme, celle-là était à peu près correcte, Suzanne Taillis, Futaie ou Bosquet, je crois. Mon frère éprouvait une légère sympathie à son égard, à moins que… C'est une espèce de demi-mondaine, plutôt vulgaire, le genre qui plaît aux hommes, vous me comprenez. Bref, au printemps, Donatien avait narré en riant à mon fils, Éric – il l'aimait énormément…

Un sanglot l'empêcha de poursuivre. Victor patienta un instant, évitant d'examiner le décor violacé, puis murmura :

— Donc, votre frère avait raconté à votre fils…

Elle renifla bruyamment.

— Oui, cette Suzanne a des protecteurs successifs. Le dernier en date, qui porte un nom à coucher dehors, Amaury de Champlieu-Mareuil, a hérité d'une somme rondelette au décès de son père, propriétaire de plusieurs raffineries de sucre. Sa maîtresse a exigé qu'il lui fasse édifier un petit hôtel particulier du côté de l'Étoile. Ce qui faisait dire à Donatien : « Sacrée Suzanne, elle a toujours eu un faible pour le sucré, mais cette fois la note est salée ! »

— Vous connaissez sa nouvelle adresse ?

— Non, je n'ai retenu que celle de cet Hugo Malpeyre : Castel du Bois-Joli, à Domont.

Elle haussa le ton.

— C'était recta, quand mon frère allait là-bas, il en ramenait des poils et des puces, parce que cet individu collectionne les cabots comme Donatien les chemins de fer miniatures. Il en avait rassemblé une centaine, des merveilles de précision, un véritable trésor. Je les ai enfermés dans un coffre à la banque, je suis persuadée que cela vaut une fortune. Ses pourvoyeurs les lui faisaient payer d'or, eux aussi appartenaient à ce Cloche-pied, les Ducoudoir… non Ducoudray, je les ai entrevus un jour, la femme papotait, l'homme empochait les billets, sûrement des escrocs.

— Quelle est leur profession ?

— Marchands de jouets… La migraine me reprend, je souffre, c'est trop dur, ces soucis qui m'accablent, cette solitude… Voudriez-vous rester dîner, cher monsieur ? J'ai cuisiné une tête de veau vinaigrette…

Victor parvint à s'arracher aux enveloppements de Bernadette Pérochon. Lorsqu'il atteignit l'extrémité du boulevard Montparnasse, il déplora de ne pas avoir inspecté les papiers de Donatien Vendel, qui recélaient probablement des renseignements sur ses amis. Il faudrait se contenter de ce qu'avait divulgué la redoutable sœur. Ces ratiocinations le privèrent quelques secondes de sa prudence ordinaire. Il y eut un choc, un fracas de ferraille, une douleur à la phalange droite, coincée entre le frein et le guidon : ses roues venaient de s'encastrer dans des rails, son engin avait rasé un tramway sans impériale dont le cocher épaulait un conducteur-infirmier sur la plate-forme arrière. Voulant esquiver ce véhicule du service de santé militaire, Victor avait atterri à quatre pattes, position fort peu distinguée pour un libraire se piquant de mener une enquête criminelle. L'infirmier lui proposa ses soins, il les refusa après s'être assuré que chacun de ses doigts fonctionnait. Sonné par cette collision, qui avait voilé la roue avant de sa bicyclette, il fut contraint de rentrer rue Fontaine à pied, poussant sa monture dans le crépuscule glacial en fulminant contre sa distraction et contre le progrès. Tant pis, il renonçait à parlementer avec Joseph, qu'il n'avait pu voir à l'heure du déjeuner. Le mieux était de lui téléphoner. Il l'inviterait à prendre un café le lendemain au *Temps perdu,* avant l'ouverture de la librairie, pour échanger sans témoins les rudiments récoltés et il lui ferait part de l'existence des Ducoudray. Il noua un mouchoir autour de sa main, qui enflait, et souhaita ardemment que Tasha fût à la maison afin de le bichonner.

Assis en tailleur sous le serment des Horaces, Éric Pérochon se massait les orteils. Que ne fallait-il accomplir pour soutirer des informations d'une façon qui n'éveillât point la méfiance ! Un après-midi entier à danser le quadrille des lanciers, la mazurka et la scottish avec une planche à pain sans attraits, parfumée au patchouli, mon Dieu, quelle épreuve !

Un ultime éclat de lumière caressa une assiette à filet d'or dérobée à sa mère. Il gloussa. Si elle l'avait vu en compagnie de cette… Comment s'appelait-elle ?… Ah oui, Zoé, la belle-fille de Mme Sorbier, la pianiste qui tapait sur son clavier à s'en décrocher les omoplates. À force de sourires, de frôlements, de mots flatteurs sur sa prodigieuse manière de lui enseigner les pas et les figures, il lui avait extorqué l'histoire de sa vie en tournoyant sur un parquet vermoulu. Quel parcours ! Il avait eu droit à tout : le pensionnat à Versailles, son mariage avec le fils Sorbier, ses rêves déçus, ses espoirs…

Hélas, son beau-papa Ernest avait plié bagage en 1888, les laissant dans la mouise, et Jean, son époux, avait pris le relais de celui qu'on surnommait Polka Piquet.

Au moment de régler ses quatre heures de supplice à Mme veuve Julienne Sorbier, il lui avait présenté son respect et, d'un geste auguste, lui avait tendu deux billets de cent francs, car il tenait à solder une dette contractée par son père auprès de feu Ernest, intérêts et principal. Elle avait clappé des lèvres comme un poisson hors de son élément et d'une voix chevrotante s'était écriée :

— Mais qu'est-ce qui se passe ? Vous êtes le troisième à m'entretenir de ce pauvre Polka ! Tout le monde lui court après, d'abord cette convocation chez ce Grandin, passage d'Enfer. J'y suis allée, ce bonhomme est introuvable ! Hier, le neveu de M. Legris qui me tire les vers du nez et puis vous ! Ma parole, c'est la loi des séries ! Qui était votre père ?

Très dignement, il s'était incliné sans répondre et s'était éclipsé à toute allure. Il savait ce qu'il voulait savoir.

« Primo, Ernest Sorbier est allé planter ses choux ailleurs, secundo une tierce personne, le neveu d'Émile Legris en l'occurrence, s'intéresse de près à l'affaire. Ça sent le roussi, la précaution s'impose, mieux vaut que nul n'apprenne que cet appartement est le domicile de M. Grandin. »

Après avoir vérifié que l'escalier était désert, il ôta le bristol punaisé à la porte palière. Satisfait, il alla dans la cuisine, versa l'eau d'une bouilloire dans une cuvette, se posa sur un tabouret et, pantalon retroussé au-dessus des genoux, il plongea avec délices ses pieds torturés dans l'eau tiède. S'installer rue de Verneuil ? Non, pas ce soir-là, la fatigue l'emportait. Il dormirait ici après un gueuleton chez la mère Tabard qui tenait une crèmerie à deux pas. Demain, il ferait ses valises et logerait chez Cora jusqu'à ce que ça se tasse. Pourquoi s'inquiéter ? Le bail du passage d'Enfer avait été établi sous un nom d'emprunt.

CHAPITRE XII

Vendredi 22 novembre

Il était huit heures du matin. Un crachin tenace assombrissait le ciel. Siméon Delmas venait d'ôter les contrevents de la boutique et, selon un rituel immuable depuis son engagement, il passait la serpillière et disposait des sièges autour d'une table ronde qui trônait près de la cheminée, une lubie de M. Mori qui désirait rétablir la convivialité des librairies à chaises. Joseph, barbouillé de sommeil, apparut en haut de l'escalier à vis.

— Bonjour monsieur Pignot, bien dormi ?

— Je suis mal luné. Je serais reconnaissant qu'on m'explique pourquoi nous naissons édentés, je me suis levé trois fois cette nuit. Et vous, monsieur Delmas, bon pied bon œil ?

— Je crains tant d'être en retard que je suis systématiquement en avance, c'est plus fort que moi. Oh, il y a quelqu'un !

Un groom d'hôtel gesticulait derrière la vitrine. Siméon lui ouvrit.

— J'ai là un paquet pour M. Mori. Il faut qu'il signe.

— Je m'en charge, dit Joseph.

— Vous êtes M. Mori ?

— Je suis son gendre.

— Je regrette. J'ai des instructions, je dois le délivrer à M. Mori en personne, on m'a précisé qu'il est japonais.

— Ce n'est pas une raison pour faire des chinoiseries. Siméon, s'il vous plaît, montez le chercher, je suis épuisé, grogna Joseph en s'affalant sur le comptoir.

Kenji venait tout juste de lacer ses souliers quand Siméon Delmas frappa à la porte de son appartement. Il se confondit en excuses pour cette intrusion et le pria d'accuser réception d'un paquet.

Après avoir signé un reçu et alloué un pourboire au gamin, Kenji s'installa à son bureau. Sous le regard en biais de Joseph il défit le paquet, devint cramoisi et fila au sous-sol.

— Qu'est-ce qui lui prend ? s'écria Joseph. C'est que j'ai rendez-vous, moi.

Kenji traversa la réserve où s'élevaient des montagnes de livres et se boucla dans l'ancien laboratoire de Victor où Joseph classait à présent papiers personnels et encyclopédies. À l'abri dans cette pièce exiguë dotée de l'éclairage au gaz, il examina le contenu du paquet : une enveloppe parfumée et un carnet photographique en accordéon sur lequel, cliché après cliché, Fifi Bas-Rhin, de son nom de scène Fiammetta, exhibait son intimité. L'excitation embrasa son esprit. Ce corps souple sous le négligé vaporeux fit naître en lui une vision sulfureuse. Une seule décision mettrait un terme au sentiment de culpabilité qu'il éprouvait envers Djina : repousser la tentation, demeurer fidèle à cette femme aimante. Il posa le carnet sur la table et laissa errer ses yeux sur les vieilles photos jaunies punaisées aux cloisons : Mme Pignot donnant le bras à son fils et se rengorgeant sur son triple menton… Lui-même parlant à un bouquiniste du quai Malaquais… Une inconnue en manteau de ratine saisie au passage rue de Rennes.

Perdu dans un passé empreint de nostalgie, il se résolut à décacheter l'enveloppe.

Mon cher Mikado,

Vous êtes un vilain monsieur, autrefois, vous m'appeliez « ma douce ». Seriez-vous oublieux de vos amis sincères ? J'espère en vain votre présence au théâtre depuis la première. Pourquoi me boudez-vous ? Qu'ai-je fait ? Viens. Je te joins de quoi t'affriander ainsi qu'un billet de faveur. Ne tarde pas, le spectacle se termine début décembre.

Eudoxie,

Fifi Bas-Rhin pour les intimes.

Il lui fallut plusieurs minutes pour assimiler la signification de cette lettre. Il la relut, tenta d'analyser ses impressions et finit par la déchirer. Ses doigts se crispèrent sur le billet qu'il glissa dans son portefeuille. Ce carnet ? Il ne pouvait se résoudre à le détruire. Il s'apaisa peu à peu et inspecta le local. Il prit sur un empilement de cartons un *Figaro* froissé pour y emballer les clichés de son ex-maîtresse. Il dépliait le premier feuillet lorsqu'il s'immobilisa et contempla fixement un article où deux noms étaient soulignés au crayon. Il ramassa le journal, s'approcha de la lumière et lut :

« … Les briquettes de chauffage des voitures publiques viennent de faire deux victimes, deux hommes : *Déodat Briquebec*, gardien à l'Observatoire de Paris, et *Maxence Vigneux*, ouvrier fondeur résidant à la fondation Tisserand, rue d'Alésia… »

En marge, une note :

Vérifier... Quand ? Où ?

Il identifia sans peine le *V* caractéristique de Victor, débordant sur la lettre suivante. Décidément, il n'en finirait jamais avec cette manie de décortiquer le moindre fait insolite !

— Quelle date ? 18 novembre, c'est récent, grommela-t-il. De mieux en mieux, Joseph est-il de mèche ? J'ai deux associés qui jouent aux détectives, pas surprenant que le commerce s'en ressente ! D'ici que cette librairie coule il n'y a qu'une brasse, je vais mettre le holà.

Il dissimula l'opuscule compromettant offert par Eudoxie sous une pile de magazines, puis il remonta à son bureau. Incapable de se concentrer, le front creusé d'une ride, il se livra à de profondes réflexions en tripotant ses fiches. La gorge serrée, il se prit soudain à souhaiter n'avoir jamais découvert ce maudit journal. L'attitude de ses associés l'indignait.

« S'ils ont recommencé, bonjour les ennuis et les désertions ! Ils se gaussent de moi ! »

Mais il sentait qu'en réalité cette amère tirade contre ses associés n'était que le camouflage grossier de son propre dilemme. Comment avait-il pu s'enticher de cette Eudoxie Allard ?

« Je n'irai pas au théâtre, songeait-il. Je vais me débarrasser de ce billet d'entrée. »

Que redoutait-il de commettre qui lui fît concevoir ce besoin impérieux de s'enchaîner lui-même, de se tenir en laisse ?

— Excusez-moi, monsieur, vous allez bien ?

— Oui. Pourquoi cette question ?

— Vous semblez fiévreux.

— C'est que je suis très occupé, répondit-il, calme et dégrisé. Siméon, où est Joseph ?

— Parti, monsieur.

— Parti où ?

— Je ne sais, monsieur, il avait l'air pressé. Il sera de retour d'ici une heure. Monsieur, si je peux me permettre, il y a combien de temps que cette librairie existe ?

— Elle a été fondée quatre ans avant ma naissance, en 1835, par M. Émile Legris, l'oncle de M. Victor.

— Vous êtes né au Japon ?

— À Nagasaki.

— J'aimerais tant voyager ! Le Japon m'attire, c'est tellement exotique !

— Oh, tout a changé, c'est un pays moderne, aujourd'hui.

— Vous y êtes retourné ?

— Non. Il y a trente-sept ans que je l'ai quitté. M. Victor et moi avons repris cette librairie en 1878. Le destin vous joue de ces tours... Êtes-vous déterministe, Siméon ?

— Oh non, monsieur, je crois au libre arbitre, chacun est responsable de ses actes.

— Je suis intrigué, Siméon. Voici trois semaines que vous travaillez pour nous, et je m'étonne. Vous possédez une culture étendue, vous auriez pu briguer un emploi plus estimable que celui de commis.

— Ici, au milieu de ces livres, je suis dans mon élément. Je dispose de mes après-midi, j'ai loisir de lire, de m'instruire, j'aspire un jour à exercer le même métier que le vôtre... Dites, monsieur, est-il vrai que M. Victor a dénoué des énigmes criminelles ?

— C'est son péché mignon. Parlons d'autre chose, voulez-vous ?

Recru de fatigue, Joseph était blotti sur la banquette du *Temps perdu* à côté du poêle à charbon. Il commanda un petit noir et un croissant à la tenancière, accorte matrone qui, à cette heure matinale, garnissait son zinc de verres de blanc sec pour les mariniers, coltineurs, matelassiers échappés des berges de la Seine. Lorsque Victor s'attabla face à lui, les yeux étrécis et la moustache ébouriffée, son beau-frère lui réserva un accueil maussade. Ses récriminations se tarirent à la vue d'une main entourée d'un bandage, posée à plat près du porte-allumettes.

— Qu'est-ce qui vous est arrivé ?

— Une bûche en bicyclette hier soir, rien de sérieux, elle a davantage souffert que moi. La même chose, dit-il à la patronne affairée à servir Joseph.

— Bon, au rapport, ça va être complexe parce que j'ai un galimatias dans la caboche, à cause de ma gamine qui a modulé des lamentos toute la nuit et de vous qui m'assignez ici aux aurores. Hier, j'ai parlé au collègue de Déodat Briquebec, à son concierge et à ses voisines, de quoi virer maboul, y a beaucoup plus de timbrés en liberté que dans les asiles ! Mais ça valait le risque. Le Déodat a reçu deux lettres, une à son boulot, une à son domicile, avant de suffoquer dans son fiacre. Je suppose que vous avez lu les journaux, les macchabées ont été refroidis. Ça justifie le tintouin occasionné par votre clairvoyance. Parole, vous flairez le crime comme certains les fuites de gaz !

— Est-ce tout ce que vous avez glané ?

— Ça ne vous suffit pas ? Il y a encore ceci : chaque été, Déodat Briquebec assistait à une assemblée aux environs de Paris. Et il se peut qu'il ait été cambriolé post mortem.

Victor craqua une allumette et tira une bouffée de sa cigarette sans remarquer la grimace écœurée de Joseph. Puis il entama le récit de sa propre moisson.

— Cela concorde avec ce que j'ai appris chez Bernadette Pérochon, la sœur de Donatien Vendel. Les réunions se tenaient dans le castel d'un monsieur Hugo Malpeyre, à Domont. Y participaient ceux que mon oncle Émile avait soutenus de sa générosité. Elle a également mentionné la présence d'un demi-castor, une certaine Suzanne Bosquet. Par ailleurs, un ami de Maxence Vigneux à la fondation Tisserand m'a confié que, le soir du meurtre, son voisin était accompagné d'une personne non identifiée.

— Donc, nous possédons trois embryons de pistes, la cocotte, les Ducoudray, et toujours l'homme de Montmorency, résuma Joseph.

— L'un des membres d'À cloche-pied est employé dans une champignonnière, c'est un indice.

— Guère concluant ! C'est pas ce qui manque aux alentours de la capitale, les champignons de couche ! Faut qu'on se grouille de définir un plan, ça va être l'heure de l'ouverture. Je m'occupe des Ducoudray. Si leur magasin est à Paris, il sera facile à repérer. De toute façon, vous et moi on est consignés à la librairie, Kenji a un rendez-vous.

— Il me paraît primordial de joindre Hugo Malpeyre, les trois disparus étaient allés chez lui cet été, et Donatien Vendel en était rentré dans un état critique, grommela Victor en déposant quelques pièces dans une soucoupe.

— Je vous le concède, seulement on se le garde pour l'entremets. Domont, c'est au diable, nom d'un glockenspiel fêlé !

En dépit d'averses brutales, un essaim de chalands s'était abattu au 18, rue des Saints-Pères, à l'affût de livres à offrir lors des étrennes, aussi Victor et Joseph en oublièrent-ils l'enquête en cours.

À l'étage, Zulma Tailleroux était plongée dans un abîme de perplexité. Elle avait été chargée de veiller à la préparation de choux-fleurs. Les légumes cuisaient à feu doux sans plus de dommage qu'une tasse ébréchée et une salière renversée. Mais quelle était la fonction de cette croûte de pain laissée à côté du fourneau ? Zulma la grignota en remerciant mentalement Euphrosine. Celle-ci, munie de ses cabas, déboula derrière elle et poussa un rugissement.

— Vous êtes pire qu'une dinde, vous êtes une huître ! Cette rôtie, fallait pas la becqueter mais la jeter dans l'eau de la marmite, sinon ça va empester ! Restez pas plantée là comme un lampadaire, coupez une deuxième tranche et flanquez-la à la flotte ! Vous mériteriez que j'vous fasse tout recracher !

— Trop tard, j'l'ai avalée, marmotta Zulma, rouge d'humiliation.

Un tintement de sonnette les surprit en pleine activité.

— Ouvrez la porte, ça vous réveillera ! ordonna Euphrosine.

Des yeux noisette et des joues piquées de taches de son apparurent à un homme compassé qui se caressait le menton.

— Mademoiselle Zulma, murmura-t-il avec un léger salut.

— Monsieur André ! Quel…

— Zulma, ne lambinez pas, la blanchisserie, vous y songez ?

La jeune fille pivota vers Euphrosine, bouche bée.

— Quelle tourte ! Bien sûr, ça s'était envolé d'vos méninges ! Les draps, vous savez, ces pièces de coton tendues dans les lits, il arrive qu'on les donne à laver : c'est le grand jour ! Vous en profiterez pour m'acheter du coricide russe chez M. Chaudrey.

Navrée, Zulma lança un regard éperdu au visiteur et alla prendre la panière à linge, avant de gagner le palier de l'immeuble. Au passage, elle frôla André Bognol, qui recula d'un pas, embarrassé.

— Voyons, vous êtes en courant d'air, venez cinq minutes au chaud, à l'office, susurra Euphrosine avec un sourire enjôleur.

D'abord hostile à ce domestique à face de ministre, amoureux transi de Zulma qu'il honorait de prévenances muettes, elle avait fini par discerner sous cette carapace impassible et stylée la silhouette d'un homme. Mieux, d'un prétendant acceptable. Elle n'avait que quelques années de moins que lui et ses formes opulentes étaient encore aptes à séduire un mâle.

La mine impavide, André Bognol suivit l'ennemie de sa dulcinée. L'ancien maître d'hôtel possédait le don d'extérioriser ses sentiments sans desserrer les lèvres. Respectueux du président Félix Faure, élu aux fonctions de chef de l'État depuis le 17 janvier, il avait sacrifié sa barbe à deux pointes et taillé sa moustache à la gauloise, cela lui donnait un aspect plus amène. En revanche, il n'avait pu abandonner sa façon de s'exprimer à la première personne du pluriel, ce qui agaçait au plus haut point Euphrosine.

— Nous sommes porteur d'un message de la part de Mme Legris à son époux.

Euphrosine feignit la surdité. Armée d'une cuiller de bois, elle touillait sa marmite en s'appliquant à ressembler à une prêtresse de l'art culinaire. Intéressé malgré lui, André Bognol s'approcha.

— Les cruciférinées sont propres à fortifier notre constitution, approuva-t-il.

Euphrosine se signa avec sa cuiller, convaincue d'ouïr des propos hautement spirituels, à moins qu'il ne fît allusion à la politique.

— Si nous osons nous permettre, comment comptez-vous les apprêter ?

— Qui ça ?

— Vos choux-fleurs. Nous connaissons une recette excellente, digne des meilleures tables. Lorsque nos légumes sont à *al dente*, nous les déposons dans un plat allant au four et nous les nappons de gruyère finement râpé, de chapelure et de beurre fondu. Un zeste de citron et une pincée de muscade relèvent le goût.

Interloquée, elle le dévisageait. C'était le plus long discours qu'il lui eût jamais dévidé.

— J'ai moi-même une manière particulière de mijoter les cardons à la béchamel, dit-elle en minaudant.

André Bognol se racla la gorge, espérant minimiser le trouble que ces confidences provoquaient en lui.

— Nous serions charmés de l'entendre, mais nous avons promis de nous acquitter avec célérité de notre commission, car ensuite nous irons au marché.

— Ben alors acquittez-vous, M. Legris est au magasin, et quand ce sera dit, j'vous verserai deux doigts de madère pour la route. Oh ! Attention où vous mettez les pieds, cette écervelée de Zulma a semé du sel partout…

« Rejoins-moi au 33 *bis*, rue de la Faisanderie », se répéta Victor, sans pour autant lâcher les *Lettres de messire Roger de Rabutin, comte de Bussy*, éditées à Amsterdam en 1752, qu'il s'évertuait à vendre à un féru de reliures antiques. Tasha était-elle si pressée de rallier la demeure de ce noblaillon qu'elle renonçât à un détour via la librairie ? Il replongea incontinent dans son humeur morose dès qu'André Bognol lui eût marmonné cet avis. Quel comportement cérémonieux de le prévenir ! Elle évitait de se servir du téléphone, affirmant que cet appareil les réduirait sous peu en esclavage.

L'achat réglé, le client attendit que le commis eût emballé ses livres. Précédé d'un nuage de lavande,

Kenji domina son royaume de papier du sommet de l'escalier en colimaçon. Modeste souverain d'un bien humble état, certes, mais que d'efforts déployés depuis 1877, lorsque, Victor, âgé de dix-sept ans, avait hérité de ce magasin décrépi ! Daphné était encore en vie, il était heureux. Après son décès, il ne put supporter de vivre sans elle à Sloane Square. Changer d'horizon, partir, enterrer son chagrin sous une nouvelle entreprise qui occuperait tous ses instants. Il avait alors usé de sa force de persuasion et poussé le jeune Victor à quitter Londres pour s'installer en France. Cinq ans à transformer la boutique de l'oncle Émile en une librairie haut de gamme, cinq ans de va-et-vient entre Londres et Paris, cinq ans à constituer un fonds, à rédiger des catalogues, à liquider le stock de la librairie de Sloane Square, à emprunter aux banques, à s'imposer rue Drouot.

Il descendit lentement les marches, étreint d'une nostalgie dont il n'était guère coutumier. S'il n'y avait eu que son fils adoptif, nul doute que le commerce eût périclité. Peut-être était-ce rentable de s'être adjoint le concours de Joseph, qui se révélait un associé dynamique et dévoué à la tâche, sauf quand il s'adonnait à l'écriture de feuilletons. Quant à ce Siméon Delmas, il appréciait ses aptitudes. Celui-ci ficelait les paquets à la perfection, les livrait en un temps record, et, dès qu'il était question d'éperonner les ventes, il se montrait débordant de ressources. N'avait-il pas suggéré de répartir à l'intérieur d'une des deux vitrines de magnifiques volumes dorés sur tranches, aux couvertures bariolées, œuvres de Jules Verne, Alexandre Dumas père, Paul d'Ivoi ou Alfred Assolant[1] ? Avec la venue des fêtes de Noël, nombre de parents céderaient à la tentation

1. Romancier français (1827-1886), auteur, entre autres, des *Aventures du capitaine Corcoran.*

d'acquérir des exemplaires de cette littérature prisée des adultes et de la jeunesse.

Sacrifiant à la mode récente qui voulait que le pli du pantalon se porte désormais sur le devant, il essaya d'aplatir ses poches. Elles étaient déjà le siège d'un chronomètre à chaîne retenue aux boutonnières du gilet avec des barrettes, d'un gousset plein de pièces d'or et d'un mouchoir de soie. La lavallière avantageuse, ses gants dans une main, sa canne à pommeau en tête de cheval dans l'autre, il arborait un huit-reflets et était sanglé dans un pardessus à taille. Il celait dans un étui pendu à son cou le monocle du dernier cri qu'il chausserait à la place de ses besicles à l'occasion du lunch auquel il se rendait. Il avait en effet convenu de rencontrer chez Prunier Gaston Paris, de l'Académie française, ainsi que quelques érudits du Cercle de la librairie qui lui accordaient parfois l'honneur de soulager d'un ou deux maroquins ses rayonnages. On le salua, on l'admira, et ses deux associés l'envièrent d'avoir un prétexte de déserter le navire.

— Vous cliquetez plus fort qu'un éventaire de camelot. Que transportez-vous dans vos poches ? ne put s'empêcher de lui souffler Victor.

Peu soucieux de lui répondre, Kenji félicita vivement Siméon Delmas, qui se rengorgea.

Daphné dormait et Iris jouissait de cette trêve pour noter les quelques phrases qui s'étaient imprimées dans son esprit embrumé pendant qu'elle berçait son bébé. Ladybird, sa coccinelle dépourvue de points, avait préféré le chemin de l'exil à l'ostracisme dont elle était victime parmi ses frères insectes. Après avoir franchi d'innombrables prairies, elle avait atteint un pays laiteux d'où les couleurs paraissaient bannies. Épuisée, Ladybird s'était assoupie sur un galet. À son réveil, quel n'avait pas été son étonnement d'être entourée d'une foule de bestioles qui, n'ayant jamais vu ailes si rutilantes que les siennes, la vénéraient à l'instar d'une reine.

— À table, chérie, maman nous a fricoté des choux-fleurs avec des filets de limande !

À contrecœur, Iris dissimula sous le matelas son cahier de contes illustrés par Tasha et rejoignit Joseph. Il était rare qu'ils soient seuls à l'heure du repas. Euphrosine était allée disputer un tournoi de nain jaune chez Mme Ballu qui recevait son cousin Alphonse et des amis à lui. À l'énoncé du menu, Victor s'était rappelé qu'il désirait porter sa bicyclette à réparer. Il déjeunerait sur le pouce rue Fontaine, mais il avait promis d'être à son poste à deux heures. Quant à Zulma, à peine libérée de la blanchisseuse et de l'apothicaire, elle était allée prier le Dr Reynaud d'ausculter Daphné l'après-midi. À son retour, Iris, touchée de sa mine défaite, l'avait autorisée à regagner ses pénates.

Aussi, renoncer à écrire en échange d'un moment d'intimité avec Joseph devenait-il un plaisir.

— Tu te souviens de nos premières dînettes, quand tu me courtisais sans oser te déclarer ?

— À t'entendre, on croirait que nous sommes un vieux couple !

— Mais c'est presque le cas, non ? Dans deux décennies, nous aurons peut-être une ribambelle de descendants !

— Veux-tu ne pas me saper le moral en me prédisant des révolutions ? Pour l'instant, nous sommes raisonnablement pourvus de notre cher et unique bébé braillard.

Il lui emplit son assiette et déposa un baiser sur sa nuque. Assis près d'elle, il chipotait ses légumes, piquant de sa fourchette un bouquet de chou-fleur qu'il entraîna en un interminable voyage autour de son assiette. D'une pichenette, il écarta un morceau de limande.

— J'ai horreur du poisson… Au fait, connais-tu un magasin où l'on peut se procurer des chemins de fer miniatures ?

— Tu as l'intention d'en acheter à ta fille pour Noël ?

— Non, je… C'est-à-dire, cela concerne le roman que Siméon Delmas m'a conseillé d'entreprendre.

— Le spectre d'Alibaud s'intéresse aux locomotives ?

— J'ai cogité l'intrigue. Un collectionneur de véhicules en fer-blanc, qui loge rue Visconti, dégote chez un brocanteur une pièce maléfique, qui expectore de la vraie fumée. Un soir, un panache colossal se forme au-dessus de son convoi et se transmue en un revenant malveillant, odieux, effroyable.

Joseph se tamponna le front de sa serviette.

— Où vas-tu piocher des idées pareilles ?

— Mystère… C'est ça, le sens du romanesque.

Il profita de ce qu'Iris se resservait pour escamoter une partie des débris de limande sous ses choux-fleurs.

— Revenons-en à Noël : j'avais pensé offrir à Daphné sa première poupée, un de ces nouveaux modèles qui articulent « papa » et « maman ».

— Ah, mais c'est futé, ça, ma chérie. Et où dénicher ce poupon bavard ?

— Au *Louvre*, il y en a de superbes.

— Un bazar ! Nous aurions tout avantage à contacter des particuliers, je ne sais pas, moi, les Ducoudray ?

— Qui sont ces gens ? s'enquit Iris, déconcertée.

— Des détaillants renommés, Mme de Salignac est leur cliente attitrée, elle ne jure que par eux.

— Et où se situe leur établissement ?

— Je tablais sur toi pour me rafraîchir la mémoire… Voilà le hic. C'est bête, j'ai le nom de la rue sur le bout de la langue.

— Tu as également du poisson au coin des lèvres. Je ne te comprends pas, tu as des griefs envers le *Louvre* ?

— Fie-toi à moi, les Ducoudray, c'est eux qu'il nous faut. Et je viens de songer à un stratagème, le téléphone va nous tirer d'affaire.

Iris ne put formuler la moindre objection, Joseph la planta là et se précipita au rez-de-chaussée. Il tourna la manivelle du téléphone et plaqua le combiné à son oreille, conjurant une voix au timbre suave de le tuyauter. Un *allô* agressif lui vrilla le tympan.

— Mademoiselle, soyez ma providence ! Y a-t-il parmi vos abonnés le propriétaire d'un magasin de jouets ?

— Je ne suis pas préposée au bureau des renseignements !

— Pitié, aidez-moi ! C'est que j'avais promis d'effectuer une grosse livraison destinée à des orphelins. Quelle déception si ces bambins sont privés d'étrennes !… Soyez un ange, je ne réclame pas la lune !

— Bon, épelez.

— Ducoudray. D comme Déodat, U comme Urbain, C comme…

— Il y a le *Nain bleu*, 27, boulevard des Capucines, le *Magasin des enfants*, passage de l'Opéra, *Au paradis des enfants*, 156, rue de Rivoli… Ducoudray, négatif !… Ah ! Si, tiens, je les ai, 13 *bis*, boulevard Beaumarchais, *Le Cheval à bascule*.

— Mademoiselle, vous me sauvez la vie !

Un claquement sec signala qu'on avait raccroché. Joseph exultait. Sherlock Holmes lui aurait décerné un violon en or massif.

À la lueur des lampes à pétrole éclairant la tanière où il officiait, Évariste Voisin s'immobilisa quelques minutes afin de détendre son bras tétanisé par le poids de l'arrosoir. Il travaillait depuis l'aube à la toilette des meules de fumier lardées le mois précédent de mycélium. Les cryptogames étaient friands d'humidité et de la chaleur générée par une couche de sable nivelée au moyen de pelles. Pendant une trentaine de jours on avait abreuvé les sillons d'où étaient prélevés avec soin les végétaux parasites. Enfin débutait la période favorite d'Évariste. Sur les talus, alignés côte à côte, commençaient d'éclore des volées de globules grisâtres qui se dilateraient jusqu'à ce qu'il soit temps de les cueillir et d'en approvisionner des paniers. Les hommes n'épargnaient pas leurs efforts.

Évariste écoutait les protestations de son estomac. Il enfila sa veste, salua ses collègues qui réchauffaient leurs gamelles et suivit la galerie aux parois rocailleuses soutenues de loin en loin par des piles de moellons. À l'abri de l'une d'elles, il se baissa et tâtonna, en quête d'un litron de rouge. Aucun de ses camarades n'était dupe de ce qu'il croyait être un secret. Ils perçurent le *plop* du bouchon et devinèrent la rasade dont il s'humectait le gosier. Légèrement titubant, il escalada un poteau muni d'échelons et, à ras de terre, émergea de la cheminée jadis utilisée à la ventilation de la carrière reconvertie en champignonnière.

Sa ville, Carrières-Saint-Denis[1], tirait son nom de l'exploitation du calcaire qui, de même que le

1. Aujourd'hui Carrières-sur-Seine.

gypse d'Argenteuil et la craie blanche de Meudon, avait fourni la pierre et le plâtre des monuments du Vieux Paris. Évariste y avait grandi, et voulait y mourir. Cela eût pu suffire à son bonheur, s'il n'avait eu la tocade de s'unir à la sœur de son meilleur ami. Comment l'exquise et jolie Aspasie s'était-elle métamorphosée en une redoutable Xanthippe, voilà ce qu'Évariste ne s'expliquait pas. Quatre enfants leur étaient nés, portraits crachés de leur mère, sournois, violents, menteurs. Tel un sirop réconfortant, le vin, ce nectar des dieux, lui avait alloué la patience d'endurer cette association de tourmenteurs.

Ses jambes nerveuses le guidèrent rapidement chemin de la Grue, à la maison bâtie vingt ans auparavant de bric et de broc grâce aux largesses d'Émile Legris qui lui avait prêté sans intérêts une somme rondelette. La façade lézardée menaçait de s'écrouler, les intempéries ne cessaient d'emporter de nouvelles tuiles, de sorte que la toiture ressemblait à une passoire.

Il se réfugia à la cuisine où une femme décharnée aux cheveux prématurément gris garnissait les assiettes que lui tendaient un garçon et une fille. Les deux fils aînés, apprentis l'un chez un coiffeur, l'autre chez un orfèvre, mangeaient sur leur lieu de travail.

— C'est à c't'heure que tu rentres ? T'as encore éclusé ! Une éponge, v'là c'que t'es ! gronda Mme Voisin.

Il goûta la purée trop liquide et se rabattit sur une cuiller. Ni sel ni beurre à l'horizon, tant pis, il se priverait d'assaisonnement.

— Ben, tu t'assois pas ? lança-t-il à sa femme qui, debout près du foyer à deux feux, l'observait d'une expression mauvaise.

— Une semaine qu'on en est réduits à briffer des patates sans même une saucisse ou une tranche de pâté, avec ta paie minable, et monsieur reçoit une invitation à se caler le bocal ! En plus, y a la signature de deux poules, des peaux de chien, je parie !

Elle lut d'un ton railleur un papier chiffonné.

Évariste, Ave !

Nous sommes tous conviés à une libation en l'honneur de la libération de Virgile. Nous projetons de te prendre en fiacre à ton troquet habituel vers 7 heures du soir ce vendredi. Les copains nous rejoindrons en chemin.

Suzanne et Ida.

— T'as ouvert mon courrier **?** Donne-moi ça ! tonna-t-il.

— Ton troquet habituel, hein ? Ça serait-y le bistrot de Louis le gros plein d'soupe ? Ce repaire de pochards à côté de l'église ! Bel exemple pour tes enfants !

Elle désigna du coude les mouflets hilares.

— Vas-tu m'rendre ma lettre !

— Passe encore que t'ailles ronronner des salamalecs une fois l'an à la mémoire de ton bienfaiteur, à coups de mots ronflants piqués dans l'dictionnaire, mais ça, c'est le bouquet ! Retrouver des roulures chez ton Louis, pas question. Tiens, v'là ce que j'en fais, de ta lettre !

Elle souleva un des ronds de fonte du fourneau et y jeta la feuille avant qu'il n'ait réussi à la lui arracher. Furieux, il leva la main. Elle le défia d'un regard si haineux qu'il retourna à table, vaincu.

— Les aubaines, c'est comme les malheurs, ça arrive souvent à la suite. Y en avait une deuxième, de lettre ! Un notaire ou quelque chose d'approchant, qui souhaitait te rencontrer. Celle-là aussi, je l'ai brûlée !

Évariste bondit de sa chaise avec une telle brusquerie qu'elle se fracassa deux pattes, au grand plaisir de sa progéniture. Tandis qu'il s'expatriait dans la cabane qui servait de cabinet d'aisances, au bout du potager, il entendit la harpie s'époumoner :

— Deux le même jour, comme chez un ministre, nous qui n'en recevons jamais, le facteur a dû se stupéfactionner de renversement[1] ! Essaie seulement d'y aller, à ta ripaille !

Ce qu'Évariste ignorait, en regagnant la champignonnière, c'était qu'Aspasie tripotait dans la poche de sa blouse la seconde enveloppe, celle du clerc de notaire, qu'elle s'était bien gardée de détruire, car qui dit tabellion dit argent. Mais ce qu'elle ne savait pas, c'était que ses polissons en avaient chapardé le contenu et que l'enveloppe était vide.

— Satanée pouffiasse ! Un de ces quatre, j'm'en vais l'accommoder au beurre noir ! La braise, c'est moi qui l'encaisse, alors qu'elle s'avise pas d'me roucouler l'air des lampions ! J'irai chez Louis à l'heure indiquée, que ça lui plaise ou non, à cette mégère !

— Tu causes tout seul ? dit un des champignonnistes.

— J'étais en train de m'répéter que ma bourgeoise, je l'emmerde, et que c'est pas elle qui m'interdira de fêter ce soir la guérison de mon complice Virgile !

1. Expression inventée par Christophe, auteur du *Sapeur Camember.*

— T'as raison, les gonzesses qui portent la culotte, faut les obliger à lâcher du lest ! Si j'étais toi, j'irais pleurer auprès du père Bertrand et j'y jurerais que j'me sens patraque, il t'autorisera à te carapater avant l'heure, au cas où ta moitié te guetterait à la sortie.

Évariste le remercia de son conseil et fonça sur le contremaître.

CHAPITRE XIII

Même jour, soirée

Lamartine avait vu juste, les objets inanimés possédaient bien une âme, et, eût-il pu ajouter, une propension à se dérober aux moments les plus inopportuns. Ainsi en était-il des gants de dentelle grège dont Tasha désirait compléter sa tenue mondaine, robe en lainage gris-bleu à corsage bouffant.

— Peut-être sont-ils coincés derrière la commode ? suggéra-t-elle à Kochka qui se frottait à ses jambes.

Elle se reprochait son incapacité à ranger et se promettait constamment d'imiter Victor, dont l'ordre confinait à la maniaquerie. Un monceau de jupons, de châles, de bas dépareillés, de flacons de benjoin entamés encombraient la chambre à coucher. En fourrageant dans ce fouillis, elle finit par piéger les fameux gants. Elle allait tourner casaque, quand elle constata le manège de Kochka occupée à jouer avec un morceau de papier froissé. Elle le ramassa et reconnut l'écriture de Victor.

> *Julienne Sorbier, 26* ter, *avenue Daumesnil. Danse. Intéressante. À suivre.*

À l'affût de sa boulette, la chatte se dressa contre elle en miaulant. Tasha laissa tomber le papier, c'était comme si elle-même dégringolait au fond d'un puits. Une femme ? Non ! Impossible ! Sa décision fut vite arrêtée. Tant pis, Sir Reginald attendrait, elle devait en avoir le cœur net. Elle fixa sur la masse de ses cheveux roux un de ces bibis à fleurs qu'elle appréciait et, sa cape sur le bras, fila après avoir enfermé à double tour Kochka dans l'appartement.

Le fiacre la déposa devant un immeuble cossu à l'instant où le tortillard Bastille-La Varenne hululait sur le viaduc. Une plaque indiquait un cours de danse. Tasha sonna, une vieille domestique à béguin et tablier blancs l'introduisit dans un petit salon puis s'éloigna d'une démarche poussive. À un piano dévidant une mazurka répondait un galop débridé qui ébranlait les planchers. La bonne eut sans doute du mal à interrompre ce sabbat, puisqu'il fallut un laps de temps assez long avant que tout, à l'exception d'une rumeur de voix excitées, se tût.

Un bruit de pas, une porte qui grince, un « En quoi puis-je vous être utile, madame ? » proféré d'un ton rébarbatif décontenancèrent Tasha. Elle s'était imaginée affronter une sylphide et, face à elle, la dominant d'une tête, une rombière.

— Mme Julienne Sorbier ?

— Elle-même.

— Je suis l'épouse de M. Legris, je ne sais s'il vous a déjà contactée…

— M. Legris ? Votre mari ambitionne-t-il de suivre des cours ? Quel genre de figures aimeriez-vous apprendre ? J'ai besoin de consulter mon agenda, marmonna Mme Sorbier.

— Non, ce n'est pas cela, M. Legris… Victor Legris, un libraire. Il est venu chez vous récemment, enfin, je suppose.

— Ce monsieur ! Mais pourquoi s'acharne-t-on après mon Ernest ? Vous êtes la troisième à lui courir après, d'abord votre époux, ensuite ce jeune homme blond, charmant, je l'avoue. Maintenant vous, alors que je suis débordée de travail et que mes élèves s'impatientent ! J'en ai soupé des plaisanteries macabres !

— Pardon ? Un jeune homme blond ?

— Vous ne seriez pas de connivence, par hasard ? Ça vous amuse d'envoyer des sommations à un pauvre homme qui est six pieds sous terre depuis sept ans ?

— Mais, madame, je… Quelles sommations ?

— Celles de ce pseudo-notaire qui officie à une adresse démoniaque. Je suis allée passage d'Enfer et je n'ai pas trouvé ce Grandin, c'est scandaleux ! Madame, je considère avoir dévoilé tout ce qui concernait la rupture des relations entre Émile Legris et mon Ernest, cessez de m'importuner !

Elle lui claqua la porte au nez.

Les réverbères trouaient de points jaunes la rue de Lyon où dérivait Tasha, en proie à une perplexité croissante. Elle se rappelait avoir vu Victor plongé dans la contemplation de cartes de visite, près des croquis du phalanstère qu'il avait extraits de leurs cadres. Cela avait-il un rapport avec son oncle Émile ? Victor avait-il déterré un drame ? Si oui, il remontait à presque vingt ans. Elle ôta son gant droit et se rongea l'ongle du pouce, inquiète de voir Victor s'empêtrer dans de nouveaux guets-apens. Ce jeune homme blond mentionné par Mme Sernin, était-ce Joseph ?

Elle était furieuse, Victor lui avait menti avec maestria, mais elle ne se laisserait plus berner.

Un fâcheux qui se collait à ses basques et lui susurrait des invites lui fit accélérer l'allure jusqu'à ce qu'un cocher freine près d'elle.

Évariste Voisin embouqua son abreuvoir de prédilection avec l'euphorie d'un écolier pressé de s'instruire dans la nature. Louis, le mastroquet aux yeux porcins engloutis sous ses sourcils froncés, le teint couperosé, délaissa son comptoir pour l'accueillir, signe d'intense surprise. La plupart du temps, il montait la garde auprès de son tiroir-caisse, et les quelques poivrots qui fréquentaient son établissement étaient obligés, quel que fût leur degré d'ébriété, de se traîner au zinc s'ils convoitaient un surplus de vinasse.

— Tu t'es évadé du bagne ? mâchonna-t-il en farinant de sciure le carrelage zébré de traces graisseuses.

— Ouais mon gars, j'suis exempté de corvée, deux mistonnes vont me cueillir vers les sept heures, d'ici là j'adopte la couleur muraille parce que mon affriolante virago risque de patrouiller dans les environs. T'aurais pas un coin intime où ce serait possible de siroter un mêlé-casse en grignotant du larton savonné[1] et un morceau de fromgi ? J'ai les boyaux vides, ma femme me nourrit à la seringue !

Il avisa les trois ou quatre piliers de cabaret avachis devant leur consommation et renifla de dégoût.

— Ils en ont une vraie muflée, ceux-là ! Moi, j'tiens à entretenir mes idées claires, le coup de chasselas ce sera pour plus tard !

— Va t'planquer derrière le bar, y a une porte qui conduit à un cagibi où j'range mes tonneaux. Tu te rinceras l'sifflet en Suisse sans être embêté. J'te prépare de quoi t'caresser l'angoulême[2].

Le réduit empestait le vin sur et le pissat de chat en rut. Mais, assis sur sa futaille à la lueur avare d'un vasistas, Évariste n'eût en aucun cas cédé sa place au

1. Pain blanc.
2. Se caresser le palais, se mettre en gueule.

roi de Prusse. Quand Louis lui apporta un assortiment de cochonnaille, sa félicité fut absolue.

— Colle-toi ça dans l'fusil, c'est d'la qualité supérieure. Le bricheton, j'le cuis moi-même dans un four à bois, et le reste, jambonneau, cervelas et saucisson, c'est mon frangin qui s'en charge dans son saloir. Ah ! pis j'ai rajouté quelques rondelles de tire-fiacre, c'est pas du beefsteak de la chamareuse[1], tu m'en diras des nouvelles.

Une appréhension saisit Évariste.

— J'manque un peu d'oseille en ce moment, et tant qu'la prochaine sainte-touche m'aura pas garni les fouilles…

— T'inquiète, la maison fait crédit aux vieux clients.

— T'es un chic type, Louis, j'te revaudrai ça.

Demeuré seul, Évariste mangea de tout et de bel appétit, avant de fumer une pipe qu'il savoura comme un suprême délice. Il dodelinait, tenté par une sieste. Soucieux de se prémunir contre la somnolence, il évoqua des souvenirs agréables. Le premier à se présenter fut une lointaine journée du printemps 1874 au cours de laquelle Émile Legris lui avait exposé les grandes lignes de la doctrine fouriériste et annoncé des lendemains enchanteurs. Puis il se revit l'été précédent sous les futaies de la forêt de Montmorency, ravi de battre les taillis à la poursuite d'un caillou précipité du firmament, aux côtés des autres membres d'À cloche-pied. Cette chasse commune le rapprochait d'eux, il se sentait accepté et en profitait pour pincer les fesses de Suzanne Bosquet chaque fois qu'un buisson les isolait du groupe. Elle gloussait et lui filait entre les doigts sans toutefois s'éloigner de lui, aussi renouvelait-il ses attouchements à la première occasion. Quelle guigne que la virée se fût interrompue à cause de cet accident ridicule !

1. Saucisse plate.

Pourquoi ce crétin de Donatien Vendel s'était-il hissé sur une branche d'où il avait déboulé sur la coloquinte ?

Louis coupa court à ces regrets en lui exhibant une bouteille de muscadet.

— Tes donzelles auront du retard. Un coursier a déposé ça, c'est destiné à te consoler.

— J'préfère le rouge à ce genre de sirop.

— C'est pas mauvais, le muscadet, surtout si on a une légère crampe au pylore, parce qu'alors on n'a aucun préjugé envers un pot de rillettes et un quignon de brutal[1].

La bouteille débouchée, Évariste proposa à Louis de l'étrenner ensemble.

— Jamais pendant l'service. Mais rafraîchis-toi, je m'occupe du ravitaillement.

La nuque rejetée en arrière, Évariste téta le goulot. Un goût bizarre, mélange de sucré et d'amer, révulsa ses papilles. Presque aussitôt, des spasmes musculaires le plièrent en deux. Éjecté de la barrique par une violente douleur, il s'adossa au mur, le souffle saccadé, percevant un galop irrégulier à l'intérieur de sa poitrine. Il comprit que c'était son propre cœur. Les tonneaux tournoyaient autour de lui en une ronde à cent quatre-vingts degrés. De nouvelles contractions le transpercèrent si rudement qu'il se laissa choir au sol.

— Un docteur, vite ! supplia-t-il d'une voix éteinte.

Des convulsions le secouèrent ainsi qu'une marionnette. Un filet de bave mouilla son menton.

Lorsque Louis fut de retour, muni de son plateau, le regard sans vie d'Évariste Voisin contemplait une araignée tissant sa toile entre deux fûts.

1. Pain noir.

Les maisons ont un visage qui en dit long sur leur âme, songeait Victor. Certaines fioritures révèlent des personnalités boursouflées. À des lignes géométriques correspondent parfois des esprits austères, ou bien des êtres engoués d'idéal. L'hôtel de Sir Reginald Leamington, comprimé entre deux maisons de rapport, se parait d'une façade biscornue rehaussée de mascarons et de deux atlantes qui, de part et d'autre d'un porche monumental, soutenaient chacun un globe terrestre où courait cette devise :

Elle tourne à vide et nous tournons en rond.

« Prétentieux, mais non dénué d'humour », présuma Victor.

Un laquais en livrée lui accorda une attention parcimonieuse, bousculé qu'il était par le flux des invités. Le troupeau pataugeait dans un vestibule menant à un escalier imposant. Pendant qu'il détaillait les bustes de courtisanes antiques noyés parmi une jungle de plantes grasses, Victor eut le temps de saisir des bribes de dialogues.

— Ce style architectural m'excède de ses vermicelles…

— Avez-vous lu Ruskin ?

— Des iris noirs, je vous assure, sa serre en déborde, il collectionne aussi les animaux de jade dont il agrémente des vitrines, et les chats de Siam.

— Tiens, la princesse de Richelieu, quel port altier !

— Dites donc, Helleu, est-ce vrai que La Gandara a divorcé ?

— Je le crains. Cet été, il a rencontré un de mes amis, auquel il a conseillé : Ne vous mariez jamais, jamais…

— Moins fort, on m'a prévenu qu'il serait des nôtres.

La lente escalade des marches de marbre éclairées par des torchères permit à Victor de reconnaître quelques-uns des membres du Tout-Paris artistique. Marcel Schwob, yeux de myope au fond d'orbites creuses, donnait le bras à Marguerite Moreno. Cigare aux dents, Jean Moréas conversait avec Félicien Rops, fardé et sanglé d'une chemise rouge sang. Des femmes affublées de vêtements masculins, parées d'épaulettes et de cravates, côtoyaient des hommes efféminés. Un nom volait de bouche en bouche, Oscar Wilde, sans que Victor parvînt à interpréter la teneur des propos concernant l'écrivain.

Enfin, la parade engluée s'éparpilla dans une suite de salons qui évoquaient des décors de théâtre. Sur une estrade environnée de cassolettes fumantes, une dame en robe de velours enjolivée de passementerie psalmodiait l'hymne d'Augusta Holmès[1] :

— « Éros, prends pitié de nous ! »

Victor joua des coudes afin de s'échapper et perçut les voix de récitants qui débitaient leurs strophes aux deux extrémités d'un billard.

— Albert Samain et Stuart Merrill[2], claironna celui qui connaissait le peintre Antonio de La Gandara.

— Victor !

Tasha se tenait devant lui, fauve et bleue, magnifique. La rancœur remâchée durant des heures se volatilisa. Mais pourquoi le dévisageait-elle d'un air tendrement ironique ?

— Ça va, mon chéri ? Tu as mis le temps !

— J'ai reçu ton message à la dernière minute. J'ai emprunté un fiacre… Les embouteillages… Ma bicyclette est en réparation. De toute façon, je n'aurais jamais osé enfourcher un deux-roues pour te rejoindre en un lieu si distingué.

1. Augusta Holmès (Marie-Anne) : femme compositeur française, élève de César Franck.

2. Poète français né aux États-Unis (1863-1915).

— Détrompe-toi, la majorité des hôtes sont des excentriques, et Sir Reginald lui-même… Le voici, je vais te présenter.

Bien que la plupart des messieurs, en dehors des non-conformistes, eussent choisi l'habit classique, le maître de céans, gros homme congestionné à la boutonnière fleurie d'une orchidée, avait préféré le smoking – veston sombre, gilet, pantalon à galon de soie et pet-en-l'air –, assorti d'une cravate blanche et du traditionnel chapeau claque, récemment introduit en France par le prince de Galles. Il pressait sans cesse de nouvelles mains, et, quand il broya la paume de Victor en l'honorant d'un sourire chevalin, celui-ci étouffa un cri de douleur.

— Alors, c'est vous l'heureux époux de cette aguichante coquine ? Un amateur de littérature, m'a-t-elle affirmé. J'en suis comblé, nous réclamons l'assistance de ceux qui, dans cette nation éclairée, prisent le talent et méprisent les interdits, décréta-t-il sans l'ombre d'un accent.

— Qu'a-t-il voulu dire ? murmura Victor à Tasha lorsqu'elle l'eut attiré vers une bibliothèque.

— C'était une allusion à Oscar Wilde, en l'honneur de qui cette réception est organisée. Sir Reginald espère rallier à sa cause un maximum de personnalités, afin que la pétition se couvre de noms célèbres. Vite, nous avons juste le temps de visiter mon chantier avant que ne débute sa conférence.

Il se serait perdu dans ce labyrinthe de recoins et de couloirs et jamais n'aurait repéré l'escalier décollant vers le second étage. Tasha, elle, avançait d'un pas décidé. Ils traversèrent six pièces où des tableaux de Gustave Moreau couvraient les murs qui n'étaient pas voués à des tapisseries représentant les *Métamorphoses* d'Ovide et atteignirent la chambre dévolue aux pinceaux de Tasha.

— C'est une commande importante pour ma carrière. Si mes trois autres allégories sont à la hauteur de la première, je vais peut-être pouvoir concurrencer Vuillard. L'année dernière, il a peint onze panneaux reproduisant des jardins publics, ils sont superbes ! Alexandre Natanson les a placés dans sa résidence de l'avenue du Bois[1].

Force fut à Victor d'admettre que la composition de Tasha témoignait de son goût habituel pour le mélange des genres, et qu'il subissait une fois de plus le charme de son style. La nymphe alanguie guignant l'horizon où dansait un bateau l'emplit de mélancolie, mais aussi de désir. Déjà, il cherchait à enlacer sa femme.

— Bas les pattes ! repartit-elle, faussement bourrue. Quand la soirée sera achevée, si tu le souhaites encore, nous partagerons la couche qui m'est réservée à côté.

— C'est ici que tu dors ?

Consterné, il contemplait le boudoir hexagonal meublé d'un lit de fortune.

— Les appartements de Sir Reginald sont contigus, lui révéla-t-elle.

Elle pouffa et ajouta aussitôt :

— Es-tu nigaud au point de ne pas avoir remarqué qu'il ne mange pas de ce pain-là ? Serions-nous seuls au monde qu'il ne toucherait aucun de mes cheveux. Et ton enquête, elle progresse ?

— Quelle enquête ?

— Oh, rien, je plaisantais. Allons-y, c'est l'heure !

Ils redescendirent jusqu'à un salon ovale dont les parois étaient envahies de sabres de toutes époques et dimensions. Debout au milieu d'une tribune ornée de drapeaux français et anglais, Sir Reginald, qui avait

1. Actuelle avenue Foch.

troqué son haut-de-forme pour une casquette à double visière et son orchidée pour un œillet vert, pérorait.

— … ouvrages sont retirés des éventaires, son nom s'efface des affiches de théâtre, et notre gentry londonienne se déchire en « pour » et « contre ». Et pourtant, a déclaré Oscar Wilde lui-même, « les dieux m'avaient presque tout donné ». Imaginez cet esprit supérieur, ce dandy de quarante et un ans, marié, père de deux enfants, publiquement accusé par le marquis de Queensberry d'être un sodomite et d'avoir une liaison avec son fils, Lord Alfred Douglas. N'était-il pas normal qu'un écrivain si brillant se défendît ? A-t-il eu tort d'intenter à son délateur un procès en diffamation qui, hélas ! a tourné à son désavantage ?

— Non, non, il a eu raison, souffla l'auditoire.

— À son tour on l'a mis sur la sellette, on l'a traîné dans la boue, on l'a harcelé pour sa vie privée jugée infamante. Notre pays est coutumier du fait : Byron lui-même n'avait-il pas été contraint à l'exil ? Les tribunaux britanniques se sont acharnés contre Oscar Wilde en le condamnant à deux ans de travaux forcés. Mais, je vous le demande, en quoi le jardin secret d'un homme, artiste de surcroît, regarde-t-il l'opinion des citoyens ?

Des murmures parcoururent l'assemblée.

— Ici, en France, on ne se targue pas d'une hypocrisie semblable à celle qui gangrène mon pays. Vos journaux ont clairement exprimé le dégoût que leur inspirait le verdict. Aucun de vos critiques n'a fustigé *Le Portrait de Dorian Gray* comme un livre immoral, reprit l'orateur.

— C'est un chef-d'œuvre, mon ami Mallarmé l'a proclamé ! s'écria un spectateur.

Victor se sentit pincé au coude. Il pivota vivement et se retrouva nez à nez avec Maurice Laumier.

— Seriez-vous opposé à un rafraîchissement, mon cher Legris ?

Victor fit signe à Tasha qu'il sortait un moment. Contrariée, elle ignora le rapin qui la saluait de son béret noir à la Van Dyck. Elle ruminait. Pas hypocrite, la France, qui déportait un militaire soupçonné de la trahir parce qu'il était juif ? Djina et Pinkus avaient-ils tort d'envisager le pire ?

— Moi, je préfère les dames, vous le savez, Legris, mais ce qu'assure ce Leamington – qui m'a prié de brosser le portrait d'un de ses intimes, un certain André Gide – n'est pas faux. Flaubert et Baudelaire ont été poursuivis pour obscénité mais s'en sont relativement bien tirés. Et s'il fallait incarcérer tous ceux qui se comportent comme Wilde, les prisons seraient pleines, grommelait Laumier en désignant quelques convives à Victor : Prenez ce jeune pianiste, un musicien fort doué nommé Reynaldo Hahn, et là, vous voyez ce petit dilettante mondain à demi dissimulé derrière un ficus ? C'est Marcel Proust, il a commis des poésies, c'est son amant. Et ce grand escogriffe à la moustache ébouriffée et aux bagues polychromes, c'est Jean Lorrain, il a fait l'effort de se déplacer même s'il a refusé jadis de serrer la main de Wilde. Celui-ci lui a répliqué du tac au tac : « Des gens comme vous et moi ne peuvent être amis, ils ne peuvent être qu'amants. »

— Vous m'étonnez, Laumier, je vous croyais moins large d'esprit.

— Mon cher, ne déterrez pas la hache de guerre, le service que vous nous avez rendu l'an dernier[1] vous a acquis toute la reconnaissance dont je suis capable. Quant à Mimi, elle ne jure que par vous.

— Je suis flatté.

1. Voir *Le Talisman de la Villette*, *op. cit.*

— La vie se résume à deux mots : des impondérables, susurra une jeune Anglaise à Jean Moréas qui lui dédicaçait sa plaquette *Autant en emporte le vent.*

Victor et Laumier éclatèrent de rire. Ils fendirent des groupes caquetants afin d'accéder au dressoir nappé de linge blanc et semé d'argenterie. Des pyramides de gâteaux, de fruits secs et de canapés au fromage et au concombre s'écroulaient, victimes d'une razzia. Après une rude bataille, les deux compères réussirent à soutirer une provision de tartelettes et deux coupes de champagne, puis allèrent s'asseoir à une des nombreuses tables rondes qui meublaient l'espace.

— J'ai besoin d'une faveur, glissa Victor entre deux bouchées.

— Je vous écoute, mais je vous préviens : je suis fauché. Ainsi que l'a déclaré Alexandre Dumas fils : « L'amitié finit où l'emprunt commence. »

— Il ne s'agit pas d'argent, mais d'une adresse. Je cherche à joindre Amaury de Champlieu-Mareuil.

— Le roi du sucre ? Il a disparu, sans doute enlevé par une de ses conquêtes. Mais une gigolette bien connue de vous devrait être à même de vous renseigner, car elle a fréquenté ce monsieur : Fifi Bas-Rhin, archiduchesse Maximova, revenue brûler les planches sous le joli nom de Fiammetta ! Il paraît qu'elle obtient un succès fou !

— Je confirme, approuva un voisin à face poupine auprès de qui des dames minaudaient.

— C'est Hugues Rebell[1], murmura Laumier. Bonjour, Hugues.

— Elle est impayable, cette Fiammetta. Ne prenez pas cette expression choquée, ma chère, pourquoi m'abstiendrais-je de cueillir les fruits que Dieu, s'il existe, a mis à portée de ma main ? coassa Rebell.

1. Georges Grassal de Choffat, dit Hugues Rebell, littérateur français (1867-1905).

— Vous savez où elle loge ? chuchota Victor à l'intention de Laumier.

— *Hôtel Continental*, elle y a réservé une suite. Jules Renard vous a fait signe, vous ne l'avez pas vu ? Il est en verve, l'Odéon a inscrit à son programme sa comédie en un acte *La Demande*, il a obtenu un article élogieux de Jules Lemaître, et Sarah Bernhardt veut le recevoir.

Une fille un peu ivre entonna le refrain de la *Valse des pantalons* en imitant l'Irlandaise May Belfort.

Le pantalon est très engliche
Ce n'est pas qu'il soit commode
Ni joli, mais je m'en fiche,
Car en scène il est de mode !

Victor prit congé de Laumier, il avait brusquement envie d'air pur et de solitude. Il eut du mal à dénicher Tasha, elle était en grande discussion avec une Américaine.

— C'est Mary Cassatt, elle a exposé quatre-vingt-dix-huit tableaux en 1893 chez Durand-Ruel, expliqua-t-elle à voix basse.

— Et ton ami Lautrec, il n'est pas là ?

— Il voyage dans les gorges du Tarn. Je sens que tu n'apprécies guère cet endroit, je me trompe ?

— Trop de ragots, trop de chichis, je vais rentrer terminer mes tirages, tu m'accompagnes ?

— J'aimerais bien mais je commence à l'aube, c'est un gros chantier et…

— Je comprends. Nous nous verrons demain.

Il lui caressa le poignet et se perdit dans la foule, Une grosse femme lui pépia à l'oreille :

— Imaginez, mon bon, les Anglaises ne se contentent plus de boire le thé, elles le fument, on appelle ça des « tea-cigarettes », rendez-vous compte !

Victor exhala une bouffée de tabac sur le perron de l'hôtel. Des bruits de ferraille en provenance des écuries attisèrent sa curiosité. Il surprit Sir Reginald, en veste à carreaux, ployé vers les entrailles d'un engin à trois roues supportant deux banquettes de cuir. L'Anglais releva la tête.

— Ce tricycle à vapeur actionné par une chaudière Serpollet est aux yeux de bien des badauds une invention de Satan, dit-il. Cependant, monsieur, sur ce véhicule, pour lequel je détiens un permis de circuler signé d'un commissaire de police, je me joue des voitures remorquées par des chevaux et je les dépasse toujours, sans d'ailleurs effrayer ces braves bêtes. Un jour viendra où le vélocipède fera figure d'outil préhistorique. Nous disposons déjà, grâce au marquis de Dion, d'un Automobile-Club[1]. Vous nous quittez ?

— Oui, j'ai du travail. Merci pour cette excellente soirée.

Victor s'éloigna. Il n'éprouvait plus le même enthousiasme envers sa bicyclette Papillon. Que ne possédait-il la fortune de Sir Reginald pour s'offrir ce tricycle perfectionné !

À travers les fentes des persiennes, un réverbère jetait une pâle lueur sur le lit. Éric regardait dormir Cora. Elle avait une bouche d'un rouge éclatant dans un visage de madone.

Le matin, à l'aube, il avait débarqué chez elle avec ses deux valises sous prétexte que sa mère ne tolérait plus ses incartades.

— À charge de revanche, lui avait-il promis.

Cora n'était pas dupe, elle savait que la « charge » serait plus fréquente que la « revanche ». Elle l'accueillit

1. Créé le 12 novembre 1895.

à bras ouverts, l'hospitalité en échange d'un peu d'affection.

« C'est une petite garce, mais elle mérite mieux que ça. Bien sûr, elle est stupide, comme la majorité des filles de son espèce, elle ne pense qu'à l'argent… Moi aussi, après tout je la vaux. Rusé, dissimulateur, voleur, je possède les atouts indispensables à me garder la tête hors de l'eau. Je me demande de qui je tiens ça… L'oncle Donatien, peut-être ?…. Si je réussis mon coup, j'installerai cette mignonne dans ses meubles. »

Il détestait la rue de Verneuil, sombre, étouffante, bordée de maisons étroites aux rez-de-chaussée investis par des boucheries, des charcuteries et des bougnats.

« J'en ai marre de ce sommier de fakir, de cette piaule embouteillée d'une profusion de verroteries de mauvais goût, de peignes sales, de fers à friser et de ce quartier miteux. »

Il serait probablement réveillé en sursaut par une vendeuse de laitues qui beuglait à tout vent : *Ma grosse blonde de Carentan ! Qui qu'en veut ?* Un jour, il lui tordrait le cou.

Il glissa une main sous le drap et effleura les seins de Cora. Quand il était avec une femme, il obéissait à ses ardeurs qui étaient couronnées d'un succès rapide. Jamais il n'était autant excité que lorsque l'objet de sa concupiscence demeurait passif.

La jouissance vint très vite. Cora lui tourna le dos et se rendormit. Il se leva. Il se sentait des appétits de liberté, une grande fringale d'indépendance. Il songea à filer à l'anglaise, ses yeux se posèrent sur la vaisselle empilée dans un seau en attendant d'être lavée à l'évier, au fond du couloir. Un sentiment inconnu – de la pitié, de la tendresse – lui serra le cœur. Elle s'était donné du mal pour le satisfaire. En dépit de sa fatigue après une soirée de travail à la *Brasserie du divorce,* elle lui avait mitonné une blanquette de veau et l'avait contemplé, debout, tandis qu'il l'avalait sans faim, puis elle s'était prêtée à ses caprices en simulant le plaisir. Ses pensées dérivèrent. Que dirait sa mère, Bernadette Pérochon, cette dame visiteuse qui compensait son veuvage par la pratique d'œuvres charitables ? Il ne put s'empêcher de sourire, il imaginait aisément son indignation si elle le voyait ici, en cette minute :

« Tu n'es qu'un ingrat. Et la réputation de ta pauvre mère ? Tu ne feras rien de ta vie. Dieu sait comment cela finira ! »

Il alluma une bougie, enfila son pantalon, sortit crayon et calepin de la poche de sa veste pendue au dossier d'une chaise et se mit à écrire :

> *Bonneval Ida. En province, sera de retour avant les fêtes de fin d'année. Trouver coûte que coûte la nouvelle adresse de Suzanne Bosquet.*

— Ernest Sorbier est hors jeu depuis 1888. Il en reste sept, murmura-t-il. Ida Bonneval, Suzanne Bosquet, Hugo Malpeyre, Reine et Lazare Ducoudray, Virgile Sernin et Évariste Voisin. Je me demande quelles vont être les conséquences du mot que je leur ai envoyé. Vont-ils se dévorer entre eux ? L'ennui, c'est que nous sommes plusieurs sur la piste, il va falloir sprinter.

CHAPITRE XIV

Samedi 23 novembre

Le train mugit et s'ébroua, abandonnant Victor sur un quai battu par la pluie. Les quelques passagers s'enfuirent, le diable aux trousses. Se rendre au Castel du Bois-Joli s'avéra difficile. Le chef de gare souleva sa casquette et, après s'être longuement gratté l'occiput, énonça :

— Le père Graffard.

Encore fallut-il patienter le temps qu'un gamin se hâte d'avertir le bonhomme :

— Un client maronne près du guichet, alors grouillez-vous un peu !

Enfin, un char à bancs qui avait dû transporter les Rois fainéants, attelé d'un canasson non moins chenu, se rangea près du quai. Le père Graffard, vieil homme proche du fossile mais plus gaillard qu'il n'y paraissait, écouta l'adresse d'une oreille indifférente et secoua son fouet d'un geste vague. Un ressort invisible actionna le cheval, qui opta pour un trot dont on ne l'eût pas soupçonné capable, et voilà Victor perdu dans une campagne déserte et liquéfiée. Il se félicita d'avoir prévu un parapluie, sinon, perché à côté du cocher, il se fût changé en gastéropode.

Vingt minutes plus tard, la charrette s'échoua face à des grilles non cadenassées.

— Ça f'ra vingt sous, articula le père Graffard, qui se révéla doté de la parole.

— Je vous loue pour la journée, si cela vous est possible. Votre prix sera le mien.

Après un débat muet avec lui-même, le conducteur avança la somme de cent sous. Victor opina.

— Attendez-moi ici, je ne sais quand je reviendrai, ensuite vous m'emmènerez à Saint-Leu-Taverny[1] où j'attraperai le train du retour.

Il traversa un parc laissé en friche, à l'exception d'une allée bordée de plates-bandes et d'arbres fruitiers aux branches dégarnies. Sur la droite, à l'abri d'un muret troué d'une porte à vantail, se pressaient des enclos grillagés dont les locataires manifestèrent bruyamment leur excitation à l'approche d'un inconnu. Il grimpa sur une souche afin d'embrasser l'ensemble du chenil et fut étonné du nombre d'hôtes. Il aperçut un puits à margelle au pied duquel étaient empilées des gamelles vides.

Affronter l'invraisemblable bâtisse où résidait Hugo Malpeyre, amalgame de tourelles et de fenêtres digne d'avoir été conçu par le chapelier fou de Lewis Carroll, amplifiait la migraine taraudant Victor depuis l'aube. La nuit avait été peuplée de cauchemars jusqu'à ce que l'insomnie mît le siège. Sur le coup de huit heures, assoiffé de grand air, il appela Joseph à la librairie et l'informa qu'il avait décidé d'aller à Domont sur-le-champ, libre à lui de concevoir une histoire destinée à Kenji. L'intérêt du téléphone est qu'on peut couper court aux protestations de son interlocuteur, se dit-il en raccrochant illico.

1. Aujourd'hui Saint-Leu-la-Forêt, Taverny étant devenu une commune indépendante (1915).

Une femme d'une cinquantaine d'années aux épaules carrées et au visage disgracieux se montra après plusieurs coups de sonnette. Il devina en elle une de ces créatures qui, sous leur abord déplaisant, camouflent une grande générosité. Il se présenta comme un lointain parent de M. Malpeyre, avec qui il souhaitait s'entretenir d'affaires de famille.

— Bonjour, monsieur, je suis Mme Bonnefont, c'est moi qui m'occupe de la maison. Not'maît' a déguerpi aux aurores. Henri a attelé deux chevaux à son landau et ils ont foncé chez un vétérinaire d'sa connaissance qui vit à Meudon. Si la pauv' Pichette trépasse, sûr que ça lui brisera l'cœur !

— Est-ce un de ses chiens ?

— C'est sa chouchoute ! Elle a appartenu à la gamine d'un épicier du village, une pauv'petiote qu'a été fauchée par une balle perdue lors d'une partie de chasse. Son père a cédé l'chiot à m'sieu Malpeyre, surnommé dans l'pays « la Providence des cadors ». Elle devait déjà être trop grassouillette, not'Pichette, mais ça a empiré avec les années, vu qu'il la bourre de friandises, et il s'figure que j'suis pas au courant ! Brochant sur l'tout, elle a été mordue hier au soir par un putois, elle empestait, une infection ! La blessure est profonde, espérons que ça s'envenime pas ! Il est brave au naturel, M. Malpeyre, seulement quand il s'agit d'ses cabots, il frise le gâtisme !

— Il y a longtemps que vous êtes à son service ?

— Quatre ans. Y a du boulot et on manque de personnel, je gère pratiquement tout, mais j'ai que deux bras, alors pas moyen d'moyenner. Les pâtées, c'est Henri, le fils du palefrenier, qui s'charge de les distribuer parce que moi, préparer à becqueter pour trente et un bestiaux, ça m'bouffe les journées, surtout qu'j'ai le fricot des humains sur le râble !

— Hugo avait mentionné quelques chiens dans ses lettres, je découvre qu'il possède une véritable meute.

— Une meute de gueusards, ouiche ! C'est pas eux qui traquent les nuisibles, c'est les nuisibles qui les agressent ! Des errants, des vagabonds, des victimes du sort, pas mèche de les croiser, ça donnerait des monstres ! Vous imaginez, un corniaud mi-bouledogue mi-braque marié à Pichette, qu'est une épagneule guère catholique ? Mais je jase, je jase, et j'vous laisse poireauter dans l'humidité. Venez donc vous réchauffer un brin à la cuisine.

Ce fut avec une vive satisfaction que Victor se planta auprès d'un fourneau ronflant où mijotait une marmite contenant une mixture de légumes et de viande, ragougnasse dont il ignorait si elle était destinée à sustenter des bipèdes ou des quadrupèdes. Après l'avoir touillée quelques instants, Mme Bonnefont reprit :

— Si un scribouillard s'en donnait la peine, y aurait d'quoi noircir des pages et des pages avec l'histoire de not'maît'. Le premier cabot qu'il a recueilli, il l'a baptisé Émile, du nom d'une fréquentation à lui. Pis il a engrangé un braque affamé et une levrette à l'échine zébrée de meurtrissures. C'que les gens sont sauvages ! C'est alors qu'il a sacrifié une parcelle du parc à l'édification d'un chenil. Comme il désirait simplifier l'identité d'ses mendigots, il leur a attribué celles de héros antiques, ou de personnalités, et même de philosophes, enfin de tout un tas d'bonshommes qu'j'ai point dans l'habitude de côtoyer. J'tiens nullement à m'engorger l'entendement.

Elle se pencha vers le faitout pour en humer le fumet que Victor s'employait à déloger de ses narines.

— Mais j'ai tout noté sur un papier que j'conserve dans ma poche, ça vaut son pesant d'moutarde. À chaque année a correspondu une lettre de l'alphabet. En 1873, y a eu Ajax et Ariane, en 74 Beaumarchais et Baucis, en 75 Descartes et Danaé… Au jour d'aujourd'hui, not'doyen, un griffon borgne, se prénomme Noël. Quant au dernier reçu, un cocker lunatique vaguant c'printemps sur la route des Fonds, j'vous donne en mille le sobriquet dont il l'a affublé ! Woland ! Si c'est pas ridicule !

— Quand estimez-vous que M. Malpeyre sera de retour ? hasarda Victor entre deux nausées.

— Bien malin celui qui vous répondrait ! Ce soir, demain, ou dans une semaine, il a de ces foucades ! Avec ça, en l'absence d'Henri j'vais avoir à m'coltiner la corvée des écuelles… Vous êtes donc tellement pressé d'lui causer ?

— J'ai un lot de questions à lui poser concernant ses relations.

— Les indésirables ?

D'un coup de reins, elle souleva la marmite et, en ayant lesté un dessous-de-plat, la recouvrit d'un torchon. Victor emplit brièvement ses poumons.

— Faites pas des yeux en boules de loto, vous m'avez comprise, c'est ainsi qu'il désigne lui-même ceux qui viennent se goberger à ses frais une fois l'an. Révérence parler, c'est rien qu'un vieil étourneau, il n'a qu'à leur fermer sa porte, à ces pique-assiettes, j'vous épargne le surcroît de travail pour ma pomme. Un truc est limpide : ce qui est arrivé en août lui a servi de leçon, ils sont pas près de jouer au revenez-y, ces envahisseurs !

— Que s'est-il passé ? s'enquit Victor qui reculait afin d'échapper à la pitance que Mme Bonnefont répartissait à présent dans divers récipients.

— C'était la nuit où cette chose a déboulé de là-haut. Un météore, à c'que j'ai lu dans les journaux. Moi, je persiste à soupçonner le metze d'avoir lancé un sort. C'est un drôle, depuis qu'il s'est installé dans la forêt, il ne cesse de remâcher des imprécations entre deux vins, pis quand on le rencontre, il vous poignarde du regard, y a belle lurette qu'les cognes auraient dû l'écrouer, c'bravache !

La bouche prête à bredouiller le mot « metze », Victor fut contraint de s'exiler vers une fenêtre qu'il entrebâilla, préférant le froid à l'asphyxie.

— La maison était comble, toute une brochette de fâcheux, poursuivit-elle. Not'maît' avait engagé du personnel en extra, heureusement. Quand le ciel est devenu écrevisse et que le « boum » a éclaté, les invités se sont mis à sautiller comme des puces, ils étaient parés à monter une expédition, c'était le moment ou jamais de glaner des cailloux, qu'ils garantissaient. J'vous d'mande un peu, en pleine obscurité, dans les bois, avec ces étangs ! Finalement, ils se sont calmés, et pis j'ai préparé des paniers de pique-nique. J'y ai fourré les reliefs des repas.

Victor jeta un coup d'œil effaré à la pâtée des chiens.

— Trois jours, qu'ils se sont incrustés ! Jusqu'à ce qu'il y ait une tuile : tentez le démon, il vous happe le pied ! L'un d'eux, j'ai oublié lequel, s'est cassé la margoulette. Il est tombé d'un arbre, résultat : inapte à remuer, paralysé des orteils au plafond. M'sieu Malpeyre l'a embarqué dans sa voiture et l'a conduit chez lui, à Paris, escorté par trois autres. Ceux qui restaient se sont carapatés au petit bonheur la chance, bon débarras. J'en sais pas davantage.

— M. Malpeyre ne vous a pas avertie du décès de l'homme accidenté ? M. Donatien Vendel est mort il y a un mois.

Ce fut au tour de Mme Bonnefont d'adopter une mine éberluée.

— Saperlotte ! J'en suis tout estomaquée !

— Et du décès de deux des importuns, Déodat Briquebec et Maxence Vigneux, étouffés dans des fiacres à cause de briquettes de chauffage, qu'en pense-t-il ?

— Vous m'en contez de jolies ! s'écria Mme Bonnefont, les mains plaquées au visage. Si m'sieu Malpeyre le sait, il a gardé ça par-devers lui, parole ! Moi, j'suis rien qu'une paysanne, Paris, j'y suis allée qu'une fois, en 89, visiter l'Expo, j'ai pensé mourir du haut mal dans cette danse de Saint-Guy ! Des briquettes de chauffage, en voilà une invention ! Ça confirme mes inquiétudes : le metze ! Y a qu'un suppôt de Lucifer dans son genre pour infliger la désolation suprême aux innocents par l'entremise d'objets !

Pourquoi Donatien Vendel avait-il eu la fantaisie d'escalader un arbre ? Qu'était-ce donc que ce metze tant redouté de Mme Bonnefont ? Telles étaient les questions qui agitaient Victor pendant qu'il rejoignait son carrosse.

— Connaissez-vous un caboulot à Domont où manger à l'économie en savourant un cru du pays ?

L'idée de Victor était qu'un repaire de soiffards lui fournirait pléthore de commérages sur le fameux metze.

Le père Graffard ferma les paupières, en quête d'une vision intérieure.

— *Les Trois Épis* ! éructa-t-il, brandissant son fouet.

Une omelette baveuse, une miche de pain noir, une bouteille de médoc eurent tôt fait de s'aligner sur la nappe à carreaux. La patronne, une Méridionale rebondie aux yeux langoureux, déclara tout de go à Victor :

— Vous, on se doute que vous avez des manières. Pas comme ce ramassis de panés qui font rien que lever le coude, chantonna-t-elle de son accent ensoleillé.

— Hé ! Irma ! Arrête de te plaindre à ce pékin, c'est pas ton type de gonce, et puis sans la présence régulière des amoureux de la treille, ton bistrot, t'aurais plus qu'à en remiser la clé sous le paillasson ! graillonna un homme à grosse moustache et barbiche jaunes.

Les amateurs de vinasse cuvant en chœur approuvèrent à qui mieux mieux, le regard rivé aux formes voluptueuses sur lesquelles ils se sentaient des droits.

— La paix, les frise-à-plat ! tempêta Irma. On est en République, et je bavarde avec qui ça me plaît !

Ravi d'avoir conquis les faveurs de l'hôtesse, encore jeune et plutôt agréable à considérer, Victor s'empressa de tirer avantage de la situation.

— Délicieuse, votre omelette. On n'en dégusterait pas de meilleure au *Café anglais*.

— Les Engliches, c'est des emplâtres ! tonna Moustache jaune.

— Ta gueule, Justinien, ou tu dégages ! rétorqua Irma.

S'ensuivit un silence relatif dont profita Victor.

— En chemin, je me suis heurté à un individu assez patibulaire. On l'appelle le metze.

Cette fois, l'assistance se tint coite. Seule Irma osa riposter.

— Celui-là, méfiance, il a des pouvoirs, des mauvais autant que des bons. Ceux qui vont réclamer son aide la conscience nette ne sont pas désappointés. Les margoulins et les imposteurs, eux, qu'ils numérotent leurs abattis, Jéroboam Daragnac les perce à jour et invite Satan à leur sauter sur le casaquin.

— Pincez-moi, je rêve, v'là qu'elle s'est entichée d'un envoûteur ! clama Moustache jaune.

Sans lui prêter la moindre attention, Victor continua :

— Où vit-il ?

— En forêt, il a une cabane aux environs du château de la Chasse. Mais prévoyez pas de le voir avant deux jours, c'est la pleine lune, il prépare ses potions dans un endroit secret. Personne n'a encore réussi à le situer.

— Est-il acoquiné avec le propriétaire du Castel du Bois-Joli, Hugo Malpeyre ?

— Ma foi, y aurait rien d'étonnant à ce que ces hurluberlus soient liés. Sauf que des deux, l'homme aux chiens est probablement le plus frappé et le plus solitaire. Ça m'est arrivé de le surprendre, lui et son troupeau d'éclopés, ils défilaient comme à la parade, lui devant, sanglé dans un uniforme à boutons, et chaussé de grosses bottes. Eux derrière à la queue leu leu, un escadron de roquets qui manœuvraient en exécutant parfois des charges. Drôle de bonhomme, il ne s'intéresse même pas aux femmes.

— T'as des regrets, Irma ? railla Moustache jaune.

— Certains voisins ont crié au scandale, mais comme personne n'a été mordu et que le chenil est très à l'écart, on a fichu la paix à la troupe. Dans le fond, c'est un chic type, il refuse de supprimer un seul des chiots quand il y a des naissances, et en plus il récolte d'autres pensionnaires.

— Ce tintouin, c'est grotesque ! Ça jappe pire qu'une escouade d'enragés, ça effraie les gosses, j'te balancerais ces cocos à la flotte avec une pierre attachée au cou…

— Ce coup-ci, tu dépasses la mesure, Justinien. Ouste !

Furibond, mais filant doux face à Irma qui pointait l'index vers la rue, Moustache jaune obtempéra. Au grand dam de la patronne, Victor ne tarda pas à l'imiter, cependant il s'engagea avec prudence dans le sens opposé. Il emportait la bouteille à peine entamée et en fit cadeau au père Graffard toujours juché sur son siège. Le litre fut vidé à larges rasades, un clappement de langue exprima l'euphorie du vieillard. Le voyage à Saint-Leu s'effectua à une allure très soutenue. La pluie s'allouait une trêve, la traversée d'une campagne épargnée par l'hiver apaisa Victor. L'air vif le purifiait, et il était satisfait des informations obtenues, même si une seconde visite à Domont se révélait nécessaire faute d'avoir rencontré Hugo Malpeyre et Jéroboam Daragnac.

Lundi 25 novembre

Irrité, Joseph arpentait la réserve en écoutant les nouvelles de Victor. Il ne lui pardonnait pas sa désertion de l'avant-veille. Son beau-frère persistait à le traiter en quantité méprisable, le gredin ! Toutefois, quand il apprit que la prochaine opération au Castel du Bois-Joli lui serait confiée, il se rasséréna. Il acheva de s'épanouir en entendant son partenaire lui annoncer qu'une mission lui incombait le jour même : pousser une reconnaissance jusqu'au magasin des Ducoudray.

— Et Kenji, quelles salades va-t-on lui servir ?

— Le bouquiniste Horace Tenson a dans sa remise une montagne de reliés dépareillés dont il veut se défaire. Ce soir, vous ronchonnerez d'avoir été dérangé en pure perte, suggéra Victor, rarement à court de mensonges.

Joseph se hâta de fuir la place de la Bastille où la colonne de Juillet lui rappelait un souvenir déplaisant, son corps-à-corps avec un scélérat qui avait culbuté dans le vide trois ans plus tôt[1]. Le grelot de la boutique *Le Cheval à bascule* tinta sans susciter la curiosité des nombreux badauds inspectant les jouets.

Mûre et avenante, nez retroussé et fossettes au menton, une femme potelée célébrait devant deux couples en extase le bébé parlant de M. Jumeau :

— Cette plaque percée de trous sur la poitrine et l'abdomen recouvre un petit phonographe à cylindre. Il suffit de tirer sur une tige pour provoquer un mouvement d'horlogerie qui déclenche l'appareil. Écoutez.

Une voix de jeune fille, claire et enfantine, débita ce discours :

> « Je suis enchantée, maman m'a promis d'aller au théâtre, je vais à un spectacle. *Ah ! Mon beau château, ma tante tire lire lire ! Ah ! Mon beau château, ma tante tire lire l'eau !* »

Il y eut des exclamations et Joseph lui-même ne put réprimer un sourire. Envahi d'une joie mélancolique, il fut transporté en 1879, sa main crochée à celle de sa mère, sur les Boulevards où des rangées de baraques avaient éclos durant le mois de décembre. Des camelots vantaient les nouveautés propres à séduire les passants en quête de modestes étrennes. Fasciné par les bonimenteurs, plus clochards que professionnels, secouant polichinelles, mirlitons et tambours, Joseph avait pris racine face à un étalage d'automates en fer-blanc. Particulièrement convoité, un fort des Halles poussait sa brouette.

— Combien ? avait marmonné Euphrosine au bout d'un moment de réflexion.

— Six sous, cracha le marchand.

Le porte-monnaie rechignait à se vider de ses pièces. Il en manquait deux.

1. Voir *Le Secret des Enfants-Rouges*, 10/18, n° 3682.

— J'vous accorde une fleur, ma p'tite dame, parce que vous avez d'belles mirettes.

Sans croire à son bonheur, Joseph avait serré le jouet contre lui. Puis, une fois à la maison, il l'avait posé sur une caisse et s'était contenté de l'examiner des heures d'affilée. Euphrosine et son rejeton se nourrirent de pommes et de pain jusqu'à ce que le porte-monnaie consentît à grossir. Un jeu de loto et un masque en carton-pâte achetés par la suite constituèrent un trésor enfantin dont le fort des Halles était le joyau. Sans doute dormait-il, démantibulé, dans un coin de la remise, rue Visconti.

À présent, les automates étaient beaucoup plus perfectionnés. Des personnages agrémentés de vêtements reproduisaient des attitudes humaines, mus par des mécanismes à moteur. Joseph flâna auprès de joueurs de cartes, d'un couple échangeant des horions et d'une troupe de gymnastes.

Négligeant les guignols et les machines à coudre vendues au prix exorbitant de dix francs soixante-quinze, il s'intéressa à un cheval tricycle doté d'une queue en véritable crin et de sabots vernis. La selle de cuir rouge et les pédales fixées sur la roue lui donnaient envie de redevenir gamin. Mais le passé était révolu. C'était une sensation étrange que d'évoluer parmi ces merveilles. Offrirait-il à Daphné ces mignonnettes et ces ustensiles de cuisine réservés aux filles, ou bien chercherait-il à stimuler son intelligence grâce à un praxinoscope ?

— Un renseignement, monsieur ?

— Les jouets scientifiques, ça m'épate.

— Courses de dadas, matériels d'imprimerie, casse-tête, oracles, trajectoires pour culbuto subissent la concurrence des kaléidoscopes, gyroscopes, zootropes, énonça le marchand, la cinquantaine, le teint blafard, proche d'un somnambule avec ses paupières lourdes et ses gestes lents.

— Le contenu de cette boîte permettra à votre enfant de maîtriser mille et un tours de magie.

— Êtes-vous M. Ducoudray ? Lazare Ducoudray ?

L'interpellé dévisagea son client.

— Réfléchissons. Serais-je celui dont lcs os sont dépourvus de moelle ?

— Quel est ce charabia ? bredouilla Joseph.

Le temps d'un rire, le marchand s'éveilla.

— Je ne suis pas Ovide. Os vides. C'est une énigme, jeune homme, ma marotte. Si je vous dis : quatre demoiselles qui se poursuivent sans jamais se rattraper, la réponse est… ? Vous donnez votre langue au chat ? Les quatre roues d'un chariot ! Trêve de plaisanteries. Lazare, lève-toi et marche !

Incertain de la santé mentale de son interlocuteur, Joseph avait perdu son aplomb.

— Je… Euh… C'est un ami commun qui m'envoie, parvint-il à expliquer. Nous partageons une passion : les modèles réduits ferroviaires. M. Vendel. Il se fournit chez vous.

Tel un de ses pantins, Lazare Ducoudray battit des paupières jusqu'à les hausser au maximum.

— Ce vieux Donatien ! Comment se porte-t-il ? L'infortuné, se retrouver subitement paralysé, sans assurance de guérison, quel gâchis ! Il penche déjà vers le versant obscur. Et celle-là, vous la connaissez ? Aussi courte aux premiers instants qu'aux derniers, plutôt longue lorsque l'homme est dans la vigueur de son âge ? Bien sûr, vous l'avez deviné, c'est l'ombre, et non…

— M. Vendel a quitté ce monde, chuchota Joseph.

Décontenancé, Lazare Ducoudray ferma à demi les yeux.

— Bigre de bigre ! s'exclama-t-il. Reine ! Arrive ! Écoute ça !

La femme au nez retroussé délaissa ses Bébés Jumeau.

— Bonjour madame. Oui, Donatien est mort le jour même de l'accident de la gare Montparnasse, précisa Joseph. Mme Pérochon m'a interdit de pénétrer dans la chambre mortuaire, mais j'ai entrevu son corps.

— Dieu a eu pitié, il lui a octroyé une locomotive qui l'a transporté au ciel, psalmodia Mme Ducoudray en guise d'oraison funèbre.

— Nous hésitions à lui rendre visite. Trop tard, grommela son mari. Nous n'avons reçu aucun faire-part, comment l'aurions-nous su ?

— C'était dans le journal. De même que la commémoration du décès.

Joseph leur montra une coupure liserée de noir. Lazare lut à mi-voix :

> « Mme Bernadette Pérochon et son fils Éric remercient tous ceux qui ont eu la civilité d'assister à la messe célébrée en la cathédrale Notre-Dame le samedi 16 novembre, trois semaines après la disparition de leur frère et oncle, M. Donatien Vendel. »

— Ça me rappelle : noir le jour et blanc la nuit ? Vous séchez ?.... Le curé.

— Lazare, je t'en prie, siffla son épouse. De quel journal s'agit-il ?

— *Le Figaro.*

— Nous ne lisons que *Le Temps*, décréta Reine d'un ton acerbe, avant de s'adoucir et de susurrer :

— Vous le fréquentiez depuis longtemps ?

— Depuis mon emménagement dans son immeuble, 5, rue du Départ, voici presque deux ans, répondit spontanément Joseph.

— Il avait mentionné notre nom ?

— C'est évident, ma chérie, il vient de sa part, monsieur est amateur de chemins de fer miniatures.

— Vous étiez membre de son amicale, n'est-ce pas ? M. Vendel m'a narré en quelles circonstances avait été fondée l'association À cloche-pied. Je vous envie, j'ai toujours rêvé d'appartenir à une confrérie. Alors vous étiez près de lui quand il a subi ce terrible malheur ?

— Non, nous nous étions égaillés en forêt, nous ratissions les sous-bois dans l'espoir de dégoter des éclats de météores. Quand nous avons regagné le château de notre hôte, M. Malpeyre, il était déjà en route pour Paris avec le pauvre Donatien.

— Pourquoi était-il grimpé dans un arbre ?

— Voilà ce que nous aimerions comprendre, monsieur…

— Pigot, Jean Pigot. Mme Pérochon m'a confié qu'elle avait été bouleversée quand son frère lui a été ramené par des amis, elle a cité le nom d'Ida Bonneval.

— Elle s'est trompée, Ida clamait que les émotions avaient esquinté ses cordes vocales, elle s'est gargarisée une heure avec de l'eau de mélisse. Donc, monsieur Pigot, résumons-nous : vous comptez acquérir de nouvelles pièces de collection ?

L'intonation inflexible de Reine Ducoudray indiquait sans ambiguïté que la discussion était close et qu'elle envisageait à présent d'être dédommagée de son amabilité.

— Certes, certes. Mais j'ai une fillette de quatorze mois, les étrennes approchent et…

— J'ai ce qu'il vous faut !

Déjà, elle le remorquait vers le peuple des poupards, lorsqu'il avisa une arche de Noé garnie de sujets taillés à la serpe.

— Cela me convient. Où est-ce fabriqué ?

— À Saint-Claude, dans le Jura. Je vous emballe le tout ?

— Non, je vais me contenter d'un ours, d'une girafe et d'un éléphant.

La caisse avala d'un *cling* rageur les deux pièces que coûtaient les figurines de bois. Dépitée, Reine ne prit pas la peine de couper les étiquettes rédigées à la main ni de fournir un joli papier. Lazare raccompagna ce piètre client à la porte et lui marmonna :

— Quatre petites cuisses dans un lit et un zigzag au milieu ? Vous séchez ?.... La noix !

La librairie Elzévir ressemblait à une ruche. À quelques minutes de la fermeture, la comtesse Olympe de Salignac, Blanche de Cambrésis, Adalberte de Réauville, et Mlle Helga Becker avaient investi le magasin, bientôt rejointes par Micheline Ballu toujours à l'affût des derniers potins.

Furieux du retard de Joseph, Victor s'était réfugié dans l'arrière-boutique, ce qui ne l'empêchait pas d'entendre.

— « France, à genoux ! Tu vas parler à Dieu. Airain sacré, résonne ! Et vous, nations, écoutez ! La France fait sa prière au Seigneur ! » C'est émouvant, à vous tirer les larmes ! s'écria Olympe de Salignac. Jamais je n'oublierai l'homélie du chanoine. Y étiez-vous, monsieur Mori ?

— Où ? demanda Kenji qui tentait de s'esquiver.

— Au sommet de la butte Montmartre, voyons ! C'était un grand jour pour la France catholique, n'est-ce pas, Adalberte ?

— Un jour mémorable, acquiesça énergiquement cette dernière, la moitié de la face tordue en un pénible rictus, séquelle d'une hémiplégie.

— Pourquoi ?

— Mademoiselle Becker, vous débarquez de la lune ? Le 20 novembre restera à jamais gravé dans nos esprits, on a porté sur les fonts baptismaux Françoise-Marguerite, la Savoyarde.

— Je n'ai pas l'honneur de connaître cette enfant, grommela Kenji.

— Vous vous moquez, monsieur Mori ! C'est une cloche, la plus grosse de France, un don des diocèses de Savoie à la basilique du Sacré-Cœur. En attendant la fin des travaux de construction, elle occupe un emplacement spécial à droite du portail principal.

— Moi, j'y suis allée dimanche avec mon cousin Alphonse, intervint Mme Ballu, ça vaut le déplacement, c'est le paradis des vendeurs à la petite semaine. Faut se balader rue du Chevalier-de-La Barre, un vrai souk ! Mon cousin m'a dit qu'on se croirait à Marrakech. Les marchands d'objets de piété vendent des Savoyardes en réduction pour timbre d'appel de femmes de chambre, des plâtres de la Vierge, des Jeanne d'Arc en prière ou à cheval, des Saint-Joseph, des Saint-Antoine, j'm'en suis offert un, de Saint-Antoine, parce que j'égare le moindre objet. C'que j'ai préféré, c'est le sacré cœur de Jésus, avec des flammes autour, on le trouve sur les pelotes à épingles, les porte-plume, les foulards, les ronds de serviettes, les plumiers, les presse-papiers, les tasses, les assiettes, les…

— Ce sont des bibelots qui possèdent une haute valeur spirituelle, laissa tomber Kenji, pince-sans-rire.

— Tout à fait, monsieur Mori, tout à fait, approuva la comtesse de Salignac. Irez-vous admirez la cloche ?

— Chère madame de Salignac, vous l'avouerai-je ? Depuis ma prime enfance je fuis la foule, sa vue me suggère l'idée d'une émeute ou d'une révolution…

Le Chevalier de La Barre ? Serait-ce ce jeune homme de dix-neuf ans supplicié et exécuté pour avoir eu le tort de ne pas saluer une procession ?

— Il y a plus de deux siècles, monsieur Mori, protesta la comtesse. L'amende honorable est tardive mais honnête !

Kenji consulta son chronomètre.

— Mesdames, excusez-moi, je me retire, c'est l'heure du coucher de ma petite-fille. Victor, soignez donc nos charmantes clientes.

Laissant son associé en otage, il se replia au premier étage. Il avait juste le temps d'endosser son costume d'apparat et de filer sur les Boulevards.

À contrecœur, Victor afficha un sourire affecté et quitta son havre.

— Ah ! monsieur Legris, j'espère que vous allez me satisfaire ! s'écria Olympe de Salignac. Je recherche une nouveauté de Paul Déroulède.

— Impossible, madame la comtesse, répliqua Victor d'un ton sec.

— Et pourquoi ?

— Cet auteur n'aura jamais sa place dans nos rayonnages, adressez-vous à la concurrence.

Outrée, la comtesse serra les lèvres, puis se dirigea d'un pas altier vers la sortie, suivie de son escorte. Mme Ballu jugea plus prudent de ne pas demeurer en tête à tête avec Victor.

Une queue s'étirait devant le théâtre de la rue Caumartin. Kenji marqua un temps d'arrêt sous un réverbère et relut l'article de la rubrique *Spectacles*.

> « La femme moderne se plaît aux pâleurs et aux maigreurs distinguées, elle s'inspire des têtes préraphaélites, elle marche dans la vie un lis dans la main, les yeux levés au ciel. Mlle Fiammetta ne dépend pas de cette catégorie. Attention,

Liane de Pougy n'a qu'à bien se tenir ! La devise de Mlle Fiammetta, *Ad aperturam libri*[1], montre qu'elle ne saurait rien cacher. C'est plutôt une déesse romaine, elle nous donne le goût des plaisirs épicuriens et des réalités terrestres. Rien n'égale sa débordante splendeur. Le public s'en délecte. Elle atteint son but qui est de nous faire croquer la pomme sans fauter. Allez voir *Le Petit Coucher de l'Infante,* vous serez conquis. »

Kenji glissa le journal dans la poche de son pardessus. Il était surpris. D'habitude, en ce lieu, on représentait des féeries. Hué par ceux qui ne pouvaient accéder à la caisse, il déposa sa canne et son gibus au vestiaire, sourit en lisant la pancarte au seuil de la salle :

Les Dames ne sont admises
à l'Orchestre et au Parquet que
SANS CHAPEAU

De sa baignoire, il dominait la scène.

L'orchestre attaqua une valse lente dont le titre, *Donne-toi toute*, ne laissait planer aucune incertitude quant au spectacle qui allait suivre. Nombre de spectateurs en murmuraient les paroles, censurées par le sénateur René Bérenger quatre ans auparavant :

Donne-toi toute avec tes seins,
Fais bondir ton cœur et tes reins !
Va, goutte à goutte[2].

Le rideau s'ouvrit sur une chambre à coucher. Un lit, une coiffeuse, un secrétaire, un fauteuil, deux chaises et, sur un chevalet, le portrait d'un fringant moustachu en uniforme.

1. À livre ouvert.
2. Composition de Gaston Habrekorn, directeur du *Divan japonais*, qui fut visée par une vague de moralité.

Celle que tous attendaient fit son entrée, provoquant un vacarme assourdissant. Elle bombait la poitrine dans son corsage cintré et balançait les hanches sous l'épaisseur de sa jupe rouge. On eût dit un personnage de Goya.

Brune, le teint mat, les yeux sombres, Fifi Bas-Rhin dégageait un vif attrait érotique. Kenji savait pour l'avoir connue charnellement que sa science du désir lui permettrait d'exercer un ascendant absolu sur le cénacle presque exclusivement masculin qui se pressait à l'*Éden-Théâtre*. En dépit de son titre d'archiduchesse Maximova, elle dissimulait si peu ses ambitions de conquête qu'elle n'avait pas hésité à s'exposer sur les planches. Depuis cinq semaines la salle ne désemplissait pas.

Yeux mi-clos, lèvres entrouvertes, elle dégrafa son corsage. Une hystérie collective s'empara de l'auditoire. Dans cette atmosphère viciée par l'haleine des spectateurs et les fumées de cigarettes, Fiammetta exhiba le plantureux mystère de ses bas noirs. Elle se tourna vers le portrait de son mari, tendit les bras. Un fracas de cymbales coupa court aux murmures. Fiammetta se déhancha et ôta son premier jupon : la *modeste*, qui révéla le second nommé la *friponne*. D'un air absent, elle effleura de ses doigts aux ongles rouges les endroits de son corps qui troublaient les hommes tandis qu'elle faisait tournoyer ses dessous mousseux en découvrant l'amorce de ses cuisses. Tous retenaient leur souffle. Elle soupira, s'installa à une petite table et, tandis que l'orchestre jouait en sourdine, elle feignit d'écrire une lettre en déclamant d'une voix vibrante, à la façon de Sarah Bernhardt :

— Mon cher petit mari adoré. Depuis ton départ pour Cuba notre nid d'amour est devenu lugubre. Seule, je suis seule au lever, seule au coucher, seule la nuit dans ce grand lit glacé…

Elle se tamponna les paupières et se mit à onduler en une danse lascive, ce fut le délire. La *modeste* atterrit sur le dossier d'une chaise. À son tour, la *friponne* se retroussa sur le troisième jupon, la *secrète*, et rejoignit la *modeste*.

— Oh mon Pedro ! reprit-elle. Pourquoi Cuba ? Pourquoi la guerre, toujours la guerre ! Je sais, la perle des Antilles, c'est beau, c'est chaud, mais c'est si loin ! Tu me manques !

Fasciné, Kenji ne pouvait détacher les yeux de cette Vénus au buste moulé d'une chemisette à petits plis. Sa chair ressentait les effets des jeux voluptueux auxquels elle et lui s'étaient prêtés dans l'appartement de la rue d'Alger.

Au quatrième tableau, Fiammetta, terrassée par la douleur de la solitude, se dépouilla de ses bas et de son corset. Ce fut l'apothéose. Rien ne comptait plus que cet instant, où enfin elle apparut les seins libres, arborant une expression d'une chasteté mutine. Une dernière fois, elle exhorta son compagnon à revenir, puis se décida à se glisser sous les draps, seule.

Le rideau retomba, un tonnerre d'applaudissements explosa. Drapée dans un peignoir de soie, Fiammetta vint saluer. Elle avait envisagé toutes les nuances de son rôle. Trop froide, on l'eût conspuée, trop éprise, sa précipitation aurait déçu. Son regard croisa celui de Kenji. Il disait : « J'ai choisi le moyen terme, je me déshabille comme pour toi. » Elle se redressa et disparut dans les coulisses.

Kenji fut le dernier à sortir. Il réussit à se convaincre que Fifi avait su garder une mesure exquise dans une situation délicate et rester à la limite du bon goût et de la bienséance. Non, il n'irait pas la féliciter dans sa loge.

Il dut parcourir à pied la distance qui le séparait de la rue des Saints-Pères pour que ses ardeurs se dissipent. Il était heureux de pouvoir encore éprouver la flamme d'une sexualité dénuée de sentimentalité.

« Désirer sans aimer, c'est se rassasier sans cuisiner. »

Il se répéta plusieurs fois ce proverbe inédit, comblé de son à-propos.

Soudain, l'inquiétude le gagna. Il avait été imprudent de camoufler le carnet de photos dans la réserve, L'un de ses associés ou Siméon Delmas pouvaient le dénicher. Il fallait songer à le récupérer.

CHAPITRE XV

Mardi 26 novembre

Chasser ce train qui bourdonnait sans répit et dont l'œil torve ne cessait de grossir à mesure qu'il fonçait vers le dormeur. Éric gémit et manqua choir du lit. Quelques minutes lui furent nécessaires pour reconnaître la chambre étriquée émergeant à peine de l'aube. La fenêtre cernait un rectangle délavé derrière lequel il identifia le raclement confondu dans son sommeil avec le grondement d'un convoi : Barda, le marchand marocain de toiles cirées, dont personne ne savait le nom véritable, tiraillait sa charrette à brancards sur les pavés de la rue de Verneuil. À plat ventre sur le matelas, un bras dans le vide, Cora respirait bruyamment, la couverture entortillée autour d'elle. Elle était revenue de la *Brasserie du divorce* à une heure indue et, exténuée, avait sombré sans se dévêtir.

Le sommier grinça lorsque Éric parvint à s'en arracher. Avant même d'avoir avalé un grand bol de café au lait et mâchonné une tartine de pain rassis, sa décision était arrêtée. Manipuler les ficelles dans l'ombre en attendant les événements devenait trop aléatoire. Bien sûr, libre à lui de se contenter d'envoyer des lettres jusqu'à ce que celui des membres de la société

À cloche-pied détenant le fameux trésor le lui apporte ou se trahisse, mais il avait posté la missive signée « Évariste Voisin » le 19, et rien ne s'était produit. Soigneusement épluchés, les quotidiens n'avaient encore livré nul fait divers intéressant. La patience n'étant pas son fort, mieux valait agir. Oui, aller à Carrières-Saint-Denis cet après-midi, examiner de près ce champignonniste sans toutefois renoncer à la circonspection. L'incognito restait de rigueur tant que le magot ne serait pas sien.

Il écarta son bol et considéra la pièce à l'odeur aigre, le corps épuisé de la fille, les rideaux froissés. Un brusque dégoût lézarda son affection envers Cora. Il ouvrit l'espagnolette, inspira une bouffée froide.

— Ah, qu'il est beau le maquereau ! Hareng frais très gras ! clama une poissonnière ambulante.

Nauséeux, il se hâta de s'habiller et de quitter le logement. Il dévala l'escalier afin de se boucler dans les cabinets au fond de la cour.

À contrecœur, Suzanne Bosquet paya les deux francs que coûtait l'entrée à la patinoire *Le Pôle Nord*, 18, rue de Clichy. Parlementer avec un employé obtus à qui elle soutenait n'être qu'une simple spectatrice ne lui avait permis d'obtenir aucune réduction.

« Quelle idée a eue cette dinde de me convoquer ici ? On gèle. Heureusement que j'ai mis mon manteau et ma toque de chinchilla ! »

Elle pointa les coudes à travers les badauds encombrant le vaste promenoir qui entourait la piste. Il était ainsi possible d'admirer les prouesses des fervents de la glace en médisant, à moins que l'on ne préférât dominer la scène depuis les loges du premier étage, face à l'orchestre exécutant des valses.

La salle, vaste quadrilatère de quarante mètres de long sur vingt de large, surmontée d'une ossature métallique, s'apparentait aux pavillons de Baltard. Elle était éclairée de globes électriques et décorée de panoramas évoquant les régions arctiques. Un gros calorifère y entretenait une température de quinze degrés, mais les sportifs adonnés à leurs pirouettes semblaient presque avoir trop chaud.

Suzanne s'efforça de localiser Ida Bonneval parmi les silhouettes défiant les lois de l'équilibre. Elle la repéra, grande perche en robe rouge serrée à la taille d'un ruban noir, aux cheveux torsadés sous une capeline bordeaux. Son visage était masqué d'une voilette à résille.

« Discret », songea Suzanne, jalouse de la minceur de son amie, plus souple qu'elle ne l'eût supposé.

Habile à patiner sur la carre extérieure de ses patins, Ida traçait des dehors impeccables, preuve d'une expérience incontestable. Cette aisance lui valait les regards émoustillés de quidams lancés à ses trousses. Exaspérée, Suzanne joua vainement les sémaphores et se résigna à crier « Ida ! Ida ! » avant que son appel n'attirât la propriétaire de ce sobriquet à la faveur d'une pause musicale.

Ida glissa gracieusement vers la rambarde et s'y appuya, essoufflée, pendant qu'elle dévissait les lames fixées aux talons et aux semelles de ses bottines. Elle les fourra dans un sac de toile blanche à courroies de cuir, puis elle rejoignit Suzanne via une courte passerelle.

— Toi, t'es un drôle de spécimen ! Une chanteuse, favoriser un igloo pareil pour se divertir, ça m'en bouche un coin ! Tu n'aurais jamais dû me donner rendez-vous à deux pas de chez toi !

Ida souleva brièvement sa voilette, le temps d'échanger un baiser en cul-de-poule avec Suzanne, qui constata son expression crispée en dépit de son assurance sur la piste.

— Comprends-moi, j'étais à bout. J'ai pensé qu'une patinoire serait un lieu anonyme. On ne t'a pas suivie ?

— Comment le devinerais-je ? La moitié de Paris se bouscule ici ! Tu as plaqué la tournée ?

— Je leur ai raconté que j'étais malade. De toute façon, les représentations se terminent après-demain, ma doublure jubile. Viens, allons causer près des vestiaires, ce sera plus tranquille.

Elles se faufilèrent loin du promenoir et gagnèrent un corridor qui n'était qu'une succession de portes numérotées. Ida actionna la clé du 38 et récupéra une cape bordée de renard, jetant un coup d'œil envieux à la toilette de Suzanne.

— Tu es retournée chez toi ? demanda celle-ci.

— Pas folle, la guêpe ! Je loge à Vincennes, chez ma sœur de lait. Dis, ça t'ennuierait d'envoyer quelqu'un chez ma concierge pour qu'on te remette mon courrier ?

— Bravo, tu as tout combiné.

— Qu'allons-nous devenir ? Ce fardeau me pèse dessus depuis que j'ai lu les journaux, j'y réfléchis jour et nuit, ça me mine. Les choses marchaient si bien ! À Sermaize, j'ai été l'idole du public, chaque soir le parterre m'ovationnait debout, on m'offrait des roses, et maintenant…

— Ravale tes jérémiades ! Tu vas te calmer et opter pour un profil bas aussi longtemps que durera l'alerte ! s'écria Suzanne en lui agrippant l'épaule.

— Ne m'abandonne pas, j'ai peur.

— Je prends les affaires en main puisque tu n'as aucun cran.

Ida se rebiffa.

— Toi, tu te réfugies dans ta forteresse du Bel-Respiro, une escouade de larbins te protège, et ton amant te couvre de fourrures !

— Chacun son destin, ma petite. J'ai bataillé et je n'ai pas ménagé mes reins pour mener ma barque au port. Signons la paix, tu n'es plus une gamine. J'espère que tu ne t'es confiée à personne ?

— À qui pourrais-je me... commença Ida, indignée.

— Un amant, peut-être !

— Les hommes ! Tu crois vraiment qu'ils m'importent ?

— Parfait. Je te chaperonne jusqu'à Vincennes, si, si, j'insiste. Dès que j'aurai éclairci cette histoire, je t'enverrai un billet et nous aviserons. Si tu t'imagines que ça ne me tracasse pas ! Seulement je réagis, je souris, je trompe mon monde ! Allez, risette, ça va s'arranger, pour notre sauvegarde on va brouiller les cartes.

Ida pila.

— Oh, c'est la barbe ! J'ai oublié de rendre mes patins, ils sont en location. Je te charge de mon sac, inutile d'attirer l'attention, tu les feras rapporter.

Fâchée, Suzanne enfila une lanière à son bras et remorqua Ida vers la station des fiacres.

Harcelée par l'éditeur belge qui réclamait de toute urgence ses illustrations, Tasha s'était déterminée à délaisser quelques jours la résidence de Sir Reginald Leamington. Elle avait gardé pour la fin un dessin coloré au lavis qui précéderait la première page de *La Petite Sirène* d'Andersen. Terrifiée à la perspective de voir se noyer celui qu'elle aimait déjà, l'héroïne s'acharnait à maintenir hors des flots démontés la tête du jeune prince. Bien qu'elle ne portât qu'une blouse de coton, Tasha transpirait tandis que naissaient sous ses doigts les crêtes des vagues. Dans ces moments de travail intense, André Bognol, d'un naturel déjà discret, se renfermait davantage, redoutant de la déranger. Il commit pourtant ce qu'il tenait pour un crime de lèse-majesté en risquant, après un toussotement :

— J'ai préparé un salpicon de volaille et de champignons. Dois-je réchauffer les croquettes de pommes de terre en garniture ?

Tasha se rongea l'ongle du pouce, tâchant de se persuader que son ondine n'avait pas l'air godiche.

— Oui, non, merci, on s'en débrouillera.

Le maître d'hôtel s'esquiva, presque aussitôt remplacé par Victor, en quête de boutons de manchette. Versant ici le contenu d'un pot, éparpillant là un amas d'esquisses, il bruissait dans la chambre-atelier à l'instar d'un insecte géant. Agacée, Tasha renonça à poursuivre tant qu'ils n'auraient pas mangé. Déjeuner ensemble rue Fontaine était désormais un plaisir qu'ils s'accordaient rarement, et elle s'en était réjouie à l'avance. À présent que cette commande exigeait d'elle vélocité et précision de trait, elle avait hâte d'expédier le repas. D'ailleurs Victor lui-même paraissait pressé.

— Que cherches-tu ?

— Ces boutons de nacre que ma sœur m'a donnés à l'occasion de notre mariage…

Elle s'aperçut alors qu'il était beaucoup plus élégant que d'habitude. Ce gilet soyeux brodé de minuscules pâquerettes, l'avait-il emprunté à Kenji ? Et depuis quand possédait-il cette cravate avantageuse ?

— Pourquoi seraient-ils de ce côté ?

— Parce que, soit dit sans vouloir te vexer, ma chérie, tu n'as pas d'ordre.

— Mon fouillis ne concerne que ce qui m'appartient. À ta place je sonderais le cabinet de toilette.

Victor haussa les épaules, maussade, mais suivit son conseil et traversa la cour en sens inverse. Lorsqu'il réapparut, ses poignets s'ornaient des fameux boutons, néanmoins il ne lui en sut nul gré et s'assit à la table qu'elle avait dressée en son absence.

Elle se mordit la lèvre et posa si rudement les deux casseroles sur les dessous-de-plat que les couverts tremblèrent. Victor la dévisagea avant d'emplir leurs assiettes. Il mastiqua sans enthousiasme.

— Ces croquettes sont à peinc chaudes.

— C'est meilleur froid, André me l'a certifié.

— En ce cas nos goûts divergent.

— Est-ce le seul sujet qui nous sépare ?

Il lâcha sa fourchette, décontenancé. Il la sentait tendue comme une corde de violon. Qu'avait-il proféré ou accompli qui méritât ce reproche ?

— Que t'arrive-t-il, ma chérie ?

— Rien, c'est juste que... Tu es sur ton trente et un, aujourd'hui ! Cette tenue m'est-elle destinée ? Si oui, excuse la mienne, je n'ai guère eu le loisir de me pomponner.

Victor mentit sans vergogne.

— C'est très simple : je vais voir un client important à Drouot, il détient un Molière de 1673 en sept volumes in-douze que Kenji rêve d'acquérir. J'espère emporter le morceau avant qu'il ne s'adresse à un commissaire-priseur. Ensuite, j'irai m'informer de la santé de ma bicyclette. Et enfin, je t'aiderai à ôter ta blouse qu'aucune robe ne remplacera.

Tasha se détendit peu à peu, et ce fut l'un contre l'autre et en riant qu'ils dégustèrent le moka au chocolat d'André Bognol.

Animée d'un sentiment d'affolement, Suzanne Bosquet sauta du véhicule au coin des Champs-Élysées et de la rue du Bel-Respiro. La rencontre avec Ida au *Pôle Nord,* la décision inévitable de l'expulser de sa vie, puis le retour dans un omnibus cahotant l'avaient harassée. À peine eut-elle foulé le macadam, elle se retourna afin de vérifier si ce cabriolet à capote sombre attelé d'un cheval bai, remarqué à plusieurs reprises, était encore en vue. Elle ne vit que le flux des voitures charriées par l'avenue.

« J'ai sans douté été la proie d'hallucinations. Rien d'étonnant, cette asperge m'a mis la caboche à l'envers. Une niaise de cet acabit, on n'en fabrique plus, le moule est cassé ! En tout cas, elle n'est pas près de patiner d'ici un bail », se dit-elle en rajustant les courroies du sac d'Ida.

Absorbée par son monologue, elle s'engagea sur la chaussée sans regarder à gauche ni à droite. Un hennissement, un galop, un fracas de roues lui firent tourner la tête. Elle se figea. Un cabriolet fonçait sur elle, allait la percuter. Un sursaut vital la projeta sur le trottoir. Elle atterrit à quatre pattes, ses genoux heurtèrent le pavé, le sac s'écrasa sous sa main. Elle resta là, pétrifiée et, lorsque son cœur et son esprit eurent recouvré leur calme, elle tenta de se redresser. Un concierge occupé à balayer devant la porte d'un immeuble vola à son secours.

— Ma parole, ma p'tite dame, vous avez bien failli être écrabouillée ! C'était comme si ce fou furieux attendait que vous soyez au milieu pour fouetter sa rosse ! Vous êtes blessée, faut quérir un docteur.

Suzanne déplia prudemment ses jambes, remua ses chevilles, ses pieds. Elle observa sa paume, écorchée d'avoir étreint une des lames de patinage à demi sortie du sac. La coupure était superficielle, même si le sang coulait en abondance.

— Ah, non, pas de médecin ! Essayez d'entortiller autour de ma main l'écharpe de soie que vous trouverez dans mon réticule, sinon je vais tacher ma toilette.

— Trop tard, constata l'homme en désignant la jupe et le sac constellés de rouge.

Il la banda en grommelant :

— De nos jours, y a plus moyen d'être en sécurité dès qu'on se risque dehors ! Vous êtes sûre que ça va aller ?

— J'habite à côté, on va me soigner.

— Et si je prévenais les flicards ? C't'énergumène est un danger public.

— Surtout pas ! s'écria-t-elle.

Elle le remercia d'un sourire contraint et boitilla jusqu'à l'hôtel d'Amaury de Champlieu-Mareuil. À présent que les faits se liguaient contre elle, elle allait devoir se tenir constamment sur ses gardes.

Un groom en uniforme ferma les grilles et manœuvra un levier. Tandis que l'ascenseur grimpait à l'assaut des étages, Victor se rappelait une chevelure aile de corbeau, une bouche sensuelle, entrevues six ans plus tôt au restaurant franco-américain de la tour Eiffel. Eudoxie Allard, succube langoureux qui l'avait incité à croquer la pomme dans les locaux du *Passe-partout* où elle exerçait l'emploi de secrétaire dactylographe, aurait-elle changé depuis ses célèbres trémoussements au Moulin-Rouge ?

Une soubrette l'introduisit dans l'antichambre d'une suite dont les fenêtres plongeaient sur le jardin des Tuileries. Bien qu'un fauteuil lui tendît ses accoudoirs, il stationna, son chapeau à la main, sous une abominable croûte représentant un *Adieu aux pêcheurs*. Un froufrou annonça l'arrivée de l'archiduchesse Eudoxie Maximova, parée d'un ensemble en mousseline blanche festonné de volubilis de velours rose.

— Cher libraire de mon cœur, ne restez pas confiné dans cette cage, passons au salon !

L'ameublement, venu en droite ligne de la *Maison des bambous*, se mariait aux tentures de satin *Liberty* colorées de jaune pâle et de mauve. Eudoxie invita Victor à s'asseoir sur une caisse cannée trop basse où il eut rapidement mal au dos. Elle-même s'enfouit au creux d'une large bergère, les pieds posés sur un coussin. Ses fins souliers vernis pointaient avec provocation sous la jupe-cloche. Sa chevelure profuse luisait de reflets bleutés.

— Qu'est-ce qui vous amène en mon humble gîte ? demanda-t-elle d'un air narquois.

— Je souhaitais m'enquérir d'un certain Amaury de Champlieu-Mareuil. On m'a révélé qu'il est de vos familiers.

Elle adopta une expression choquée, aussitôt démentie par un éclat de rire.

— Était, mon cher, était. Tout passe, tout casse. Vous ne vous embarrassez guère de simagrées ! Quel préambule !... L'année dernière, j'ai certes badiné avec ce gandin, aux titres de noblesse usurpés sous le Consulat et dont l'unique charme tient en un portefeuille débordant d'une quantité de billets qu'il distribue avec une telle prodigalité qu'il eût été dommage de ne pas en profiter. Cependant *lassée de tout, même de l'espérance*, comme l'a écrit ce vieux Lamartine, j'ai préféré butiner ailleurs. Ce pschutteux s'est consolé auprès de Suzanne Bosquet, une demi-mondaine dotée du nom ronflant d'Aphrodite d'Enghien. Rubens l'eût appréciée tant ses formes sont rebondies. De vous à moi, cette roturière est assez mûre pour être sa maman. Oh, je connais les penchants d'Amaury, je ne suis guère épatée qu'il se soit entiché d'elle. Il se pose en chevalier fatal à la triste figure parce qu'il fut orphelin de bonne heure et, dans sa traque aux femmes maternelles et pulpeuses, je fus une erreur vite réparée. Pourquoi cet intérêt ? Ne me dites pas que Suzanne vous a tapé dans l'œil !

— Oh, non ! Le bruit court à la salle des ventes que M. Amaury de Champlieu-Mareuil veut se constituer une bibliothèque. Sauriez-vous où il demeure ?

— Il installe un nid d'amour à sa déesse, rue du Bel-Respiro, une merveille de mauvais goût. Vous me décevez, libraire de mon cœur, me combler de votre présence pour parler boutique ! Au fait, comment se porte notre très cher Kenji Mori ? Je suis sans nouvelles.

— On ne peut mieux, répondit-il, perturbé.

— Alors, éliminez ce masque de croque-mort. J'ai cru comprendre que votre associé poursuit une relation privilégiée avec la propre mère de votre épouse.

Victor rougit violemment. Il n'ignorait rien de cette idylle, mais était convaincu que la nier suffisait à la dissimuler.

— Rassurez-vous, mon chou, je suis partageuse. Ne sommes-nous pas slaves l'une et l'autre ? Par alliance en ce qui me concerne. Je n'ai pourtant jamais renoncé à notre doux pays, le climat y est tempéré, les nuits y sont chaudes même en plein hiver et la tendre Fiammetta, dont le mari est parti se battre à Cuba, déteste dormir seule dans un lit frisquet. Ah, Paris ! Paris ! J'espère que vous viendrez me voir à l'*Éden-Théâtre*.

— Euh… Oui… Qu'en pense l'archiduc Maximoff ? répliqua Victor d'un ton qu'il voulait désinvolte.

— Fédor affronte les frimas de Saint-Pétersbourg. Le négoce… De vous à moi, cet époux peut rivaliser avec la merzlota de la toundra sibérienne. Moi, je suis incorrigible, épouse médiocre, piètre maîtresse de maison, un oiseau sur une branche très accessible. Est-ce ma faute si j'adore la vie de bohème ? Quoi de plus agréable que de vivre à l'hôtel ? Que me sert un palais de marbre si je m'y ennuie à mourir ? J'avantage les contacts humains, les contacts intimes, murmura-t-elle en se levant et en se coulant derrière lui.

Elle lui massa délicatement les épaules.

— Votre moitié, cette si jolie Tasha que j'ai longtemps fréquentée, est slave elle aussi. Cela nous rapproche, vous et moi. Êtes-vous libre demain ? Nous parlerions de la Russie, je vous ferais un cours de géographie…

Le chapeau n'était plus qu'une crêpe entre les doigts crispés de Victor.

— Vous n'y allez pas par quatre chemins, Fifi, et je vous aime bien car cette franchise vous honore. Hélas, je suis fidèle.

— Quel vilain mot ! Je n'ai encore jamais rencontré d'homme qui ne succombe à la tentation. Vous connaissez ma devise : *Il ne faut pas dire fontaine*… Puisque vous avez réussi à monter chez moi une première fois, je garde la foi de vous y recevoir une seconde. Qui sait ? Je vous montrerais la pièce mitoyenne, celle où je fais dodo. En attendant, acceptez ce modeste présent. Non ! Défense de le regarder maintenant, patience, vous le découvrirez quand vous serez au lit et que votre douce moitié voguera en compagnie de Morphée.

Victor s'extirpa de son fauteuil et, d'un salut maladroit, prit congé de son hôtesse.

Incapable de résister à la curiosité, il s'immobilisa au milieu du hall de l'*Hôtel Continental* et entrouvrit le carnet de photographies dont elle l'avait gratifié. Il se sentit devenir brûlant jusqu'aux oreilles.

— Ah, ma pauvre Micheline, les enfants, c'est gros comme deux liards de beurre, mais ça vous flanque un mal de galère ! Ma petite-fille s'est réveillée en sueur de sa sieste. Iris se ronge les sangs, je lui ai pourtant affirmé que c'était les dents, j'ai été mère avant elle. Vous croyez qu'ils m'écoutent ? Pensez-vous ! Ni une ni deux, mon fils a couru en catastrophe chez le Dr Reynaud et m'a confié la garde du bazar. Moi et les bouquins, ça fait deux ! geignit Euphrosine en se tordant les mains.

— Vous faites pas d'mouron, ma bonne, avec cette averse qui mitraille les pavés, trois pelés et deux tondus chez vous ce sera le maximum. J'vous abandonne, j'ai une tonne de repassage, mon cousin Alphonse a besoin d'scs chemises, claironna Mme Ballu pressée de rentrer boire un grog.

— Ce qu'il lui faudrait à votre cousin, c'est une épouse dévouée, lui lança Euphrosine alors qu'elle franchissait le seuil.

Elle eut une expression accablée, à l'affût d'un pleur de Daphné. Quelle poisse ! Justement aujourd'hui, Victor avait décidé de prendre une permission et Kenji s'était rendu à Grenelle expertiser une bibliothèque ! Le commis ? Jamais là l'après-midi, à quoi bon l'avoir engagé, ce fainéant ?

— J'la porte, ma croix… M'en fiche, si un client se radine, il se dépatouillera !

Elle feuilleta un livre de cuisine dans lequel elle envisageait de copier une recette à l'intention d'André Bognol, mais le cœur n'y était pas.

Une silhouette se profila derrière la vitrine mouchetée de givre. Un échalas, nanti d'une tignasse léonine où nul peigne ne s'était aventuré depuis l'Empire, poussa la porte et s'avança de quelques pas. Une quinte de toux l'obligea à se museler d'un mouchoir chiffonné. Il y cracha, puis il s'emmitoufla davantage d'un manteau rapiécé boutonné jusqu'au col et harponna le comptoir sous l'œil effaré d'Euphrosine.

— M'sieu Legris, siouplait ?

— Il est absent, souffla Euphrosine, prête à détaler.

— C'est la tuile ! Moi qu'ai bravé la tourmente et qu'ai la moelle caillée rapport à c'temps d'loup !

L'homme projetait de se vautrer sur une chaise à côté du poêle, mais elle le devança et, bras croisés, se dressa en rempart telle une Alsacienne de propagande opposant aux hordes teutonnes un refus de passage.

Effarouché, le flandrin porta de nouveau son mouchoir à ses lèvres.

— J'm'appelle Cyprien Bretèche. Il vous a p'têt' causé d'moi, j'étais le poteau de Maxence Vigneux, Max Oreille, si vous préférez.

— Max quoi ?

— Oreille, comme une oreille. J'ai récupéré ses effets, et quand j'ai ouvert *Le Rire* que j'y avais refilé, j'ai récupéré c'te lettre. Je m'suis pensé que ça serait utile à votre mari.

— Mon mari est mort en héros des suites de la guerre contre les Alboches, il est parti des poumons en 73, vu son séjour prolongé sur les fortifs pendant le siège des Teutons, môssieur. Il était garde national, n'insultez pas sa mémoire ! gronda-t-elle.

— Celui qui m'a cuisiné était en chair et en os, j'vous promets !

— M. Legris est le demi-frère de ma belle-fille.

Cyprien Bretèche gonfla les joues, signe qu'il s'efforçait d'assimiler l'information. Renonçant à obtenir la moindre compréhension de ce dragon femelle, il produisit une enveloppe.

— J'vais pas dormir ici, c'est clair, alors j'compte sur votre zèle, vous la lui remettrez et puis vous lui direz qu'c'est pas interdit de délier les cordons d'sa bourse en guise de merci, parce que l'ordinaire est plutôt maigre à la fondation.

— Vous osez quémander !

— C'est pas une aumône que j'revendique, c'est une récompense ! Ma parole, vous avez un galet froid à la place du cœur, vous ! Y a donc personne d'autre dans cette baraque ?

— Foutez-moi le camp !

Menaçante, Euphrosine, qui avait surmonté ses alarmes, marchait sur l'intrus avec la vaillance d'une nouvelle Jeanne d'Arc, déterminée à mordre afin de protéger la vie de sa descendance. Cyprien Bretèche s'accorda un ultime graillon avant de détaler en bougonnant :

— J'te souhaite de roupiller bientôt au boulevard des allongés, grosse méduse !

Lorsque Joseph revint, escorté du Dr Reynaud, sa mère était affalée sur un siège, le teint crayeux, les lèvres agitées d'un murmure :

— Tout va bien, m'man ?

Il n'attendit pas la réponse, anxieux de connaître le diagnostic du médecin.

— Méduse… Il m'a traité de grosse méduse… L'ignoble porc !

Elle souleva le rabat de l'enveloppe et en lut le contenu :

> *Monsieur,*
>
> *Votre présence est requise au 20, passage d'Enfer, chez M. Grandin, clerc de notaire, pour régler la succession de M. Donatien Vendel, décédé le 22 octobre, qui vous a institué bénéficiaire d'un legs sous condition.*
>
> *Veuillez agréer…*

— Qu'est-ce que c'est que ce baragouin ? Ah, il a de drôles d'amis et il s'occupe de drôles d'entreprises, M. Legris. Je flaire un sac d'embrouilles, Jésus-Marie-Joseph !

— Un journaliste ? Vous êtes de ces gens qui rédigent les articles qu'on imprime ? C'est la première fois que j'en rencontre un ! s'exclama la domestique chargée d'accueillir les visiteurs chez Amaury de Champlieu-Mareuil.

— Et quelle est votre impression ? demanda Victor.

Elle se tortilla en ricanant bêtement.

— Grosso modo, vous n'êtes pas différent du commun des mortels. Madame reçoit dans la bibliothèque.

Les murs fraîchement repeints étaient garnis de vitrines et d'étagères vides, à l'exception de quelques tomes du *Littré*. Victor inventoria un piano demi-queue enjolivé de chandeliers, un tabouret à vis derrière lequel gisait un sac de toile blanche à pois rouges, un tableau représentant une chasse à courre, deux palmiers en pots et, au coin d'une cheminée à la prussienne n'abritant aucun feu, une banquette de cuir havane où trônait une femme attifée d'une tenue vert olive qu'une flopée de fanfreluches travestissait en sapin de Noël. Eudoxie Allard était dans le vrai, Suzanne Bosquet avait tout d'un Rubens sensuel et potelé, sans que cela ne desservît sa féminité.

— Mademoiselle Aphrodite d'Enghien, je présume ? dit Victor.

Elle lui tendit sa main gauche, il la gratifia d'un baisemain. Ployé en deux, il remarqua un accroc à sa robe au niveau des mollets. Flattée qu'il l'abordât sous son nom de guerre, elle lui dédia un sourire et tapota le canapé, l'invitant à s'asseoir.

— Merci, je préfère rester debout, une récente chute de cheval, mon genou… Je ne vous importunerai pas longtemps. Je suis chroniqueur mondain. L'archiduchesse Maximova, une proche de mon camarade Hugo Malpeyre, m'a communiqué votre adresse.

— Hugo courtise une archiduchesse ? C'est trop farce ! s'étonna-t-elle, oubliant ses manières.

Elle se reprit aussitôt.

— Maximova… Maximova… répéta-t-elle, sourcils froncés. Serait-ce cette dévergondée qui se plumarde… euh, se couche chaque soir en public ? Cette Fia… Fia…

— Fiammetta, c'est exact, elle se produit sur la scène de l'*Éden-Théâtre*, approuva Victor le plus sérieusement du monde.

Furieuse, Suzanne Bosquet imaginait Amaury confiant l'adresse de son hôtel à ce double de Liane de Pougy, preuve qu'il n'avait cessé de la voir. D'un autre côté, comment cet ours mal léché d'Hugo Malpeyre avait-il réussi à s'adjuger les bonnes grâces de la chipie ?

— L'archiduchesse vous tient en haute estime, ajouta Victor. Elle m'a parlé de vous en termes élogieux.

Balançant entre satisfaction d'amour-propre et méfiance, Suzanne Bosquet se leva et se dirigea nonchalamment vers le piano. Elle venait d'apercevoir le sac sous le tabouret. Quelle idiote elle avait été de le laisser traîner là ! Quand, une heure plus tôt, elle s'était ruée vers le cabinet de toilette pour panser ses blessures, elle avait déposé son fardeau. Ensuite, ça lui était sorti de la tête. Elle ébaucha un geste afin de l'attraper. Victor la devança. Ce qu'il avait cru être un motif à pois s'avéra ressembler à des taches de sang. Deux morceaux de métal plats et coupants pointaient hors de l'orifice béant du sac. Suzanne Bosquet lui arracha les courroies et les resserra d'une brusque torsion.

— Plus moyen d'être servie correctement, ces bonniches sont des gourdes ! Chloé ! s'époumona-t-elle.

La soubrette préposée au vestibule se précipita.

— Allez ranger cette chose dans mon armoire à glace, et que ça saute !

Puis elle enchaîna à l'intention de Victor, en arborant un sourire enjôleur destiné à gommer l'incident :

— Que vous a donc conté l'archiduchesse ?

— Que vous êtes une femme charmante et que M. de Champlieu-Mareuil a beaucoup de chance d'avoir pêché une perle rare telle que vous. Je partage son opinion, j'en ferai mention dans ma chronique. Je citerai également M. Malpeyre. Je l'ai percé à jour, il est aussi excentrique que fortuné… J'ai ouï dire qu'il patronne une association dont vous êtes membre ?

— Association est un grand mot, rétorqua-t-elle d'un ton acide. Plutôt un groupement de personnes disparates que le sort a autrefois réunies. D'ailleurs, je ne les fréquente qu'une fois l'an, à Domont. Je fais l'effort de m'y rendre, je veux me montrer affable. Hormis Hugo et la cantatrice Ida Bonneval, je me tiens à l'écart, nous ne sommes pas du même monde. Venez, monsieur.

Elle s'achemina vers un boudoir où une camériste déposait sur une table ronde un service à café et des assiettes de gâteaux.

— Je ne céderai jamais à la coutume de siroter cette infusion insipide dont raffolent les Anglais. Prisez-vous le café ? Si vous souhaitez un chocolat…

— Va pour un café.

— Une tartelette aux framboises ?

— Sans façon, je surveille ma ligne, dit Victor qui venait d'aviser un guéridon couvert de journaux.

Son regard fut attiré par le supplément illustré du *Petit Journal*. On y voyait un vieillard déjeté contre la portière d'un fiacre, visage bleui, bouche ouverte, yeux clos.

— Votre ligne ? Vous plaisantez ! s'écria Suzanne, abasourdie.

— Il est impératif de ne pas prendre de poids quand on souffre des genoux, conseille la faculté.

— Oh, la faculté, les médecins… Jouissons de la vie !

— Désirez-vous que je vous serve, chère madame ?

Elle acquiesça. Il saisit la cafetière qu'il inclina au-dessus d'une tasse. Un faux mouvement prémédité noya la soucoupe, une auréole noirâtre imbiba la nappe. Contrariée, elle se recula vivement de crainte d'une éclaboussure.

— Diantre, je suis confus.

— Ce n'est rien, je vais quérir du secours, dit-elle en se forçant à rire.

Il mit à profit son absence pour examiner de près les journaux. Il exhuma un *Figaro*. En caractère gras s'étalait un titre :

DEUX MORTS INQUIÉTANTES EN FIACRE

Un papier voleta vers le tapis. Il le ramassa et n'eut que le temps de le fourrer dans sa poche. Déjà Suzanne revenait, flanquée de la camériste munie d'une nappe propre. Les dégâts réparés, Suzanne tint à lui faire admirer la copie de la psyché de Mlle Mars.

— Je vous incite à la signaler à vos lecteurs. Insistez sur la rareté de cette réplique. Quel est le nom de votre publication ?

— *Le Journal*, géré par Fernand Xau. Je signe : *Un monsieur en habit.*

— C'est un quotidien récent ?

— Il a été fondé voilà trois ans. Les plus célèbres plumes, de diverses tendances, y participent : Émile Zola, François Coppée, Octave Mirbeau, Henry Becque, Maurice Barrès, Léon Daudet, Edmond Rostand.

Suzanne Bosquet interrompit cette énumération d'un soupir.

— Nous, les femmes, ne nous préoccupons guère de politique. Personnellement, je ne lis jamais les nouvelles, je me consacre aux revues de mode, c'est si difficile de briller en société ! J'apprécie en particulier *La Famille*, cher « Monsieur en habit ». Cela vous époustoufle qu'Aphrodite d'Enghien ait des rêves d'humble ménagère ?

— Du tout. Le café était excellent, je vais briser là, ma rédaction me réclame. Cette cantatrice, Ida Bonneval, j'aimerais l'interviewer puisque vous lui êtes liée. Où habite-t-elle ?

— Au 24, rue de Clichy. Mais elle est en tournée depuis plusieurs semaines, elle remporte actuellement un immense succès au casino de Sermaize-les-Bains, puis elle ira pousser la ritournelle au sud de la France, ensuite l'Italie sollicitera ses vocalises. Chère Ida, comme elle me manque ! Hélas, je ne suis pas près de l'entendre chanter…

Victor s'approcha, désireux de baiser ses doigts, et nota qu'après avoir failli présenter sa dextre, elle se ravisait et lui tendait derechef sa main gauche.

— Cher « Monsieur en habit », si par hasard je parviens à contacter Mlle Bonneval, où puis-je vous prévenir ?

Pris au dépourvu, il hésita, puis se jeta à l'eau :

— Mon bureau privé est au 36 *bis*, rue Fontaine, j'ai le téléphone, c'est indispensable avec la profession que j'exerce. Que cela reste entre nous, mille mercis.

Quand Victor arpenta l'avenue des Champs-Élysées, il se remémora le papier subtilisé chez Suzanne Bosquet. Il s'agissait d'un encart de journal, il le reconnut sans peine et, cinglant vers une station de fiacres, sentit avec joie son pouls s'accélérer à l'idée que, rue du Bel-Respiro, son enquête venait d'amorcer un virage imprévu.

Rassuré sur la santé de sa fille, qui endurait un léger rhume, Joseph profitait d'une accalmie pour grossir son calepin des extraits de presse concernant les investigations en cours. Il le laissa entrouvert sur le comptoir en attendant que la colle sèche et s'empara de son plumeau. Pestant contre le retour de la table et des chaises qui restreignaient l'espace, il se heurta le coude à un dossier. Un « nom d'un chien de saperlotte de glockenspiel fêlé ! » retentit dans la librairie, heureusement délaissée par Euphrosine et Kenji.

— En voilà des façons, beau-frère ! lança Victor, entré en catimini.

Joseph sursauta.

— J'allais fermer et j'nettoyais un brin, cette maudite installation causera ma mort !

— À propos de mort, j'ai moissonné des renseignements primordiaux, révéla Victor à voix basse.

Il lui narra ses conversations avec Eudoxie puis Suzanne.

— Vous ne vous êtes pas embêté, vaudrait mieux que votre femme l'ignore.

— Il est superflu de mêler Tasha à cette histoire. Le point essentiel, le voici.

Il exhiba l'encart raflé dans le boudoir de Suzanne Bosquet.

— Ma parole, c'est le faire-part de remerciements après la messe en l'honneur du sous-chef de gare ! constata Joseph.

— Cela rend cette Aphrodite d'Enghien d'autant plus suspecte qu'elle a cherché à me dissimuler un sac maculé de sang où luisaient des objets métalliques et acérés. Sa jupe avait été malmenée, et elle a caché sa main droite, que je suppose blessée. Or, quand j'ai mentionné la cantatrice, elle a soutenu que nous ne la reverrions pas de sitôt.

— Vous en déduisez qu'elle l'aurait supprimée ?

— Admettez que prétendre ne lire que des gazettes féminines, alors que deux des journaux sur son guéridon relataient les décès dus aux briquettes de chauffage, est loin de plaider en faveur de cette hypocrite. Et cet entrefilet prouve qu'elle est avertie de la disparition de Donatien Vendel. Nous tenons quelque chose.

— Si c'est le cas, les autres membres d'À cloche-pied sont en danger, marmonna Joseph. Les Ducoudray, Hugo Malpeyre, Virgile Sernin, Évariste… Ah oui, tant que j'y pense, j'ai passé des tas de coups de téléphone à des champignonnières autour de Paris. Je me suis entretenu avec la direction de chacune d'elles et j'ai fini par apprendre qu'Évariste Voisin travaille dans celle de Carrières-Saint-Denis. Je l'interroge demain, à condition qu'on me laisse les coudées franches !

— Soyez tranquille, je seconderai Kenji le matin, et le commis sera là. De mon côté, l'après-midi, j'irai au 24, rue de Clichy, je suis très inquiet au sujet d'Ida Bonneval.

— Et Hugo Malpeyre, dans tout ça ?

— Patience, nous continuerons nos va-et-vient selon les opportunités de nos emplois du temps. Des précautions s'imposent, évitons d'éveiller l'attention de Kenji et d'Iris. En ce qui concerne Tasha, j'ai peur qu'elle n'ait des doutes. Je décampe, j'ai promis de rentrer de bonne heure, de préférence avec ma bicyclette rafistolée. Si jamais Tasha vous questionne, j'ai longuement parlementé avec un bibliophile rue Drouot.

— Entendu. Une telle conscience professionnelle, c'est rien bath, cher associé !

Il se précipita sur son calepin et y nota ces dernières nouvelles :

Eudoxie Allard a indiqué où joindre Suzanne Bosquet : chez Amaury de Champlieu-Mareuil, rue du Bel-Respiro. Cette amazone ment comme elle respire, elle a été informée de la mort de Donatien Vendel.

— Joseph, dépêche-toi de fermer, on mange !

L'injonction d'Iris le fit tressaillir. Il laissa tout en plan et se rua au premier.

Virgile Sernin s'efforçait de caresser des pensées réconfortantes. Reine Ducoudray, par exemple. Et s'il lui téléphonait ? Impossible, le combiné était prisonnier du bureau du Dr Garrot. Il ronchonna, s'assit au bord du lit, se frictionna le menton. Enfilant un peignoir, il parcourut furtivement la salle où ronflaient les malades et se coula dans le vestibule.

Il se heurta à Simone, la brunette aux yeux de braise.

— Monsieur Sernin, vous ne dormez pas ? Voulez-vous vous recoucher ! gronda-t-elle.

Il lui appliqua une tape sur les fesses et pénétra dans les toilettes. Calé sur le trône, il relut le billet déposé la veille par un coursier.

Mon cher Virgile,

Ton traitement touche à son terme, évade-toi donc de ta geôle sanitaire ⊖ Nous serons demain au Miroton des Ternes, à onze heures du soir ⊖ Ne nous lâche pas. Nous te réservons une surprise de taille ⊖

Tes compagnons d'À cloche-pied.

Une demi-heure plus tard, habillé de pied en cap, il traversa le jardin. La nuit était froide, des étoiles s'insinuaient entre les nuages. En longeant les rues silencieuses de Neuilly, il s'égayait de sa liberté reconquise. Que Garrot et son laudanum aillent au diable ! La promenade le vivifia, ses reins lui fichaient une paix royale. Lorsqu'il atteignit la rue Poncelet, il se sentit aussi fringant qu'un étalon, il allait enfin jouir de son nid douillet acquis grâce à la générosité de feu Émile Legris.

Le *Miroton des Ternes* dormait, dépeuplé des dîneurs. Il entra dans le restaurant et tâtonna avant de réussir à l'illuminer. Ébloui, il cligna des paupières. Satisfait de la propreté des lieux, il discerna cependant quelques moutons le long des plinthes. Gare à la grosse Marinette si elle n'avait pas mieux briqué le sous-sol ! Il dégringola les marches qui menaient aux cages vitrées et s'escrima de nouveau à frotter des allumettes et à enflammer les manchons des becs de gaz. Ce qu'il découvrit le paralysa. Pantois, il contemplait les demeures de ses protégés, pulvérisées et vides. Des éclats de verre jonchaient les tables et le plancher. L'affolement le submergea.

— Non… Non… Seigneur, qu'est-ce que… Où êtes-vous, mes petits, mes pauvres petits ?

Il se raidit en percevant un chuintement. À genoux, il distingua un lézard fort mal en point qui rampait sur le carrelage. Comment le sauver sans l'achever ? Lui glisser un papier sous les pattes. Il plongea dans sa poche ses doigts qui se refermèrent sur le message de ses amis. Il allait le déplier quand un léger grincement le fit se remettre debout. Cela provenait de ce panier posé sur une desserte. Il en souleva doucement le couvercle et poussa un cri, sans comprendre ce qui s'était produit. Une douleur lui avait transpercé la main. Il se pencha et vit le serpent. Ce n'était pas une de ses couleuvres tant aimées car, bien que ces reptiles soient dotés de venin, ils sont incapables de l'inoculer parce que privés de crochets sur le devant de la gueule.

L'effroi le terrassa. Instinctivement, il suça la lésion minuscule où perlait une goutte vermeille. Lutter contre la panique qui accélère la diffusion du poison. Il attrapa une serviette, l'enroula autour de son bras et, à l'aide d'une fourchette, la tordit afin de la serrer au maximum.

— Une vipère ! C'est une vipère… Débrider la plaie…

Il saisit un couteau à viande, incisa la chair à l'endroit où s'étaient plantés les crochets puis, portant sa main à ses lèvres, aspira le sang et le recracha. S'asseoir. Calmer les battements désordonnés de son cœur. Il avait mal. Il chut sur un vieux fauteuil et relâcha le garrot. Il examina sa main rouge et enflée, ses yeux s'emplirent de larmes. Courbé en deux par une nausée, il crut voir se dessiner sur le papier mural une forme sombre tachetée de soufre. Une salamandre ? L'engourdissement le gagnait. Sa raison chavirait, une ombre gigantesque envahissait le plafond. Le panier s'éleva au-dessus de sa tête. La porte s'entrebâilla, un courant d'air enveloppa Virgile Sernin juste avant que l'obscurité n'engloutît le décor.

Il était seul au fond d'un puits, il suffoquait. Brusquement, il fut propulsé à l'intérieur d'un tunnel au bout duquel étincelait une vive lumière blanche.

CHAPITRE XVI

Mercredi 27 novembre

Siméon Delmas se rengorgeait, ce paquet était le mieux ficelé de sa toute récente carrière de commis, et, Joseph eût-il été présent, il n'eût pas hésité à l'en féliciter. Mais, ce matin-là, les sifflotements et les crescendos du sieur Pignot, parti à l'aube, se refusaient à réchauffer l'atmosphère hivernale de la librairie.

Impuissant à rester assis plus de cinq minutes d'affilée à son bureau, Kenji allait se planter tantôt devant le poêle, tantôt près d'un des becs Aucr. Victor surveillait du coin de l'œil deux érudits dont les mains s'égaraient parmi des ouvrages en latin médiéval. Lui aussi souffrait du froid qui le mordillait sous les épaisseurs de lainage dont il s'était bardé.

Soudain, la porte ouverte à la volée exhala une haleine polaire. Furibarde, Euphrosine, enracinée sur le seuil, brandissait une enveloppe, tel un émissaire d'Hadès.

— Refermez donc, vous allez nous pétrifier ! protesta Kenji.

— Comme une méduse, hein, c'est ça ? riposta Mme Pignot avec tant de hargne que des postillons pleuvaient sur son menton.

— Pourquoi invoquer la Gorgone Méduse ? Je vous prie poliment de préserver la tiédeur que nous avons beaucoup de peine à maintenir.

Exaspéré, Kenji marchait déjà sur l'intruse quand celle-ci se décida à progresser vers lui. Il y eut un claquement, les vitrines vibrèrent, le carillon sonna violemment, puis s'instaura un silence annonciateur de tempête.

Siméon Delmas s'exila vers l'arrière-boutique, emportant avec lui le paquet destiné à Mme de Salignac. Les latinistes enfouirent leurs barbes entre les pages de saint Augustin et de Thomas a Kempis. Kenji retourna à ses fiches.

Solitaire, Victor affronta l'ouragan. Sa hardiesse fouetta Euphrosine comme une provocation. Un torrent incohérent s'échappa de sa bouche. Si grande était sa véhémence que les mots endigués depuis la veille se télescopaient. L'image d'une méduse se mêla à celle d'une paire d'oreilles nommées Max, un boulevard des allongés s'aplatit sous le poids d'un rire démentiel.

Très pâle, Victor encaissa cette logorrhée, qu'il tarit d'un geste régalien, paume pointée vers l'escalier à vis. D'un ton neutre, il décréta :

— Je vous écoute depuis cinq minutes, vous n'avez pas débité une parole sensée. Inspirez à fond et reprenez, en détachant clairement chaque syllabe.

Quelqu'un pouffa dans le dos de Victor, incrédule. Était-ce vraiment Kenji, d'ordinaire imperturbable ?

Un « ah, j'la porte, ma croix ! » tonitruant permit à Euphrosine de temporiser, à Kenji d'effectuer un repli vers l'étage à la manière d'un écureuil farouche et aux deux lettrés de s'éclipser. Radoucie, elle daigna expliquer :

— Hier, un pékin qu'avait l'allure d'un Wisigoth m'a livré ce message pour vous. Y m'a chanté des inepties, qu'il était le copain d'un Max Oreille, que l'enveloppe était dans un numéro du *Rire*. J'étais un tantinet méfiante, alors y m'a comparée à une méduse qu'allait pas tarder à crever. J'en ai eu des palpitations cette nuit, grogna-t-elle en cédant la missive à Victor. Et inutile d'afficher cette trogne angélique, j'suis pas dupe !

Celui-ci plissa le front avec contrition.

— Je suis désolé de ce manquement au respect, murmura-t-il.

— Ben, y a d'quoi !

En souveraine outragée, elle se retira afin, dit-elle, de s'atteler aux commissions.

Victor s'assura que Siméon Delmas était toujours dans l'arrière-boutique et prit connaissance de la lettre. Il s'agissait d'un avis notarial envoyé à Maxence Vigneux, à qui un clerc nommé Grandin notifiait un héritage sous condition. Qu'est-ce que cela signifiait ? L'adresse, 20, passage d'Enfer, le surprit. Il n'avait jamais emprunté cette voie au cours de ses pérégrinations à travers la capitale.

« L'étude de maître Grandin. Nous irons, Joseph et moi », se promit-il.

— Kenji ! Je cours chez le buraliste ! cria-t-il.

Impossible de rester en place jusqu'au retour de son beau-frère. Il dompta sa nervosité en gagnant au pas cadencé le boulevard Saint-Germain.

Kenji s'empressa de revenir assumer le rôle du capitaine. La disparition du commis l'intrigua, mais l'ampoule rouge allumée au-dessus du buste de Molière le renseigna. Siméon fouillait dans la réserve. Il en conçut une vive inquiétude. Pourvu que cet écervelé ne s'approprie pas le dépliant photographique de Fiammetta !

À son tour il descendit, juste à temps pour voir Siméon quitter l'ancien laboratoire de Victor.

— Que fabriquez-vous ?

— Je consultais une encyclopédie à propos de ce que vous avez objecté à Mme Pignot. Grâce à vous, j'ai appris que Méduse avait deux sœurs nommées Euryalé et Sthéno.

— J'avoue ne les avoir guère côtoyées. Sthéno… A-t-elle découvert la sténographie ?

— Non, monsieur Mori, pas même la sténotypie.

Kenji patienta jusqu'à ce que Siméon eût atteint le rez-de-chaussée. Alors il fonça sur l'album compromettant qu'il rangea bien au chaud dans la veste de son complet et remonta.

Il s'intéressa un moment aux livres récemment achetés à un professeur de la Sorbonne qui prenait sa retraite, déballés avec le plus grand soin par le commis. Il y avait, entre autres, un Racine de toute beauté, relié en maroquin rouge et imprimé sur vélin. Les armes d'Espagne sur les plats avaient été recouvertes de cuir à l'époque révolutionnaire, Kenji le fit remarquer à Siméon.

Il se dirigeait vers son bureau quand, au milieu du comptoir, l'extrémité d'un calepin noyé sous une couche de paperasses éveilla sa curiosité. Il identifia sans mal la reliure de moleskine noire. C'était un des nombreux carnets où Joseph consignait les faits divers étranges ou macabres prélevés dans la presse. Kenji l'eût-il feuilleté s'il n'avait été grand ouvert ? Il ne se posa pas la question. Son regard se riva à deux articles, concernant, le premier, un décès par asphyxie dans un fiacre, dont deux noms étaient soulignés, et en marge duquel Victor avait griffonné *Vérifier… Quand ? Où ?* Il se souvenait d'avoir aperçu le journal entier le jour où il avait décacheté le billet doux d'Eudoxie. Le second était un faire-part de messe. De son écriture enfantine, Joseph avait ajouté :

> *Eudoxie Allard a indiqué où joindre Suzanne Bosquet : chez Amaury de Champlieu-Mareuil, rue du Bel-Respiro. Cette amazone ment comme elle respire, elle a été informée de la mort de Donatien Vendel.*

Un pincement désagréable oppressa la poitrine de Kenji. Joseph avait rencontré la duchesse Maximova ! Le scélérat ! Subitement, une émotion plus violente l'étreignit. Victor et Joseph avaient osé récidiver, la certitude en était désormais acquise ! Eudoxie Allard et Suzanne Bosquet leur importaient autant que des pièces sur l'échiquier de leurs conjectures puisqu'ils étaient une nouvelle fois soumis au démon de l'enquête. Et ce Donatien Vendel, qui était-il ?

Il replaça le calepin entre les strates amoncelées sur le comptoir. Il préférait que son gendre continue à l'estimer idiot.

« L'oiseau nargue le chat, le chat croque l'oiseau », songea-t-il en esquissant un sourire.

Depuis qu'il s'était extirpé, lors d'une halte, du compartiment bondé, Joseph pataugeait dans une mixture de neige fondue et de gadoue, sans espoir d'aborder un rivage hospitalier. Jouer à l'explorateur au cœur de la toundra sibérienne l'aidait à supporter cette déambulation épuisante à travers le village de Houilles, puis celui de Carrières-Saint-Denis. Ce fantasme perdit vite de son attrait, d'autant que Jojo ne croisait ni passant susceptible de l'orienter, ni omnibus, ni fiacre. Il en déduisit que mieux valait vivre en

Asie centrale qu'en banlieue excentrée. Le Baedeker ne lui étant d'aucun secours, il se maudit d'avoir négligé sa boussole. Enfin, une maraîchère le mit dans la bonne direction. Harassé, il obliqua vers une tour quadrangulaire en bois fichée à l'angle d'un terrain vague.

— C'est une champignonnière, ce pylône ? Mais alors, où sont planqués les cultivateurs ?

Il se pencha au-dessus d'un puits muni de barreaux et comprit qu'à l'instar d'Édouard Alfred Martel il allait devoir se risquer dans les entrailles de la terre. Il se signa, davantage pour se donner du courage que par conviction religieuse, et, s'asseyant au bord du trou, tordit ses pieds afin de s'accrocher aux échelons dos au vide.

— Je suis le lapin d'*Alice*, je suis un gnome de la montagne, je suis le flûtiste de Hamelin, je suis…

Il finit par toucher le fond. De distance en distance, les lueurs pâlottes de lampes à pétrole l'invitaient à l'aventure. Il s'avança, respirant le moins possible tant l'atmosphère était saturée des effluves de fumier, se baissant parfois quand le réduit s'étrécissait. Il approchait d'une galerie plus large où s'activaient des ombres. Rassuré d'atteindre non l'antre d'un dragon, mais les meules où les cultivateurs récoltaient leur manne, il observa les hommes emplissant leurs paniers jusqu'à ce que l'un d'eux l'apostrophe.

— Quoi c'est-y qu'vous reluquez ?

— Je souhaite parler à Évariste Voisin, c'est très urgent.

— Vous souhaitez ? Vous entendez, les gars, il souhaite, et c'est très urgent ! Ben, mon aminche, z'avez plus qu'à filocher à la morgue, c'est là qu'il moisit, l'Évariste, depuis cinq jours !

— Mort ? Un accident ? chuchota Joseph, effrayé par le lascar en bras de chemise piqué devant lui.

— Tout c'qu'il y a de plus refroidi, et si c'est un accident, c'est qu'le gros Louis lui a servi de l'eau de Javel au lieu d'sa piquette habituelle, parce que c'est lui qui l'a dégoté raide vendredi soir. Du coup, il est en taule, le gros Louis.

Lorsqu'il émergea à l'air libre, plus vite que s'il avait eu une hydre à ses trousses, Joseph, ragaillardi, n'avait qu'une idée en tête : localiser le poste de police.

Le commissaire, occupé à décrypter un rébus dans une feuille régionale, tira sur les deux pointes de sa barbe comme s'il comptait en extraire du lait.

— Je m'étonne que les journaux n'aient rien de mieux à relater que ce genre d'anecdotes. Les intoxications fatales, ce n'est pas ce qui manque. Quoi qu'il en soit, renoncez à l'exclusivité, un de vos collègues a déjà fouiné hier dans le secteur. Ma parole, vous autres reporters vous reniflez les cadavres à des kilomètres !

— Je travaille pour *Le Passe-partout*. Et lui ?

— Ce n'est pas avec moi qu'il a bavardé, c'est avec Gouttier. Et Gouttier, il est en train de cavaler après un voleur à la tire.

— De sorte que vous ne pouvez pas non plus me le décrire, ce gugusse. C'était peut-être un imposteur.

— Qu'est-ce qui me prouve que vous n'en êtes pas un ?

Triomphant, Joseph exhiba une accréditation rédigée quelques mois plus tôt par son ami Isidore Gouvier, échotier au *Passe-partout*.

— Bon, bon, grommela le commissaire, empoignant de plus belle sa barbe. Je vais vous révéler mes maigres lumières et ensuite vous me laisserez en paix. Vendredi 22 novembre, aux alentours de neuf heures du soir, Louis Fortin, mastroquet à Carrières-Saint-Denis, est accouru, terrorisé, nous avertir qu'un de ses clients avait cassé sa pipe dans son établissement. Encadré de deux de mes hommes, je suis allé sur place et, au vu de l'horrible grimace qui défigurait le trépassé, j'ai d'emblée suspecté un empoisonnement. Deux possibilités : un suicide ou un meurtre. Le corps a été emporté afin d'être autopsié, et la bouteille de vin tombée près du défunt ramassée en vue d'une analyse. On m'a transmis le résultat : strychnine. Cuisiné, Louis Fortin a déballé une salade au sujet d'un rendez-vous qu'Évariste Voisin aurait eu avec deux femmes, et d'une bouteille de muscadet offerte par les susdites à son intention.

Le commissaire fut secoué d'un rire épais.

— Un cafetier qui reçoit un litre de blanc acheté chez l'épicier, c'est louche. Il maintient que c'était un cadeau des donzelles, sous prétexte qu'elles seraient en retard. En épluchant le passé de ce Fortin, on a exhumé une condamnation pour coups et blessures. Par conséquent, la balance penche en faveur de l'assassinat. D'ailleurs, Mme Voisin affirme que son époux n'avait aucune raison d'attenter à ses jours.

— Je suppose qu'on la joint à Carrières-Saint-Denis, cette dame.

— Seriez-vous assez intrépide pour lui proposer une entrevue ? s'écria le commissaire.

— Nos lecteurs ont droit à l'entière vérité.

La barbe du commissaire fut tiraillée avec tant de vigueur qu'elle perdit quelques poils.

— Autant que je vous renseigne avant que vous n'ameutiez la population. Mme Voisin demeure chemin de la Grue. Quant à Fortin, s'il a quelque chose à se reprocher, il va lâcher le morceau, personne ne tient tête longtemps aux arguments d'Aristide Lecacheur.

— Lecacheur est sur l'affaire ?

— L'inspecteur Lecacheur, je vous prie. Hier, quand la thèse du suicide a paru improbable, on m'a dessaisi de l'enquête pour la lui confier, avoua le commissaire avec amertume. Vous le connaissez ?

— De réputation. Il est redoutable, paraît-il.

— Il possède surtout les accointances adéquates, ça lui a permis de se hausser à son poste. Les relations sont le complément indispensable à toute fonction, vous ne me contredirez sûrement pas, conclut le commissaire, avide de résoudre son rébus.

« Si maman était là, elle jurerait que cette baraque résiste grâce à l'opération du Saint-Esprit », méditait Joseph face à l'amalgame de briques, de ciment et de tôle constituant l'habitacle de la famille Voisin.

« La toiture est tellement perforée qu'il suffit de séjourner au grenier pendant une saucée et hop, la toilette est expédiée ! »

L'aspect malpropre de la gamine se dandinant dans le chambranle de la porte réfuta cette assertion.

— Mélie, qui c'est ? glapit une voix stridente.

— Un bonhomme, répondit la fillette.

Une appétissante odeur parfumait la cuisine. Un garçon, aussi sale que sa sœur et à peine plus âgé, convoitait la poêle que leur mère, décharnée et vieillie par ses cheveux gris, agitait au-dessus du fourneau. Tous examinaient Joseph avec hostilité. Le moutard lui tira carrément la langue, la femme se détourna bientôt en continuant d'étaler sa pâte. Une crêpe ne tarda guère à atterrir dans une assiette.

— Qui vous êtes, vous ? Un cogne ? Un autre gratte-papier ?

— Vous en avez déjà reçu un ?

— Ouais, hier après-midi, il m'a posé un tas d'questions.

— Comment était-il, ce confrère ?

— Si vous croyez que je l'ai reluqué... Des charognards, voilà ce que vous êtes ! Flanquez-nous donc la paix ! Cessez de nous asticoter parce que mon Évariste est cané. Qu'est-ce qu'on va devenir, les mômes et moi, maintenant qu'ce fainéant a avalé sa chique ?

Elle emplit la poêle de pâte en poursuivant son monologue :

— C'est vous qu'allez nous remplir la panse ! Où qu'il est, votre panier à provisions ?

Les enfants s'esclaffèrent jusqu'à ce qu'une seconde crêpe fût lancée dans l'assiette. Ils engouffrèrent alors cette provende en quelques bouchées.

— Encore heureux qu'les gens du quartier se soient souciés de nous et aient apporté des œufs, d'la farine et du beurre. Y a plus qu'à espérer que les deux aînés nous largueront pas. Quelle vacherie !

Joseph produisit une pièce de cinq francs et la cala contre une jarre.

— Mince ! Une thune, marmonna la petite.

Elle chercha à la dérober mais, plus rapide, sa mère se l'appropria.

— Votre mari avait-il coutume de fréquenter l'estaminet de Louis Fortin ? jeta Joseph un peu au hasard.

— Il aurait été fichu d'y dormir, seulement comme c'était un fieffé froussard, y filait doux, enfin presque toujours. Vendredi, si j'y avais pas lu cette lettre...

— Quelle lettre ? demanda Joseph, se délestant de deux pièces de un franc.

Mme Voisin manifesta un certain embarras.

— Celle dont j'ai parlé à la police, celle que j'ai cramée. Celle de ces…

Elle se mordit les lèvres.

— Je refusais qu'mon homme aille rejoindre des roulures…

— Ida et Suzanne, Suzanne et Ida, chantonnèrent les mioches.

— Encore ? Taisez-vous, sales cafards ! leur ordonna Mme Voisin.

— La lettre était signée de ces deux noms ? Votre témoignage est primordial, madame, un homme est actuellement en prison, accusé d'un meurtre qu'il n'a peut-être pas commis.

— Louis ? Ça lui fera les pieds, à ce gros lard. Il s'figure que je suis une cruche ! Il lui a assez servi d'alibi, à Évariste, quand il allait se frotter aux poules ! De toute façon, y a aucune preuve, puisque j'l'ai mise au feu, cette lettre !

Elle avait repris confiance et défiait Joseph.

— Mais l'autre, tu l'as gardée ! s'écria son fils.

— Vas-tu la boucler, à la fin ! riposta-t-elle, essayant de l'attraper et de le gifler.

— Il y avait une seconde lettre ?

Joseph puisa au fond de sa poche une poignée de mitraille prestement déversée près de la jarre.

Murée dans le silence, Mme Voisin s'obstinait à fixer ses savates. Ne supportant plus d'entendre ses rejetons ricaner avec force grimaces, elle s'égosilla :

— Foutez le camp !

Lorsqu'ils furent seuls, Joseph déclara :

— C'est très simple, je n'ai plus un sou. Soit vous me crachez la vérité, soit je retourne au commissariat vous dénoncer pour mensonge par omission.

— Si vous publiez ça, l'résultat sera le même pour ma pomme !

— Je tournerai mon article de sorte que vous ne soyez en aucun cas mêlée à ce micmac. Nous, les journalistes, possédons un sacré réseau d'informateurs…

Mme Voisin se renfrogna

— La v'là, c'te bafouille. J'suis pas bouchée à l'émeri, un courrier d'notaire, ça se conserve.

— De notaire ?

Joseph souleva avec fébrilité le rabat de l'enveloppe : elle était vide.

— Les salopiauds, y m'l'ont piquée ! Ça mérite une bonne raclée !

Joseph dissimulait mal sa déception.

— Vous rappelez-vous le nom et l'adresse de ce notaire ?

Elle haussa les épaules.

— C'est-y des choses à retenir ? Y avait trop d'mots compliqués, j'ai renoncé à piger, et puis on avait l'temps. Quand Évariste serait rentré…

Elle sembla se rendre compte qu'il ne reviendrait plus. Ce sentiment de perte éveilla sa rogne.

— Puisque j'vous dis que ça s'est envolé d'ma caboche, c'est fort ! Vous vous amenez chez les gens sans prévenir et faudrait qu'on vous raconte not'vie ! Occupez-vous d'vos oignons ! Du balai !

Joseph avait à peine parcouru quelques mètres qu'un sifflement fusa. Il aperçut les gosses dans l'ombre d'une grange.

— Filez-nous des ronds et vous aurez la lettre, chuchota le garçon.

— Tu ne perds pas le nord, toi !

Joseph ne détenait qu'un billet, nécessaire au trajet de retour. Il décida de se séparer d'un canif à manche de corne, souvenir de son père.

— C'est ça ou zéro, décréta-t-il.

Les enfants se concertèrent à voix basse.

— Marché conclu, souffla le garçon.

L'échange eut lieu si vite que Joseph crut avoir rêvé. Cependant, il avait bel et bien troqué une fraction de l'héritage paternel contre un feuillet déchiré.

— La mauvaise graine ! mâchonna-t-il.

« Il en manque les trois quarts ! Bon, c'est un indice supplémentaire. Mon cher beau-frère daignera-t-il me féliciter ? »

Monsieur

Votre présence est requise au 20, passage d'Enfer, chez maître Grand...

— Quelle sagacité, Joseph ! C'est peu, mais c'est toujours ça !.... Je tiens le bon bout, murmura Victor, qui venait de déchiffrer le trophée de Joseph au sous-sol de la librairie.

Fier d'avoir réussi sa mission, celui-ci émit un hoquet de révolte.

— Ben ça alors ! Vous me prenez pour une bille ! Si je ne me contrôlais pas, j'entonnerais *À Biribi* !

— J'écoute.

Joseph psalmodia entre ses dents :

À Biribi, c'est là qu'on marche,
Faut pas flancher ;
Quand l'chaouch crie : « En avant ! Marche ! »
I'faut marcher[1]*...*

— Vous m'exploitez impudemment, et c'est vous qui cueillez les lauriers !

— Je réfute ce dénigrement, nous collaborons.

— Je vais choper une pneumonie, j'en mourrai, vous serez seul sur les rangs ! Prenez soin de ma femme et de ma fille !

1. Chanson d'Aristide Bruant, 1891.

— Vous me peinez, Joseph, je ne vais quand même pas employer mon temps à vous tresser des couronnes, nous sommes à égalité. Quoi qu'il en soit, je vous congratule, nous progressons. Figurez-vous qu'on m'a remis une missive destinée à Maxence Vigneux, c'est une convocation au 20, passage d'Enfer, chez un clerc du nom de Grandin.

— Ben ça ! La même que celle d'Évariste Voisin ! La voilà, la corrélation, un héritage ! Faut que je le note illico.

Joseph vida ses poches et devint blême.

— Mon calepin noir ! Je l'ai égaré ! C'est une catastrophe !

— Quand l'avez-vous consulté la dernière fois ?

— Je ne sais plus… Si, hier soir ! Iris m'a appelé et… Nom de nom, je l'ai oublié sur le comptoir, pourvu que…

Il remonta à toute vitesse. Kenji travaillait à son bureau, Siméon Delmas classait *La Comédie humaine*. Désinvolte, Joseph se faufila derrière le comptoir et exhala un soupir de soulagement. Son précieux calepin de moleskine noire reposait sous une pile de paperasses. Il ne remarqua pas le regard ironique de Kenji alors qu'il l'empochait.

Le soleil semblait vouloir opérer une timide inspection au-dessus de la capitale, histoire de prouver aux Parisiens qu'en dépit de cette fin de journée maussade il accomplissait sa tâche. Victor sauta de sa bicyclette. Réparée tant bien que mal, elle donnait des signes de faiblesse, il faudrait songer à la remplacer. Il longea la rue de Clichy en la poussant.

Un attroupement encombrait le trottoir près du numéro 24. Victor appuya son engin au mur et vérifia le fonctionnement de son pédalier. Il pouvait entendre la conversation.

— Les artistes, en général, c'est une vraie peste dans une maison convenable ! clamait une petite femme emmitouflée d'un châle au crochet, les cheveux empilés en une haute choucroute. Ça entre, ça sort sans se soucier de crotter un escalier quand il pleut. Et puis ce linge-là, ça se couche à des minuits, des deux heures du matin et ça ne se gêne pas pour vous faire tirer le cordon ! Tiens, pas plus tard que cette nuit, les barbouilleurs du quatrième, hein, Zéphyrin ?

— Je ratifie, approuva celui-ci, un moustachu coiffé d'une calotte verdâtre. Ils nous assassinent le sommeil. C'est simple, Titine et moi on dépérit de fatigue. Quand je monte leur courrier à ces animaux-là, je baisse les yeux pour qu'ils n'y lisent pas mon mépris. Ah, j'vous jure ! Ici, avant, c'était un immeuble bourgeois, seulement la plupart des locataires l'ont déserté pour des quartiers plus chics.

— Maintenant, c'faubourg, c'est rien qu'des traîne-savates, approuva avec véhémence un gardien de square, sa manche vide fixée à son épaule par des épingles de nourrice. Nous autres, on est relégués avec les fêtards et les gagneuses ! Foutent rien d'leurs dix doigts ! Moi, monsieur Pluchet, j'ai rempli mon devoir de Français !

— Ben oui, monsieur Jobelin, tout le monde en a fait autant.

— Tout le monde ? Vous rigolez ! Et les planqués ? Ah, j'vous l'dis, monsieur Pluchet, mon père est mort à quarante-trois ans. Il a élevé cinq gosses, on a été malheureux comme des pierres, hein ! Et ben écoutez, sans parti pris, on était honnêtes et respectueux. Si les gens en avaient dans le bide comme nous on en avait dans le temps…

— Vous avez raison, monsieur Jobelin, confirma une vieille femme empêtrée dans la laisse d'un basset. On nous dit faut des gosses. À mon âge, j'peux pas repeupler la France, alors je me contente de Fenouillard, c'est une présence, je me sens moins seule.

— Votre cabot, c'est un bougre de ballot, lâcha M. Jobelin. Oh, v'là l'facteur ! Salut, Amédée, t'as ma pension ?

— Bonjour la compagnie. Non, Jobelin, j'ai pas ta pension, en revanche, il y a une lettre pour vous, madame Alphonsine.

Mme Pluchet se hâta de décacheter l'enveloppe et poussa un « Oh ! », tandis que son visage se fendait d'un sourire.

— C'est de Mlle Ida, elle a pensé à nous, Zéphyrin.

— Vous en avez de la chance ! Fenouillard, arrête, chien idiot, tu vas t'fouler la glotte ! beugla la vieille femme. J'veux voir, madame Pluchet.

Ils s'extasièrent, félicitèrent chaleureusement la concierge, admirant le programme du casino de Sermaize-les-Bains.

— *Pour Mme Alphonsine Pluchet ainsi que son époux, M. Zéphyrin Pluchet, en souvenir d'une tournée de « La Mascotte ». Avec mes meilleurs souvenirs*, leur lut la concierge. C'est beau ! Je vais le serrer dans mon album, d'accord Zéphyrin ? Nous, on est fous d'opérette. Et vous, monsieur Jobelin, vous aimez la musique ?

— La militaire, ça vous donne du cœur au ventre dans cette société de mous.

— Bonjour messieurs dames. Vous êtes le concierge ?

Zéphyrin Pluchet toisa Victor.

— Erreur, monsieur, je suis le portier.

— Je vous prie de m'excuser.

— Vous êtes excusé, mais il faut pas confondre, je suis responsable de tout ce qui entre dans cet immeuble confié à ma garde. Que puis-je pour votre service ?

— Je désire faire livrer un bouquet de fleurs à Mlle Ida Bonneval. Elle loge bien ici ?

— Elle est absente. C'est Mme Pluchet qui entretient l'appartement durant ses tournées.

— Savez-vous quand elle sera de retour ?

— Vous la connaissez personnellement ? s'enquit Alphonsine Pluchet.

— J'ai eu la joie de l'entendre chanter chez Mme de Salignac et je voudrais lui rendre hommage.

— C'est très gentil de votre part, mais pour les fleurs je vous conseille d'attendre, elles risqueraient de tourner de l'œil. Mlle Bonneval ne rentrera qu'à la Noël.

— Je vous remercie infiniment, madame. Je vous envie de veiller sur une si grande diva.

Flattée, Alphonsine Pluchet jugea que cet inconnu avait de la classe.

— Mlle Ida, c'est une perle, elle sait vivre, elle ne lésine jamais. Avec elle les étrennes tombent recta. Tenez, monsieur, elle nous a dédicacé un programme.

— Je suppose qu'elle doit recevoir un abondant courrier de courtisans.

— Ah, ça, oui. Avec elle, jamais d'histoires, elle refuse qu'on s'use à grimper les étages pour lui porter sa correspondance, elle descend la chercher. Hier, un coursier est venu en prendre livraison. J'ai accepté de la lui remettre parce qu'il m'a montré un billet signé de sa main. Elle va loger à la campagne, chez une grande dame. Elle y répète avant de se produire au palais de l'Élysée, il paraît qu'en janvier prochain elle va donner un récital en présence du président Félix Faure et de son épouse.

— Cette grande dame, serait-ce par hasard Aphrodite d'Enghien, qui possède une propriété près de Domont ? insinua Victor d'un ton détaché.

— Alphonsine, tu parles trop, décréta Zéphyrin Pluchet. Monsieur, nous avons des principes. De la discrétion, c'est notre credo. Pour l'heure, Mlle Bonneval est à Sermaize-les-Bains. Salutations.

Victor souleva son chapeau et enfourcha sa bicyclette. À la hauteur du numéro 18, il longea un édifice qui lui rappela un panorama des Alpes.

LE PÔLE NORD
Patinage sur vraie glace

Il freina. Une étincelle clignota dans les abysses de son cerveau : *Patinage sur vraie glace* ! Une réponse le percuta : les lames ! Les lames entrevues au fond d'un sac taché de sang chez Suzanne Bosquet ! Du sang. Le sang de qui ? Celui d'Ida Bonneval ? Son cœur émettait un tapage infernal. Il avait besoin d'une certitude. Il fit demi-tour. Le trottoir du 24 était désert, à l'exception de la vieille femme remorquée par son basset autour d'un réverbère.

— Madame ! Juste un petit renseignement. Vous connaissez Mlle Bonneval ?

— Je loge sur le même palier.

— Savez-vous si elle fréquente *Le Pôle Nord* ?

— *Le Pôle Nord*, c'est son fief quand elle est en congé. Une reine de la glissade. Elle adore ça depuis que son pauvre papa Mathurin a sauté le pas, ça la détend. Fenouillard, il est temps que tu sois raisonnable, fais ton pipi ! Moi, si j'étais chanteuse, je craindrais le froid comme la mort ! Pourquoi voulez-vous…

Mais Victor était déjà loin.

En pédalant vers la rue de Provence, il s'efforçait vainement d'ordonner les pièces du puzzle. Une seule assurance, les membres d'À cloche-pied tiraient leur révérence les uns après les autres et si Joseph et lui tardaient à résoudre l'énigme il en resterait moins que les doigts d'une main.

CHAPITRE XVII

Jeudi 28 novembre

À cette heure avancée ou précoce selon que l'on s'était couché fêtard ou insomniaque, la nuit hivernale régnait sur la ville en maîtresse absolue. Victor voguait à l'estime le long de trottoirs tant de fois empruntés le jour qu'ils conservaient leur aspect familier. À peine si, au carrefour des rues Notre-Dame-de-Lorette et de La Rochefoucauld, un réverbère esseulé dessinait un halo de lune devant un soupirail.

La nuit, c'est l'heure de l'embardée vers quelque mauvais coup, c'est l'heure où l'on détrousse les passants, c'est l'heure des vidangeurs, des rouleuses et des souteneurs. L'ombre n'effarouchait pas Victor, rien ne pouvait entacher sa béatitude, il était protégé par les récentes effusions de Tasha. En proie à un cauchemar, elle avait crié et s'était blottie contre lui. Ils avaient fait l'amour avec une ardeur dont l'intensité les avait surpris. Haletante, échevelée, les pommettes roses, Tasha avait constaté :

— J'ai faim.

Le garde-manger étant vide, Victor se dévoua. Voilà pourquoi, à quatre heures du matin, il se dirigeait vers la rue de Châteaudun, où la boulangerie

Riquier proposait son pain sans interruption. Avant même de l'atteindre, il la devina à son haleine tiède et parfumée. Puis il perçut les plaintes des geindres[1], consignés au sous-sol. Des ronflements de charretiers et des gémissements formaient la cantilène de ceux qui pétrissaient la pâte sans répit et ne s'interrompaient que pour se rafraîchir d'une lampée de picrate. La poitrine nue, les bras enfarinés, le visage moite, ils étaient dignes de participer à une scène de bacchanale.

Victor pénétra dans la boutique où de belles miches blondes, des jockeys[2] et des flûtes poudrées de blanc s'alignaient sur les étagères.

Tandis que les derniers noctambules, gavés de gâteaux et de sandwichs, regagnaient leurs logis, un flot de petites bonnes au nez rouge l'envahissait. Victor dut patienter jusqu'à ce que la patronne lui emplisse un sac de croissants dorés.

— On est tombé du lit, milord ? l'apostropha-t-elle en papillotant des yeux. Oh ! Mais c'est qu'j'ai plus d'ferraille ! s'exclama-t-elle face à la coupure qu'il lui présentait. N'y Touche, cours donc faire de la monnaie à la pharmacie Montmartre ! glapit-elle.

Une jeune fille charnue tout en fossettes s'essuya les mains à son tablier et intercepta le billet. En l'attendant dans un coin du magasin, Victor assista à un ballet de personnages bigarrés. Des pierreuses, lasses d'arpenter le macadam, s'échouaient à des tables où on leur servait des liqueurs. Sa banne en équilibre sur le crâne, un jeune mitron filait distribuer un régiment de pâtés, au moment où un chien errant se profilait à l'entrée, la truffe dilatée. Une gamine déguenillée, surgie de nulle part, promena son éventaire à sangles garni de savonnettes et de patchouli,

1. Apprentis boulangers.
2. Pains longs.

puis, résignée, disparut. Un clochard, à qui la patronne venait d'allouer quelques croûtons, engouffra sa patte dans l'encolure échancrée d'une des ambulantes et récolta un sonore aller et retour. Dominant ce brouhaha, les bribes d'un conciliabule entre deux chiffonniers piquèrent la curiosité de Victor.

— Je t'interdirais ça subito presto ! Songe un peu, tu t'installes mou comme une chiffe au restaurant, tu commandes, et qu'est-ce qui se radine dans ton rata ? Un scorpion ou un lézard !

— Encore qu'y faudrait qu't'aies d'la braise pour te la payer, la tambouille !

— C'est une figure de style, Michou. En tout cas, le bonhomme, qu'il aille pas s'plaindre d'avoir été mordu par un serpent !

— Y s'plaindra pas. Ce Virgile Sernin, il a le sang aussi froid que celui de ses bébêtes, à c't'heure.

— Excusez-moi, messieurs, de qui parlez-vous ? s'informa Victor.

Défiants, les deux biffins détaillèrent ce pékin, peut-être un argousin en civil. Rassuré par les croissants, Michou expliqua :

— On cause d'un gargotier de la rue Poncelet qu'a été agressé par une vipère, pas étonnant, il hébergeait un tas de bestioles venimeuses. C'est dans l'journal d'hier soir.

Il prêta son quotidien froissé à Victor :

> « Propriétaire du *Miroton des Ternes,* bien connu des amateurs de cuisine du terroir, célèbre pour sa collection de reptiles, M. Virgile Sernin, en traitement à la clinique du Dr Garrot, était rentré chez lui dans la soirée du 26 novembre. C'est une des serveuses, Mlle Marinette Gassendi, qui a découvert son corps sans vie au milieu d'un désordre indescriptible. Le mystère est total.

Si l'on en croit les médecins qui ont examiné le cadavre… »

Victor rendit le journal à Michou, car N'y Touche, la demoiselle de boutique, était de retour et la patronne s'apprêtait à lui compter sa monnaie.

Il replongea dans les ténèbres, tourneboulé. Un nouveau membre d'À cloche-pied venait de quitter la scène !

Éric alluma la lampe, attrapa le journal de la veille et relut l'article concernant la mort étrange de Virgile Sernin. Lui, Éric, avait donné un coup de pied dans la fourmilière, était-il en danger ? Il ruminait inlassablement cette question depuis que Cora était allée rejoindre un client. L'air était étouffant, il entrebâilla la fenêtre. Il entendit la cadence monotone de pas très lourds : des sergents de ville qui faisaient leur ronde, lentement, en devisant.

Éric retourna s'allonger, un oreiller en tapon sous la tête. Cinq heures du matin, nuit d'insomnie. Il s'était couché fatigué et inquiet, la tête pleine d'hypothèses. Pour la première fois de sa vie, il se savait responsable d'une suite d'événements tragiques. Il en éprouvait ivresse et anxiété. Qui était l'auteur de cette série de meurtres ? Une des deux personnes qui s'étaient présentées passage d'Enfer ? Ou bien n'importe quel membre survivant, aiguillonné du désir de jouir seul du trésor ? Il énuméra mentalement ceux qui restaient en lice : Hugo Malpeyre, Reine et Lazare Ducoudray, Ida Bonneval, Suzanne Bosquet. Ces deux dernières étaient particulièrement suspectes depuis qu'il avait appris des enfants de la veuve Voisin qu'elles avaient adressé une lettre à son homme, l'invitant à se gargariser dans le mastroquet où il était mort.

Le trésor ! Nul doute que sa valeur fût immense, puisque celui ou celle qui voulait se l'approprier perpétrait des homicides agencés avec soin.

La rue de Verneuil s'animait. Les voitures de laitiers secouaient leur ferblanterie dans une course rapide et sauvage. Des marchands de vin empilaient leurs volets sur le trottoir.

Dormir. Les nuits de ceux qui ne dorment pas sont un avant-goût de l'enfer. Dormir. Cesser de penscr… Effort infructueux.

Tu vas y laisse ta peau !…. Imposteur !…. Confondre le tueur avant qu'il ne te trouve. Ida Bonneval, Suzanne Bosquet, les garces !

Les pensées parasites se télescopaient.

Tout a commencé à Domont. Le libraire, le blondinet, sales fouineurs ! Détends-toi, fais le vide, dors.

En dépit des caresses échangées à deux reprises avec son bien-aimé et suivies d'une collation, le cauchemar persistait à peser sur Tasha. Elle avait cru en être délivrée lorsque Victor était reparu, lesté des croissants de la boulangerie Riquier. Le café bu, ils s'étaient recouchés et rendormis jusqu'à ce que, au petit jour, ils se retrouvent enlacés, prêts à de nouveaux ébats.

Cloîtrée dans le cabinet de toilette, elle brossa ses cheveux qu'elle noua d'un ruban. Toujours en elle resurgissait la vision née de ses obsessions : Victor progressait à sa rencontre sur une route de rase campagne, soudain un déluge de sable l'ensevelissait. Elle se précipitait, creusait la dune à deux mains sans parvenir à l'atteindre. Elle se souvint de s'être arrachée au sommeil en sueur et d'avoir étreint l'épaule de son compagnon, naufragée s'accrochant à un radeau.

Un tintement dissipa la hantise. Dans la cuisine mitoyenne, Victor rinçait les tasses de leur déjeuner avant l'arrivée d'André Bognol. Tasha recouvrit ses cernes de poudre de riz. La réalité reprenait ses droits, la peur se dissolvait.

Victor traversa son laboratoire et se dirigea en tapinois vers la chambre à coucher où il avait récemment fait installer un second téléphone en bois de palissandre cloué au mur. Il obtint promptement sa communication. Comblant ses vœux, ce fut Joseph qui répondit.

— Joseph, prétextez une course et foncez acheter un journal. Virgile Sernin a suivi le même sort que ses compagnons, mâchonna-t-il. Il est mort... Oui, Virgile Sernin, le traiteur, tout comme Déodat Briquebec, Maxence Vigneux et Évariste Voisin, ajouta-t-il d'un ton au-dessus. Le temps de m'habiller, je pédale jusqu'au restaurant, rue Poncelet, puis je vous rejoins à la librairie.

Il suspendit les deux écouteurs de chaque côté d'une planchette, à tel point courroucé de la balourdise de son beau-frère qu'il ne perçut pas un léger grincement derrière lui.

Tasha referma doucement la porte. Un emballage de savonnette lui permit de griffonner les quatre noms cités par Victor. Différer n'était plus possible, l'heure de quérir du secours avait sonné. À qui s'adresser ? Iris ? Inutile de l'alerter, elle avait assez de soucis avec la petite Daphné. Une seule personne alliait discrétion et efficacité. Comment la contacter sans éveiller l'attention ? Si c'était Siméon Delmas qui décrochait, cela serait un moindre mal, mais si Joseph le devançait, il reconnaîtrait son accent à coup sûr. Elle décida de recourir à un subterfuge déjà utilisé : prier André Bognol de porter à Kenji un message lui fixant rendez-vous à l'extérieur.

À peine Victor enfila-t-il le boulevard de Clichy que son vélo se mit à renâcler. Un bref examen de la roue avant lui révéla qu'elle était voilée. Il maudit le marchand de cycles chargé des réparations, et, déployant des efforts nocifs à ses jarrets, continua sa pérégrination.

Le *Miroton des Ternes* offrait une façade pimpante aux boiseries vert pâle et jaune citron. Il s'attendait à ce que la police surveillât les parages mais, quand il colla son nez à la vitre, il comprit que la voie était libre. La poignée s'abaissa, il accéda aux rangées de tables. Une femme en souquenille, jeune, aussi large que haute, aux cheveux plus frisottés que la perruque de Louis XIV, lavait le carrelage. Victor toussota. Elle le fixa d'une expression maussade.

— C'est fermé. J'ai omis d'ôter le bec-de-cane après le départ de l'inspecteur. Vous êtes de son équipe ou un client ?

— J'étais un intime de cet infortuné Virgile. Je viens d'apprendre la nouvelle de son décès, j'ai eu un choc. Mordu par un serpent, lui qui les affectionnait tant !

La femme opina du chef.

— Ça, vous pouvez dire qu'il en était entiché. Seulement les siens ne sont pas venimeux. C'est des bêtes visqueuses et répugnantes, soit, mais elles ne présentent aucune menace. Je suis bien placée pour le savoir, c'est moi qui les nourris.

— On devine que vous êtes une personne dotée d'autant d'efficience que de douceur, les animaux apprécient ces qualités chez un humain, approuva Victor en effilant sa moustache.

Amadouée, son interlocutrice le détailla. Le jugeant à son goût, elle rejeta son balai contre le comptoir et ôta sa souquenille.

— Je m'appelle Marinette Gassendi. Je travaille ici depuis sept ans, ça m'a valu de gagner la confiance du patron. Maintenant qu'il est décédé – mon Dieu, je ne parviens pas à m'y habituer ! – qu'est-ce qu'on va devenir ? Parce qu'à part moi, il y a deux serveuses, deux cuistots et une caissière. Et ces bestioles, enfin celles qui ont survécu ? Deux lézards et une salamandre ont crevé.

— Ses amis les recueilleront peut-être ?

— Peuh ! Ses amis… Des toc toc qui lui écrivaient des lettres idiotes, un ramassis de mensonges !

— Vous avez ce courrier ?

Elle le jaugea afin d'évaluer s'il était fiable. Victor sentit que le moment était venu de jouer d'un charme auquel les femmes s'étaient souvent avérées sensibles, mélange de fragilité et de détermination.

— Mon nom est Joseph Pignot, je ne suis qu'un modeste commis de librairie, ma discrétion est prisée de mes employeurs. Les clients m'honorent de leurs confidences et n'ont jamais eu à se plaindre de moi.

Elle fit bouffer sa chevelure qui n'en avait nul besoin.

— Des lettres, y en avait trois, une sous une chaise et deux dans ses poches. Comme c'est moi qui l'ai découvert – quelle horreur ! –, je les ai conservées parce que j'ignorais si ce n'était pas lié à ses maîtresses. Il en entretenait une paire, Mélanie et Yvonne, et elles sont toujours en procès avec quelqu'un. Ensuite, j'ai prévenu la police. Mais malgré l'acharnement de l'inspecteur Lecachou, Lecachien, j'sais plus, à me faire répéter dix fois la même rengaine – il se prend pour Dieu le père, celui-là ! –, j'ai gardé ça sous le coude.

La mine songeuse, Victor fouilla son portefeuille et produisit une enveloppe rose, cadeau de Raphaëlle de Gouveline qu'il se félicita d'avoir sauvegardé.

— J'ai là un billet pour une baignoire au théâtre de la République qui affiche *Les Aventures de Thomas Plumepatte*, pièce en cinq actes et douze tableaux de Gaston Marot. M'accorderiez-vous l'immense satisfaction de l'accepter contre ces lettres ?

Cramoisie, Marinette Gassendi paraissait hypnotisée, tiraillée entre sa convoitise et sa conscience. Celle-ci s'évapora alors que la permutation avait lieu : l'enveloppe rose contre deux blanches et un papier chiffonné.

— Surtout, ne le dites à personne, chuchota-t-elle. Le mieux serait de les détruire. Ça me soulage de m'en débarrasser. Que les flicards se démènent, qu'ils m'obligent même à me dévêtir, ils en seraient fichus, les rosses ! Ils resteront bredouilles ! Moi, je me dévoile avec plaisir que devant des gens qui me sont vraiment très sympathiques.

Cet aveu s'accompagna d'un sourire aguichant.

— Et elle est où, votre librairie ?

— Au 22, rue Barbet-de-Jouy.

Il eut du mal à prendre congé. Il monta en selle et s'éloigna cahin-caha vers l'avenue des Ternes.

À la vue d'André Bognol, raide et compassé, au seuil de l'appartement, Euphrosine bénit le ciel que ce fût justement le jour où Zulma Tailleroux se rendait au magasin du *Louvre*. Elle était supposée rapporter divers articles vestimentaires commandés par Iris, à moins qu'elle ne s'égarât en chemin.

— Nous sommes en possession d'une lettre destinée à M. Kenji Mori, énonça l'ex-maître d'hôtel avec componction.

— Eh ben, avancez donc et descendez à la boutique, c'est là qu'il est, et pis quand vous aurez fini allez à la cuisine, si ça vous chante, j'vous ai noté des secrets culinaires qui vous affrianderont sûrement.

— Nous n'y manquerons point.

Il s'engagea dans le couloir, incapable de résister, en dépit de sa dignité, au désir de chercher du regard l'élue de son cœur.

— N'espérez pas rencontrer notre chère Zulma, elle est en course ! déplora hypocritement Euphrosine.

— Nous la saluerons un jour prochain.

Alors qu'André Bognol atteignait l'escalier en colimaçon, Mme Pignot se demanda comment le forcer à se départir de ce « nous » royal. Et si elle lui plaquait un bécot sur la joue ? Non, jamais elle ne se résoudrait à une initiative d'une telle impudeur. Tout de même, solliciter les faveurs d'un individu si collet monté présentait maints désavantages. Elle l'avait écrit à plusieurs reprises dans son keepsake. Feu M. Pignot ne lui ressemblait en rien. Il avait suffi d'une rincette en commun dans un troquet du quai Voltaire pour que ce bouquiniste bon vivant déclarât sa flamme à la toute jeune Euphrosine Courlac. Devait-elle persévérer ? Ce domestique impavide camouflait-il un homme susceptible de s'écrier au moment crucial : « Phrosine, je vous aime ! Consentez-vous à m'épouser ? »... Parce que, au cas où il formulerait : « Nous vous aimons ! Consentez-vous à nous épouser ? » elle craignait de rétorquer qu'elle était absolument opposée à la polygamie.

Lorsque André Bognol parvint à susciter l'intérêt de Kenji, celui-ci se réjouissait d'avoir vendu à un collectionneur fortuné cinq volumes du *Décaméron* de Boccace datés de 1757. Il abandonna le client aux mains de Joseph, chargé d'encaisser, puis de Siméon, préposé à empaqueter les in-octavo. Il lut la lettre signée Tasha sans que son visage tiquât, et annonça :

— À mon tour de m'absenter, une affaire privée, je tâcherai d'être là d'ici une heure. Merci, André.

Il s'empressa de gagner l'étage afin de se changer. André patienta quelques secondes et grimpa au premier, indifférent aux protestations de Joseph qui affirmait n'être parti que cinq minutes, lui, le temps d'acheter un journal.

Tandis que Kenji se bichonnait, André Bognol, glacé d'effroi mais n'en laissant rien paraître, subissait les assauts d'Euphrosine.

— Chose promise… J'vous ai préparé un répertoire contenant des recettes spéciales, le poulet aux huîtres par exemple, ou la raie aux champignons. Vous la connaissez, celle-là ? Vous cuisez des champignons dans de l'eau vinaigrée, vous les hachez avec du persil et d'la ciboule, pis quand vous les avez mijotés au beurre et au sel, vous garnissez votre raie.

— Nous… nous ne prisons guère ce… ce sélacien, qui exige d'être po… poché, bafouilla André Bognol, acculé à l'évier.

— J'agrée votre opinion. Comme le certifie le père de ma bru : « Après avoir été pêché, le poisson ne doit plus nager. » Si vous étiez doté d'une belle-fille qu'a la bidoche en détestation, vous donneriez dans les produits d'la mer ! Mais j'me mouche sur ma manche, pour avoir une belle-fille, y vous faudrait un fils, et pour avoir un fils y vous faudrait une femme, roucoula Euphrosine, si près à présent de sa proie que leurs nez se frôlaient.

Dans un ultime va-tout, André Bognol attrapa le carnet et, à la manière d'un crabe, échappa à son adversaire.

— Nous vous remercions infiniment de ce précieux don, énonça-t-il d'une voix de nouveau maîtrisée.

— J'vous ai pas tout détaillé ! Y a également le cabillaud sauce au beurre, les clovisses aux épinards, le potage de riz au lait d'amandes… Ah ! Ben zut alors, il s'est cavalé, le mufle ! Trimez donc en vue d'séduire les mâles, on vous lâchera comme une malpropre !

Intrigué, Kenji suivit la rue Jacob jusqu'à l'entrée principale de l'hôpital de la Charité, au numéro 47. Pourquoi Tasha aspirait-elle à s'entretenir avec lui sans délai ? Se cabrait-elle contre l'inconduite de sa mère ? Envisageait-elle de quitter Victor ? Il traversa deux cours afin de rallier le jardin. Il repéra sur-le-champ la jeune femme vêtue d'un mantelet de lainage gris et d'une jupe de velours ivoire. Son éternel bibi flanqué de marguerites dominait la masse de ses cheveux flamboyants. Malgré la sobriété de sa mise, elle tranchait sur les malades épars sous les galeries, telle une reine sur ses sujets. Lui baisant la main, il ne résista pas à l'envie de lui souffler :

— Penser que, lorsque Victor vous courtisait, je vous considérais en ennemie !

— J'ai toujours regretté que vous ne soyez pas mon père, même si nos vues divergent. D'ailleurs, mon vœu a été réalisé, en quelque sorte.

Tasha souriait avec tant d'espièglerie que Kenji fut embarrassé.

— De quelle façon dois-je interpréter ce constat ?

— De la façon la plus naturelle : en épousant votre fils adoptif, je suis devenue votre fille. C'est pourquoi le portrait que j'ai tracé de vous trône dans mon atelier.

Soulagé, Kenji salua un jeune homme plongé dans *De Mazas à Jérusalem* de Zo d'Axa.

— Quant à moi, je ne me lasserai jamais de votre tableau des toits de Paris à l'aube, accroché face à mon lit.

— Trêve de compliments, l'heure est grave : Victor est embourbé dans une nouvelle enquête, et je redoute que cette fois il n'y ait péril en la demeure. Ce matin, il a instruit Joseph par téléphone qu'un certain Virgile Sernin a été éliminé. Il a cité trois autres noms que j'ai recopiés.

Elle lui étala sous les yeux l'emballage de savon.

— Déodat Briquebec, Maxence Vigneux, Évariste Voisin, grommela Kenji.

Il se rappela aussitôt *Le Figaro* oublié par Victor dans son ancien laboratoire et annoté de sa main : deux noms soulignés au crayon suivis d'une relation de la mort par asphyxie de Déodat Briquebec, gardien à l'Observatoire, et de Maxence Vigneux, ouvrier fondeur. Puis il y avait eu le calepin où Joseph associait à Eudoxie Allard une dénommée Suzanne Bosquet ainsi que deux hommes : Amaury de Champlieu-Mareuil et Donatien Vendel. Il transmit ces informations à Tasha.

— Les chenapans ! Donc, aucun doute, ils ont repiqué à leur sale petit jeu !

— Restez calme. Victor a besoin de ce dérivatif, le quotidien l'ennuie, murmura-t-elle.

— Il ne manque pourtant pas d'activités : la librairie, la photographie… Et il vous a, vous.

Elle rosit, touchée par sa véhémence.

— Victor s'épanouit quand le mystère frappe à sa porte. Que décidons-nous ?

Kenji rejeta en arrière une mèche grisonnante. Bien qu'il refusât de l'admettre, il se sentait vieillir. La fougue de son fils et de son gendre était difficile à contrer. La colère l'emporta sur sa placidité légendaire.

— Le drame de la Bastille ne lui a pas suffi ! Sans ce chronomètre de nickel, la balle de revolver lui déchirait la poitrine !

— Je sais, il court au danger sans se soucier de ce que nous ressentons, il entraîne Joseph, il faut que cela cesse, malheureusement je ne sais comment m'y prendre.

— Communiquons-nous nos découvertes. Mais si ces deux gredins désertent la librairie, il me sera impossible de les retenir !

— On n'emprisonne pas le vent, concéda-t-elle en riant.

Ils scellèrent leur pacte par une poignée de main qui les troubla tous deux.

Les prémonitions de Kenji étaient fondées. Joseph et Victor se muèrent l'après-midi même en courants d'air. Le premier avait allégué une expertise, le second un rendez-vous avec le photographe Albert Londe.

Ils prirent un fiacre qui les déposa rue Campagne-Première et s'attardèrent dans une ferme proposant des œufs, du beurre, des fromages. Ils burent un verre de lait tiède au milieu de poules picorant du crottin.

— Nous possédons trois lettres, dit Victor. La première est signée « Tes compagnons d'À cloche-pied » et réserve à Virgile Sernin une surprise de taille, en l'occurrence un serpent venimeux. Les deux suivantes sont rédigées d'une écriture identique. L'une, similaire à celle reçue par Maxence Vigneux, est une convocation au 20, passage d'Enfer, chez maître Grandin, afin de liquider la succession de Donatien Vendel. L'autre, signée Évariste Voisin, se présente comme un avertissement d'avoir à se défier d'un des membres d'À cloche-pied occupé à régler ses comptes.

Il vida son verre.

— Quel micmac, cher beau-frère ! Le bon côté, c'est que, grâce à cette Marinette, l'inspecteur Lecacheur patauge. Le laborieux de ces manigances, c'est qu'on y pige que couic. Qui peut avoir eu intérêt à imiter l'écriture du notaire ? lança Joseph, écœuré par le lait.

Victor adopta son expression de chien policier au front chiffonné.

— Nous n'allons pas tarder à savoir si notaire il y a.

Le passage d'Enfer était une de ces voies placides plus proches du paradis que de la géhenne. À l'entresol du numéro 20, ils ne trouvèrent qu'une porte close à laquelle ils frappèrent en vain. L'œil attentif de Victor décela deux marques de punaises dans le bois, signe qu'un bristol avait disparu. Un notaire siégeait au second étage, toutefois sa plaque de cuivre indiquait « Maître Tournefort ». Un clerc aux cheveux gominés leur apprit que nul Grandin n'avait travaillé dans l'étude où lui-même avait l'honneur d'être employé depuis cinq ans.

— Fréquentez-vous le locataire de l'entresol ?

— Les locataires. Ils sont deux, des frères vu la ressemblance.

— Ne se nomment-ils pas Grandin ?

— Vous tenez à ce patronyme qui, laissez-moi vous en assurer, est d'une affligeante banalité. D'ailleurs, peu importe, l'identité de ces jeunes gens m'est inconnue.

— Ils sont donc jeunes ?

— Je situerais leur âge entre vingt et quarante ans.

— C'est précis, maugréa Joseph.

— Des personnes correctes, polies, pondérées. Pas un bruit. Je loge au rez-de-chaussée et je déteste entendre marcher au-dessus de ma tête. Leur prédécesseur, un professeur de collège, avait l'habitude de sillonner le plancher en se récitant les fables de La Fontaine. J'ai passé des mois à l'écouter, dans l'angoisse du deuxième soulier.

— Quel soulier ?

Le clerc le dévisagea d'une mimique compatissante.

— C'est une figure de rhétorique, monsieur. Cela signifie que l'on guette des nuisances acoustiques comparables à la chute d'un godillot sur le sol après qu'un premier soulier a agressé vos tympans. Avec les frères Grandin, puisque tel est leur nom, je souffle chaque soir ma chandelle le cœur léger.

— Pourriez-vous les décrire ? demanda Victor.

— L'un est aussi blond que l'autre est roux, et vice versa. Le roux part tôt le matin, il m'est arrivé de le croiser et d'échanger un bonjour avec lui. Le blond rentre tard le soir et, quelquefois, nous nous saluons fort civilement. Entre-temps, vous vous passerez de mon témoignage pour vous dire ce qu'ils fabriquent car je travaille, moi, messieurs. Serviteur.

Figés sur le palier, Victor et Joseph n'osaient tirer les conclusions de cet interrogatoire.

— Chou blanc, proféra enfin Joseph d'un ton désabusé.

CHAPITRE XVIII

Vendredi 29 novembre

Ce vendredi matin, le soleil avait décidé de ne pas se lever sur Paris. Mais si la rue des Saints-Pères se déguisait en tunnel, la librairie Elzévir étincelait de tous ses becs Auer et, non contente de réchauffer le cœur des passants, offrait à ceux qui s'y aventuraient la tiédeur de son calorifère.

La jupe-culotte dont s'était affublée Fräulein Becker révélait des mollets dodus mis en valeur par des bottines à boutons très ajustées. Ses cheveux argentés nattés et enroulés sous une capote à plume lui donnaient l'aspect d'une fillette vieillie trop vite. Un long cylindre sous le bras, elle fit irruption dans la boutique au moment où prenait congé l'écrivain Remy de Gourmont, au visage marqué de lupus et au nez proéminent chaussé de lorgnons, pressé de fuir cette apparition à chapeau tyrolien.

— *Guten Tag*, monsieur Mori, et vous item messieurs ! chevrota-t-elle à l'intention de Victor, Joseph, Siméon et de trois amateurs. N'est-ce pas qu'elle est belle, cette affiche ? Je l'ai décollée à l'eau chaude sur le mur de l'immeuble voisin du mien, au 62, rue Notre-Dame de Lorette. *Sehr schön…*

Elle déploya une publicité : une patineuse et son partenaire au *Palais de Glace* des Champs-Élysées. Kenji fouilla dans son bureau et finit par en extraire un feuillet.

— Pour votre collection. Un correspondant me l'a envoyé de Londres la semaine dernière, il l'a découpé dans *The Illustrated Sporting and Dramatic News*, je doute que vous déteniez déjà un si beau spécimen.

Fräulein Becker examina avec extase un dessin représentant le Saint-Père sur un trône décoré de plumes d'autruche, couronné de la tiare, tenant dans sa main droite une tasse ornée du mot *Bovril*. Face à lui, posée sur un socle de bois sculpté, une énorme pièce d'échecs, une tour, illuminée de trois bougies, et portant elle aussi le sceau *Bovril*.

— Très original, je n'en disconviens pas, encore que je préfère les réclames vantant les mérites des bicyclettes, décréta Fräulein Becker.

— *Bovril* ? Qu'est-ce donc, *Bovril* ? s'exclama un des clients, tout de noir vêtu.

— Du concentré de bouillon de bœuf, répliqua Kenji.

— C'est immoral ! On voit que ces Anglais sont des mécréants, je considère cela comme une diffamation envers les catholiques, et je vais de ce pas en informer mes collègues du journal *La Croix*. Le pape utilisé à des fins mercantiles ! Du bouillon de bœuf, quelle honte !

L'homme claqua violemment la porte, tandis que Kenji, excédé, se vissait l'index sur la tempe. L'esprit de Victor, en ébullition à cause de la patineuse du *Palais de Glace* et du mot *sporting*, fit signe à Joseph de le rejoindre dans l'arrière-boutique.

— Tous les éléments me ramènent aux lames de patins et au sac ensanglanté aperçus chez Suzanne Bosquet ainsi qu'à la disparition d'Ida Bonneval.

— Disparue ? Vous m'avez soutenu qu'elle est à la campagne où elle répète chez une dame de la haute, et qu'un coursier est venu réceptionner son courrier chez ses concierges le 26 novembre !

— Quelle preuve en avons-nous ? Ce cocher a pu être diligenté par le meurtrier. Ou la meurtrière… Suzanne Bosquet.

— Quel serait son mobile ? A-t-elle des accointances avec les faux notaires, les frères Grandin ? Et où aurait-elle planqué le corps ? Sous son piano ? Sans compter qu'Ida Bonneval s'amuse peut-être à jouer les macchabées alors que c'est elle qui trucide !

— Replaçons-nous sur la case départ : sur dix personnes encore vivantes en août, il en reste cinq, si par miracle Ida est indemne. Deux prétendus notaires interprètent un rôle primordial dans cette énigme. Ce qui est urgent, c'est de surveiller les membres d'À cloche-pied que nous pouvons joindre.

— Nous ne sommes que deux, il va falloir se couper en quatre ! En tout cas, pas question que je retourne me frotter aux marchands de jouets, le type débite des insanités et la femme m'a reçu comme un chien dans un jeu de quilles ! Déjà que je me suis fendu de ces animaux destinés à Daphné et qu'Iris trouve affreusement laids !

Il exhuma du fond de sa poche l'ours, la girafe et l'éléphant originaires de Saint-Claude. Dans un mouvement d'humeur, Victor s'en empara.

— Je vous les rachète, j'en ferai cadeau à Mme Ballu pour ses étrennes, dit-il en gratifiant son beau-frère d'un billet bleu.

— Ne soyez pas idiot, ça ne vaut pas tripette, ces machins-là ! Ce que vous êtes susceptible !

— Kenji s'absente jusqu'à lundi, l'un de nous est donc consigné ici. À vous de choisir : Hugo Malpeyre ou la librairie.

— Bon d'accord, j'irai à Domont, encore un trou perdu !

— N'avez-vous pas toujours rêvé de bourlinguer ? La gare du Nord vous tend ses rails, en route pour une seconde excursion !

Pendant cet échange de propos, Kenji s'était arrangé afin que Siméon Delmas exhibât des éditions rares aux deux clients fidèles. Il attendit jusqu'à ce qu'Euphrosine, nantie d'un assortiment de poireaux et de carottes dignes d'inspirer un émule de Chardin, eût pesamment escaladé l'escalier, avant de se couler vers la redingote que Victor avait suspendue à un dossier de chaise et d'y plonger la main. Il parcourut subrepticement sa prise, trois lettres froissées, et les enfouit illico sous une paire de gants beurre frais. Puis il s'accouda au comptoir et, d'un geste négligent, feuilleta l'exemplaire du *Passe-partout* acquis le matin par Joseph. Comme Siméon se dirigeait vers lui, il rafla le canard et s'installa à son bureau. Pourquoi Victor s'intéressait-il à la mort de ce Virgile Sernin ? Y avait-il un lien entre ce fournisseur de victuailles protecteur des reptiles et les trois personnages dont les noms avaient été gribouillés par Tasha ?

Un des clients, M. Chalamel, sollicitant ses lumières, Kenji se débarrassa du journal, fourré en boule entre le buste de Molière et une pendule, au moment précis où Joseph, la physionomie renfrognée, reprenait son poste. Où était passé son journal ?

— Monsieur Mori, c'est vous qui m'avez emprunté *Le Passe-partout* ?

— Sûrement pas. Je m'en tiens au *Temps* et au *Figaro*.

— Mais qui, alors ?

— Votre chère maman vient de monter, vous savez à quel usage elle réserve les quotidiens.

Joseph eut la vision d'un sinistre crochet où pendaient des morceaux de papier dans les cabinets de sa mère, au fond de la cour, derrière la maison où elle logeait.

— Catastrophe ! Je voulais justement relire…

— Les cours de la Bourse, je présume ? jeta Kenji, goguenard.

— Ne prenez pas racine, vous le rachèterez à la gare, souffla Victor à son beau-frère en le bousculant vers la rue.

— Les férus de faits divers perdent parfois la tête en hiver, déclara Kenji à M. Chalamel, qui en lâcha son Béroalde de Verville.

À mesure que Joseph s'approchait du Castel du Bois-Joli, les aboiements croissaient en intensité. Il discerna un homme au bras en écharpe, probablement un jardinier, encerclé par une troupe de roquets plus laids les uns que les autres. La moustache en croc, la barbe hirsute et les bottes de l'individu l'apparentaient à un de ces meneurs de loups dont regorgeaient les contes de la France légendaire. Joseph, effrayé par le tintouin et le nombre de chiens, était sur le point de flancher. Mais la revue des quadrupèdes menaçant de s'éterniser, il se résigna à crier :

— Mon brave, je voudrais m'entretenir avec M. Hugo Malpeyre !

Le barbu se redressa et imposa silence à la meute.

— C'est moi-même, monsieur.

Joseph ralentit, prêt à détaler. Cependant, les animaux restaient calmes, à l'exception d'une femelle grassouillette dont l'une des cuisses disparaissait sous un épais pansement.

— Tranquille, Pichette. Ce satané putois a failli la boulotter, elle est nerveuse, expliqua Hugo Malpeyre.

— Il y a quelque chose que je ne comprends pas, dit Joseph en gardant ses distances.

— Qu'y a-t-il que vous ne comprenez pas ?

— Votre bras bandé. Vous aussi le putois vous a mordu ?

La voix de Hugo Malpeyre se fit cassante.

— Qui êtes-vous, monsieur ? Que voulez-vous ?

— Joseph Pignot, journaliste au *Passe-partout*. J'ai parcouru des kilomètres pour vous mettre en garde… On cherche peut-être à vous tuer.

— Merci de l'avertissement. C'est un peu tard, on a déjà tenté le coup.

La surprise se peignit sur le visage de Joseph. Il demanda :

— Vous avez vu votre agresseur ?

— Je n'ai distingué qu'une ombre. Dites-moi, monsieur le reporter, comment savez-vous qu'on en veut à ma vie ?

— Appartenez-vous à la confrérie À cloche-pied ?

— Oui.

— Quelle est votre opinion concernant les meurtres de certains de ses membres ?

L'expression abasourdie d'Hugo Malpeyre était-elle celle d'un remarquable comédien ou tombait-il réellement des nues ? Joseph se tenait sur ses gardes, tandis que l'homme fermait le chenil et le rejoignait. Il décida de risquer le tout pour le tout.

— Vous n'avez pas l'air d'avoir compris, monsieur Malpeyre. Maxence Vigneux et Déodat Briquebec ont été assassinés.

— Foutaises, je suis au courant, il s'agit d'accidents fâcheux. Vous, les journalistes… Qui sont les autres ?

— Virgile Sernin, mort dans son restaurant d'une morsure de serpent, et Évariste Voisin, empoisonné par une bouteille de vin.

Joseph se sentait épuisé, comme si cette révélation lui avait ôté toute vigueur. Hugo Malpeyre se redressa, les yeux hagards.

— J'aurais dû prendre l'avertissement d'Évariste au sérieux, mais peut-on accorder crédit à un poivrot ? murmura-t-il, visiblement choqué.

— Il vous a prévenu ?

— J'ai reçu un billet signé de sa main. Il m'informait d'une affaire notariale au sujet de la succession d'un ami. Il impliquait l'un de nous, sans citer de nom, dans une sorte de vendetta.

— N'importe qui peut écrire une lettre. Vous l'avez conservée ?

— J'ai dû la jeter.

— Votre bras, comment est-ce arrivé ?

— J'avais conduit Pichette chez le Dr Bouteille, à Meudon. C'est un excellent vétérinaire. Tandis qu'il la soignait je suis allé déjeuner. Le temps a tourné à la pluie et j'ai décidé d'emprunter le funiculaire. J'étais seul à la station quand j'ai ressenti une violente douleur à l'épaule. J'ai eu le bon réflexe de me projeter en avant. J'ai compris qu'on m'avait poignardé quand j'ai vu le sang imbiber ma veste. Mon assaillant avait dû se faufiler comme un rat et, sitôt son forfait accompli, prendre la poudre d'escampette. J'ai pensé que c'était un escarpe qui voulait me dévaliser.

— Vous avez eu de la chance.

— Oui, sinon la lame se plantait entre mes omoplates. Ensuite j'ai réussi à me traîner chez le Dr Bouteille qui m'a prodigué des soins.

— Vous avez porté plainte ?

— Contre qui ?

— Avez-vous des ennemis ?

— Sans doute, comme tout le monde. Il y a bien cette baderne de colonel en retraite, mon voisin. Il déteste mes chiens, mais de là à vouloir me supprimer…

Il entraîna Joseph vers un banc où il se laissa choir. Pichette se coucha à ses pieds. Joseph s'assit sans enthousiasme, il eût apprécié être convié à déguster une tasse de chocolat bouillant dans un intérieur confortable. Il resserra les pans de son manteau en étudiant la physionomie de son hôte. Le désarroi se lisait sur les traits sévères du barbu.

— Sacré nom de Dieu, jeune homme ! moi inclus il reste cinq survivants et l'un d'eux est forcément…

— Monsieur Malpeyre, vous a-t-on convoqué au 20, passage d'Enfer ?

— Non.

— Maître Grandin, vous connaissez ?

— Non. Vous me soupçonnez ? Après tout, c'est votre métier de monter en épingle le moindre fait divers. Inutile de nier, votre opinion ne m'intéresse pas.

Il se détendit, respira à fond et baissa la voix.

— Que voulez-vous savoir ?

Joseph sentit son pouls s'accélérer.

— Comment est née votre association ? demanda-t-il.

Hugo Malpeyre le regarda bien en face, une veine palpitait à son cou.

— Vous voulez un papier à vous mettre sous la dent, monsieur le journaliste ? Je vous préviens, mon histoire est banale, elle n'intéressera personne. Autrefois j'ai enseigné la philosophie, Aristote, Spinoza, Hegel… J'avais un faible pour Sophocle, parce qu'il concerne chacun de nous. Lorsque j'ai rencontré Émile Legris, il tenait une librairie rue des Saints-Pères, ce devait être en 1869, j'étais jeune, il m'a impressionné. Drôle de type, drôle d'allure, on eût dit un moine, le crâne tonsuré auréolé de cheveux blancs, toujours affublé d'un gilet aussi rouge que la muleta d'un torero. Il nourrissait une vénération envers les utopistes. Nous avons sympathisé. Il m'instruisit de la société d'Harmonie prônée par Charles Fourier : suppression de la famille au bénéfice de l'alliance universelle, la pauvreté bannie, les citoyens rétribués non selon leurs œuvres mais selon leurs désirs. Un rêve en quelque sorte. J'avais besoin de m'impliquer, je devins son disciple, c'était un noble cœur. Au décès de mon grand-père j'ai hérité de son domaine et de sa fortune et j'ai choisi de me consacrer corps et âme à mes nouvelles convictions, de pair avec ce cher Émile. Fin 1876, nous avons créé la société À cloche-pied. La première assemblée générale eut lieu à la librairie. Six personnes y assistèrent. Je me souviens qu'Émile inscrivit sur la page de garde d'un échéancier l'état civil et le domicile des membres de l'association, y compris ceux qui n'avaient pu se déplacer. Vous semblez avoir froid.

— Non, non…

— Que diriez-vous d'une boisson chaude ? Ensuite mon palefrenier vous conduira à la gare.

Joseph était pétrifié, incapable d'émettre un son. Hugo Malpeyre le considérait avec ironie.

— Allons, venez, jeune homme, je n'ai nullement l'intention de vous jeter dans un cul-de-basse-fosse.

Joseph se leva à regret.

Ils avaient dîné tôt, pressés de se livrer à leurs effusions. Vers neuf heures, Djina s'éveilla. Près d'elle Kenji respirait lourdement. Elle remercia en esprit son élève la plus douée, Marguerite Ravillon, de l'avoir invitée à son mariage qui serait célébré le lendemain en l'église Saint-Roch. Ainsi, sa rencontre hebdomadaire avec Kenji avait été avancée d'un jour. Elle saisit son peignoir et ramassa au passage les vêtements semés sur le tapis. Pendant qu'elle pliait le veston de Kenji, un objet tomba d'une poche et atterrit au pied d'un voltaire. Ses doigts se refermèrent sur une plaquette oblongue. Elle allait la replacer dans le veston lorsqu'elle remarqua la couverture sur laquelle se détachait un titre :

Fiammetta dans *Le Petit Coucher de l'Infante.*

Elle se sentit rougir en explorant, page après page, le déshabillage d'une femme mutine nettement plus jeune qu'elle : la belle comtesse Maximova dont le portrait figurait sur les affiches des colonnes Morris. Elle déglutit pour ne pas céder au vertige. Il lui fallut un moment avant de parvenir à ranger le carnet. Elle jeta un regard à Kenji endormi, un bras rejeté contre le sommier. Elle passa au salon où elle fit les cent pas, obnubilée par sa découverte. Comme elle avait été naïve de croire que Kenji différait du commun des hommes !

« Stupide ! Tu es stupide, se répétait-elle. Il est sensible aux apparences. Le proverbe l'atteste : *Le cœur humain et le fond marin sont des abysses*. Sois réaliste, ma petite, refuse de subir une seconde fois cette sujétion aux caprices d'un mâle. Je le chéris, il est adorable, mais une ou deux soirées par semaine suffisent. »

Elle s'examina dans le miroir et s'attarda sur les ridules au coin de ses yeux, les fils blancs de ses cheveux, sa silhouette qui s'empâtait.

« Nul n'échappe à la sape du temps. Tu te conduis en gamine trop crédule. »

L'ombre envahissait la chambre. Elle ajouta une bûche dans l'âtre. Le bois sec éclata et heurta la grille avec un bruit sourd et une pluie d'étincelles.

Enveloppé dans un kimono bleu trop large, Kenji entra et s'installa dans un fauteuil, jambes croisées. Il la considéra, la tête inclinée vers l'accoudoir.

— Quelle heure est-il ? demanda-t-il.

— Neuf heures du soir.

— Cesse donc de tourner, tu ressembles à un tigre en chasse. Qu'est-ce qui te tracasse ?

— Rien.

Kenji eut un bref froncement des sourcils. Elle lui sourit.

— Il vaudrait mieux que je te dise...

Elle lui prit les mains et l'attira vers elle.

— Laisse-moi parler sans m'interrompre. Je pars pour Cracovie. Ruhléa, ma fille cadette, attend un enfant, elle a besoin de moi.

— Quand reviendras-tu ?

— L'année prochaine.

— Quoi ?

— Nous sommes fin novembre, gros bêta. Je serai de retour au début du printemps.

— Que vais-je devenir sans toi ?

— Espèce de vieux renard, tu t'en sortiras, et puis qui veillerait sur la librairie ?

— Je t'aime, lui chuchota-t-il.

Il la serra si fort qu'elle en eut le souffle coupé.

Elle l'embrassa fiévreusement tandis qu'il déboutonnait son peignoir. Elle dénoua la ceinture de son kimono et ils restèrent enlacés un long moment, grisés par le contact de leur peau.

— Viens, prenons un acompte, dit-il.

— Je vais pousser le diable, ma douce, c'est trop pour toi.

— Tu plaisantes, Lazare, chacun son tour comme d'habitude ! Souviens-toi que tu n'as pas épousé une mauviette.

Incapable de réprimer une légère grimace, Reine Ducoudray s'arc-bouta et traîna vers la remise attenante au magasin le petit chariot à deux roues sur lequel son mari avait empilé des caisses de sapin.

— Elle a les reins bousillés à force de transbahuter ces fichus machins, seulement elle ne peut l'admettre, expliqua-t-il au camionneur qui finissait de vider son véhicule sur le trottoir.

— Réjouissez-vous d'avoir une femme costaude, la mienne est un sac d'os, c'est d'un triste ! Signez là, dit-il en désignant le bas d'une facture.

Il remonta sur son siège et, d'un « Hue dia ! », excita les deux rossinantes ankylosées, qui ahanèrent vers la place de la Bastille. Exaspéré parce qu'il ne regagnerait son domicile, à Bagnolet, qu'à plus de dix heures du soir, le livreur maugréait.

— Ma parole, c'est du plomb qu'on a charrié !

Il était proche de la vérité. En effet, une grande partie des emballages semés sur le macadam renfermait des figurines représentant des soldats. Lazare déplorait qu'on dût en commander un tel nombre, mais cela demeurait un article très prisé au moment des étrennes. Les poupées de luxe, muettes ou parlantes, avec tête de cire et trousseau complet, récoltaient également la faveur du public, ainsi que les bébés baigneurs, les moutons bêlants, les lapins savants et toute une théorie de joyeux drilles. Écœuré, Lazare entreprit de regrouper les colis afin de faciliter leur transport.

Venu au monde en 1843 dans une modeste famille d'instituteurs, il avait renoncé à poursuivre ses études faute d'argent et s'était retrouvé employé au secrétariat d'une mairie parisienne. Lors d'un bal musette en bordure de Marne, il avait séduit Reine Drosset, fille d'hôteliers aisés. Après un mariage vite expédié, parce que, selon ses beaux-parents, leur fille, près de coiffer sainte Catherine, lui avait mis le grappin dessus, Lazare avait averti Reine qu'il désirait s'engager dans les zouaves. Elle ne l'entendait pas de cette oreille. Grâce à la dot de ses géniteurs, heureux de se débarrasser de leur aînée, elle ambitionnait d'ouvrir un commerce de jouets au centre de la capitale. Une échoppe avait été louée rue Crozatier, un garçon leur était né. Sans le drame survenu en 1868, Lazare aurait sans doute atteint un état à la limite du bonheur. Au mois de septembre, le 12, date gravée en lettres de feu, son fils, Arnaud, s'épuisait à trottiner derrière un cerceau quand celui-ci avait dévié sa course et roulé au milieu des voitures.

Au cimetière du Père-Lachaise, où ils se rendaient une fois par semaine, les époux se lièrent à un vieil excentrique, Émile Legris, venu déposer un bouquet de roses sur la tombe du chansonnier populaire Béranger. Au bout de plusieurs rencontres, le libraire leur proposa son aide. Il connaissait, boulevard Beaumarchais, le propriétaire d'un grand local, avec appartement à l'entresol et hangar contigu, déterminé à brader son patrimoine pour se retirer en province. Émile Legris prêta aux Ducoudray une somme destinée à aménager le futur *Cheval à bascule*. Au fil des ans, le magasin avait prospéré, mais, en dépit de cette réussite, Lazare, qui avait en vain espéré un second enfant, s'était recroquevillé sur lui-même, le cœur et l'âme racornis. Ces sacrés amusements ne l'intéressaient pas, non plus que les moutards des autres emplissant les allées de leurs rires insolents. Ils volaient la place qui revenait à l'enfant mort. Toutefois, Lazare recouvrait son amertume d'une feinte bonhomie, et ses devinettes exprimées d'un ton monocorde lui valaient beaucoup de renommée auprès de sa clientèle.

— Il nous est invisible et il nous piétine ? demanda-t-il à Reine de retour avec le diable.

— L'âge, mon pauvre ami, ça fait cent fois que tu me la ressasses, celle-là ! Parle pour toi, je suis en pleine forme. A-t-on reçu les jeux de société et les automates ?

— Ils seront livrés demain, avec les bilboquets, les arbalètes, les escarpolettes et les meubles miniatures.

Ils achevèrent de stocker les caisses à l'intérieur de l'entrepôt, dont trois des murs étaient constitués de casiers où disposer les fournitures. Lazare dressa une échelle et, un ballot sur l'épaule, l'escalada afin de le ranger dans son alvéole.

Les poings sur les hanches, Reine l'observait, narquoise.

— J'ai peut-être les vertèbres lézardées, mais tes bras à toi sont des bâtons de sucette. On va se relayer.

— Hors de question, décréta-t-il, soulevant déjà une caisse estampillée « Hussards de la Garde ».

Plus rapide que lui malgré son embonpoint, Reine le devança et gravit les barreaux, une cargaison de poupards calée sur son ventre. Lorsqu'elle s'en déchargea, elle sentit craquer ses cervicales.

« Un de ces quatre, nous allons succomber, lui ou moi. Il y a belle lurette qu'il aurait fallu embaucher un apprenti. Cet âne bâté s'obstine à s'imaginer l'égal d'Hercule ! » ruminait-elle en redescendant.

— Tu me fais le plaisir de t'asseoir cinq minutes et d'admirer la prestance avec laquelle je vais liquider l'armée impériale, ma douce, ordonna Lazare.

Peinant un peu plus à chaque ascension, il agença les trois paquets.

— Accorde-moi les poupées et les peluches, tu souffles autant qu'un phoque asthmatique, déclara Reine.

— Puisque tu insistes, je me soumets, à condition que nous bougions l'échelle vers la gauche, ici c'est complet.

Il s'assura que les montants ne risquaient pas de déraper et prévint Reine qu'il allait allumer les lampes, les lueurs du crépuscule n'étaient plus assez vives pour éclairer la vaste pièce.

Reine inspira avant d'agripper une grosse boîte de hochets et d'arlequins. Elle se hissa jusqu'au dernier barreau, et s'escrima afin de fourrer son fardeau entre deux jeux de quilles. L'intervalle étant insuffisant, elle chancela et se raccrocha de justesse. Lazare n'avait rien vu, sinon elle eût écopé d'un cours de morale. Là, au-dessus de sa tête, un vide s'offrait. Juchée en équilibre instable, elle se hâta de le colmater et s'apprêtait à rejoindre la terre ferme quand la paroi tout entière vacilla. Elle n'eut pas le temps de réagir, une pluie de cartonnages se précipita sur elle. Sans s'affoler, elle se cramponna, meurtrie mais trop étonnée pour crier. Alors, aussi brusquement qu'une muraille démantelée par un séisme, l'assemblage de planches s'écroula, renversant l'échelle et la femme ensevelies sous un amas de ferraille, de porcelaine et de bois.

— Reine ! Ma douce !

Lui-même contusionné, Lazare s'efforçait de rejeter la marée de paquets et de jouets étouffant son épouse. Enfin, il dégagea son visage aux yeux arrondis d'effroi, aux joues entaillées.

— Ma chérie, je vais te tirer de là, dis-moi quelque chose, supplia-t-il.

Écrasée sous le poids des rayonnages et de leur garniture, Reine Ducoudray contemplait un univers d'où son compagnon était désormais exclu. Une bulle se forma à la commissure de ses lèvres et creva lentement. Lazare se releva et resta là, décomposé, ruisselant d'une sueur froide. Il chercha un appui, sentant qu'une chape obscure lui avait ôté toute résistance, puis il s'affaissa près d'un ours cabossé qui s'entêtait à frapper l'une contre l'autre ses cymbales de cuivre.

CHAPITRE XIX

Samedi 30 novembre

À travers les fentes des volets, la rivière grisâtre de l'aube s'écoulait dans la chambre où les meubles se dessinaient peu à peu, rescapés de la nuit. Daphné s'agitait dans son berceau, secouant ses mains et ses pieds à la façon d'objets étranges dont elle découvrait l'usage. Parfois, un cri aigu fusait, dépourvu de colère, simple rappel de la nécessité qu'il y aurait bientôt de satisfaire sa faim. De même qu'Iris, elle écoutait les ronflements de Joseph, tantôt issus du plus profond de sa gorge, tantôt des fosses nasales. Elle essayait d'attraper cette drôle de musique et remuait inlassablement ses doigts qui devenaient à la fois exécutants et créateurs de sons, dix alliés fidèles soumis à sa volonté.

Des bras la soulevèrent et la portèrent jusqu'au lit. Blottie entre sa mère et son père, Daphné buvait leurs odeurs si différentes, mélange de sucré et de poivré, et s'engourdissait dans la tiédeur des draps.

Iris pressait voluptueusement sa fille sur son giron. Elle vivait un de ces instants parfaits où l'existence déverse d'un coup de telles promesses qu'on se moque de connaître la suite de sa propre histoire. La veille, elle avait terminé son conte. Foudroyée par l'amour, Ladybird, la coccinelle privée de points, s'était envolée aux côtés d'un scarabée boiteux, Lamy the Beetle, transfiguré en prince d'or et de bronze lorsqu'il déployait ses élytres. Tous deux avaient choisi de visiter le pays des sept couleurs, où ils voulaient perdre la mémoire. Elle imaginait déjà les aquarelles vouées au bleu, au vert, au rouge pâles que sa fable inspirerait à Tasha, et elle se réjouissait de tourner les pages du cahier à l'intention de son enfant, qui seule serait autorisée à le feuilleter.

Daphné sursauta, bien éveillée à présent, et entama une impétueuse litanie à propos du vide qui se creusait en elle. La réalité tordit le cou du rêve, Iris se leva sans bruit, s'évertuant à calmer le bébé grâce à une comptine récitée d'une voix feutrée. Les protestations redoublant, force lui fut de se boucler dans la cuisine en compagnie de l'affamée.

Au sortir des water-closets, luxe qu'il se félicitait d'avoir fait installer, Victor ne parvint pas à se rendormir. La clarté opaline qui filtrait des rideaux lui permit de s'esquiver sans alerter Tasha ni Kochka, roulée en boule sur la courtepointe. Il franchit la cour en vitesse, ses vêtements sur le bras, et alla s'habiller près du poêle qui, la nuit, brasillait à tirage réduit dans l'atelier. Après s'être réchauffé un peu de café noir et avoir grignoté un quignon, il arpenta la chambre, préoccupé.

Cette enquête se compliquait de jour en jour. Que détenaient-ils, Joseph et lui ? Une foule d'éléments contradictoires, une liste de noms rédigée par l'oncle Émile, une série de morts dont il n'était pas prouvé que toutes fussent des meurtres, une lacune totale de mobile. Et des lettres.

Il retourna ses poches, aligna d'abord sur la table des animaux de bois sans importance. Puis il posa à plat, côte à côte, les trois messages que Marinette Gassendi lui avait troqués. Il les lut, les relut, les examina à s'en flanquer une migraine. Soudain, une évidence le frappa. C'était là, sous ses yeux, tellement clair que cela paraissait idiot. Au comble de l'excitation, il reprit sa déambulation. Avait-il mis le doigt sur la solution ? Il s'approcha de la table, en proie à l'incrédulité. Non, impossible, cela n'aurait eu aucun sens.

Il enfouit de nouveau les lettres dans sa redingote, négligeant les figurines en file indienne. « La case départ, ai-je dit, eh bien, m'y voici ! » constata-t-il rue Fontaine.

Il s'enlisa dans des voies étroites bordées de restaurants et de caboulots encore clos. D'innombrables boutiques frémissaient, des vapeurs palpitaient au-delà des vitres et des grilles que lorgnaient quelques clochards somnolents. Des images floues se succédaient, Victor apercevait des oranges cuivrées dans une jatte, un broc de porcelaine, les ciseaux d'un coiffeur, une pyramide d'abat-jour, un bataillon de corsets, tous prêts à être utilisés ou vendus. Pas un de ces objets ne captait son intérêt, immergé qu'il était dans ses arguties. Il manqua renverser une femme aux larges joues pâles, elle l'évita en ronchonnant et se signa au passage du corbillard des pauvres.

Il trépignait au milieu de la place Pigalle, encerclé par un carrousel de voitures d'arrosage public. Il bifurqua rue Duperré et tomba en arrêt devant un kiosque de journaux à la devanture multicolore. Un jeune crieur à casquette s'adossait à l'édicule, sa liasse de quotidiens sur l'épaule, et clamait :

— Grave accident hier soir près de la Bastille ! Une femme tuée, son mari sauvé par miracle, normal avec un nom pareil, quand on se nomme Lazare on revient de loin ! Arrivée à Paris via Le Havre d'un gigantesque vase de jaspe offert par le tsar à la France !

Victor acheta un exemplaire du *Passe-partout* qui sortait une édition spéciale où il était abondamment question de l'arrestation d'Arton[1] à Londres. Cependant, la mort de Mme Reine Ducoudray, commerçante estimée dans la vente de jouets et malencontreusement écrasée par une des cloisons de sa remise, occupait la première page.

Victor se dépêcha de rentrer au bercail, sous le choc de cette nouvelle. Le halo bleuté d'une lampe à pétrole lui apprit que Tasha était levée. Il s'introduisit comme un voleur dans l'appartement et perçut une voix mécontente.

— Madame, puisque je vous jure qu'il est sorti !

Il la surprit, en camisole, tenant à distance l'écouteur du téléphone tant détesté, et lui adressa un petit salut. Elle lui tendit le combiné.

— Allô ? Bonjour, oui, c'est bien moi, le sommeil me fuyait, je me baladais dans le quartier… Aujourd'hui ?…. Répétez-moi le texte, je vous prie. Ma foi, je suis d'avis que vous acceptiez, arrangez-vous pour vous rendre à Domont à midi pile, j'y serai également, je vous le certifie. Au revoir, chère madame.

Il raccrocha, conscient que Tasha n'avait cessé de le toiser avec suspicion.

— *Un monsieur en habit !* Ah, bravo ! Avoue que ce serait mon tour d'être jalouse ! Une communication téléphonique d'une femme, à sept heures et

1. Léopold Aaron, dit Émile Arton, homme d'affaires français impliqué dans le scandale de Panamá.

demie du matin ! Où as-tu précisé que vous vous verriez ?

— Domont, c'est une cliente, ma chérie, elle requiert les services d'un libraire sérieux, l'homme qui partage ta vie.

— À d'autres ! Une cliente qui réclame *Un monsieur en habit* ! Elle est folle ou quoi ?

Il rit, tenta de l'enlacer, mais, repoussé, adopta l'attitude d'un prince offensé.

— Rien de plus que ce que j'ai affirmé à cette…

— Suzanne Bosquet.

— Suzanne Bosquet ? Oui, une demi-mondaine qui souhaite se débarrasser de la bibliothèque d'un ancien amant.

— Que fabriquais-tu dehors à une heure pareille ?

— J'ai avalé un crème et je m'apprêtais à me recoucher. Mais puisque tu m'accueilles aussi fraîchement, je repars illico m'accouder à un zinc !

Il ne lui laissa pas le temps de répliquer et se précipita dans la cour. Inutile de prévenir Joseph avant l'ouverture de la librairie, dans trente minutes. Il comptait se poster près d'un combiné au *Café du Progrès* de façon à appeler son beau-frère à huit heures tapantes.

— Suzanne Bosquet… Suzanne Bosquet, marmonnait Tasha en caressant Kochka distraitement. Mais… je sais ! Kenji m'en a parlé ! Elle était… qu'a-t-il expliqué… Elle était associée à Eudoxie Allard dans le carnet de Joseph !

En dépit de sa répugnance, elle se dirigea vers le téléphone. Riche idée qu'avait eue Kenji, amateur de modernité, de s'offrir, à l'instar de son fils adoptif, un appareil doté d'un numéro personnel dans son appartement. Elle allait ainsi pouvoir lui intimer l'ordre de s'attacher aux pas de son gendre qui, elle en était convaincue, n'allait guère tarder à être convoqué par Victor et à déguerpir sous un quelconque prétexte.

Effondrée dans le fiacre en route pour Vincennes, Suzanne Bosquet froissait de ses mains gantées le petit bleu reçu aux aurores rue du Bel-Respiro. Avait-elle commis une bêtise en contactant ce journaliste, ce *Monsieur en habit* ? Un inconnu… Elle ne pouvait tout de même pas secouer Amaury en le suppliant de lui prêter la main, une chiffe, un ramollo, juste bon à payer les factures !

— J'ai eu raison, chuchota-t-elle. Quoi qu'il en soit, que cet individu vienne ou non, j'irai, moi, et elle aussi, il faut en finir !

Quand, une heure plus tard, Ida Bonneval, pratiquement enlevée de force du domicile de sa sœur de lait, casa à l'intérieur du véhicule sa maigre carcasse, Suzanne dissimula un sourire en la considérant.

« Quelle dégaine ! Visez-moi ce chapeau mité et cette robe à moitié boutonnée ! Ah ! Elle va m'être d'un sacré secours ! Enfin, pas mèche de me dispenser d'elle, c'est un des protagonistes de la pièce ! Superflu de lui révéler que j'ai épluché son courrier. Quelle brillante initiative d'avoir envoyé un coursier le prendre chez sa concierge, rue de Clichy. Heureusement que j'ai subtilisé le message paraphé Évariste Voisin, elle en aurait accouché d'une jaunisse. Qui donc a eu la fourberie de pondre ce poulet tarabiscoté ? *Je tiens à vous mettre en garde. L'un d'entre nous est peut-être en train de régler ses comptes…* Ce pedzouille d'Évariste ? Sûrement pas, primo il bouffe les pissenlits par la racine, deuzio il faisait des fautes d'orthographe en parlant ! »

— Ne courons-nous pas un risque énorme à nous propulser sans crier gare chez Hugo ? Et si c'était lui, l'assassin ?

— Un guet-apens ? En ce cas, j'agirai, ma chère, riposta Suzanne, braquant vers elle un minuscule revolver à crosse nacrée qu'elle avait puisé dans son réticule.

Ida émit un sifflement.

— Tu imagines qu'un homme de cette trempe sera intimidé par ce joujou ! Taïaut l'enverra dinguer d'un revers dc paume !

— Détrompe-toi, cette arme peut tuer. Je suis rapide et habile tireuse, un de mes amants a éclairé ma lanterne. C'était un indic. Son sobriquet : Vert-de-Gris. Ah, le nombre de zigs qu'il a écroués à la « tour pointue[1] », c'est inouï ! Si les gars refusaient de se mettre à table pour une côtelette et un demi-setier, il employait les grands moyens et leur collait le canon de son pétard sur la tempe.

Ida se rencogna contre la portière. Celle qu'elle avait depuis son enfance traitée en confidente était-elle prête à enclencher la détente ? Elle serra les paupières, recommandant son âme à Dieu.

— Ben quoi, tu roupilles ? Tu te figures que c'est le moment ?

Ida déglutit et se contraignit à loucher vers Suzanne. Le revolver avait disparu, le danger réintégrait sa coquille.

— J'ai mal dormi, des cauchemars.

— À défaut de résoudre nos difficultés cet après-midi même, c'est notre vie entière qui va se changer en cauchemar ! Pourquoi cet hurluberlu me somme-t-il de m'entretenir avec lui subito ? J'ai eu beau ruminer ça, la seule interprétation c'est qu'il possède le fin mot de l'énigme. Ou alors qu'il a manigancé les meurtres et que je manque à son tableau de chasse.

— Jadis, il te poursuivait de ses assiduités.

1. Préfecture de police du quai des Orfèvres.

— Ouais, il avait les mains baladeuses, Taïaut. Mais maintenant il réserve ses pelotages à ses cadors.

— Et moi ? Il ne m'a pas mentionnée, cela signifie-t-il que je suis hors jeu ou qu'il est innocent ?

— Toi, tu es l'éternel courant d'air, parti égrener ses rengaines en province. *La Réfugiée de Vincennes*, charmant titre de feuilleton à cinq sous ! Reste à savoir si le criminel t'a repérée ou non.

— À moins que ce ne soit une criminelle, chuchota Ida.

— J'imagine mal Reine Ducoudray incarnant ce rôle. Quant à moi, j'espère que tu as la décence de me disculper !

— Certes, soutint Ida d'une voix hésitante.

— Parce que, entre nous, tu n'es peut-être pas l'oie blanche que tu t'ingénies à paraître...

Le fiacre ralentit aux abords de la gare du Nord. Suzanne régla la course et dressa le nez vers l'horloge.

— Allons nous renseigner sur les horaires. J'ai promis à ce journaliste d'être chez Hugo à midi.

— Quel journaliste ? s'exclama Ida.

— Je te raconterai dans le train. Voilà qui devrait te rassurer quant à mes intentions. A-t-on jamais vu une femelle homicide tuyauter un reporter à propos de ses prochaines victimes ?

Ida fendit les remous des voyageurs en silence. Pourquoi s'obstinait-elle à progresser à la traîne de Suzanne à travers une interminable salle des pas perdus consacrée, en sa partie principale, au service des lignes de banlieue ? Fuir était envisageable. Sauf qu'elle n'en finissait pas de tergiverser et qu'affronter le dénouement était inéluctable. Soudain elles entendirent un gamin s'époumoner :

— Décès insolite ! Lisez *Le Passe-partout* ! Une marchande de jouets trucidée par ses soldats de plomb !

Joseph modulait le dernier couplet d'*Olga la Russe* de Marius Richard quand, le teint blême, Siméon Delmas déboula, un parapluie dégouttant à la main, et que la sonnerie du téléphone se mit à grelotter. Avant que Jojo n'ait pu l'atteindre, Kenji, surgi du néant, s'en saisit.

— Victor ? Je suis charmé de vous ouïr. Plaît-il ? Articulez, il y a de la friture. Vous ne nous honorerez pas de votre compagnie aujourd'hui ? Vous m'en voyez marri. Et vous désirez votre beau-frère ? Je vous le passe, sinon il va m'arracher le combiné et le bras avec.

— Allô ? Victor ? Plus fort ! Domont, à midi ?.... Reine Ducoudray ? Non ! Sans blague ? Je fonce, oui, à onze heures, gare du Nord, à côté des guichets suburbains.

— Je subodore une défection imminente, m'abusé-je ? s'enquit Kenji.

Pendant que son associé s'embarquait dans un monologue concernant une expertise de livres au fin fond d'un bled de la grande ceinture, Kenji réfléchissait. Profiterait-il des adieux de Joseph à Iris pour troquer sa lavallière mauve contre un nœud papillon ponceau ? Il s'accorda cette extravagance, et, dès que son gendre eut gravi l'escalier, il en fit autant, après avoir lancé à Siméon :

— Je sors, un achat chez l'apothicaire.

Le commis gratouilla ses cheveux poivre et sel, essaya de discipliner ses favoris et, renonçant à tout effort capillaire, plongea son nez saillant dans le registre des commandes, la mine languide.

— Filez ce fiacre, mais soyez discret, je dois conserver l'incognito, ordonna Kenji.

L'employé de l'Urbaine rajusta un chapeau s'apparentant davantage à un cylindre de fromage blanc qu'à un haut-de-forme, et esquissa une vague grimace, il avait l'habitude des maris cocus.

Kenji s'appliqua à préserver son odorat des relents de canasson et de cuir mouillé qui imprégnaient la voiture. Cahoter jusqu'à la gare du Nord ne fut pas une mince affaire. Il pleuvait. Les sonnailles des véhicules le disputaient aux invectives des collignons attentifs à ce que leurs chevaux se hasardent sans danger sur les pavés de bois glissant. Une majorité de Parisiens semblait avide de délaisser la capitale immergée sous les averses. Kenji se demandait s'il allait berner Victor et Joseph et se hisser en wagon de queue sans les alarmer. Mais une fois rendu à Domont, dont il ignorait encore l'existence quelques heures auparavant, comment pourrait-il contrer une éventuelle agression ? Dans son empressement à pister son gendre, il ne s'était muni que de sa canne à pommeau de jade. Elle était propre à assommer n'importe quel chenapan, à condition que nul comparse ne rôdât aux alentours. Bien sûr, il pratiquait la lutte japonaise, mais il oubliait souvent qu'il avait doublé le cap critique de la cinquantaine. Et justement, ce samedi, l'humidité ravivait ses rhumatismes.

À mi-parcours du hall, il bondit. Victor et Joseph parlementaient avec un chef de convoi. Il eut le réflexe de déployer son journal devant son visage. Lentement, il rebroussa chemin afin de se procurer un billet. Puis, d'un pas de sénateur, le quotidien toujours largement ouvert, il se dirigea vers le quai où les deux lascars guettaient l'apparition du train.

Laquelle était la plus attractive ? L'aînée, comprimée dans une robe de peluche violine enjolivée de plumes et de paillettes telle une danseuse de cancan ?

La cadette, un fil de fer roulant des prunelles comme si on se préparait à compromettre sa vertu ? Décidément, ni l'une ni l'autre. Hugo Malpeyre préférait ses quadrupèdes à ces volailles dépourvues de cervelle. Il regrettait d'avoir convoqué Suzanne. S'il avait pu prévoir qu'elle trimbalerait Ida avec ellc, il ne lui aurait jamais posté de message et l'inévitable serait advenu. De toute façon, elles étaient condamnées, la grosse et la maigre, par leur bêtise et leur aveuglement. Combien d'êtres d'une telle vulgarité encombraient la planète ? Il y en avait surabondance, et celui qui gommerait ces deux-là rendrait un fieffé service à l'humanité.

Le postérieur de Suzanne, à rude épreuve sur le banc placé le long de l'immense table, souffrait de crampes tenaces.

« Quel butor, nous recevoir dans cette salle à manger de bouseux, il n'aurait même pas l'idée de nous proposer une boisson chaude, on caille chez lui ! »

— Qu'aviez-vous de si urgent à nous dire ? Cela a-t-il un rapport avec la mort de Reine ?

Il demeura imperturbable, toutefois son expression n'était plus aussi arrogante.

— Reine ? Assassinée !

— Non, apparemment il s'agit d'un accident, la presse opte pour une chute de caisses déséquilibrées dans le hangar où Lazare et elle entreposaient leur marchandise.

— Et Lazare ?

— Il en est quitte pour la peur et le chagrin. Mais avouez que l'espérance de vie des membres d'À clochepied est plutôt courte, cette année !

— Vous ne croyez pas si bien dire. On a tenté de me supprimer la semaine dernière. Je crains que vous ne soyez visées, vous aussi. Débusquer l'auteur de ces forfaits est une question cruciale, énonça-t-il d'un ton uni.

— C't'idée ! C'est rudement charitable de vous émouvoir de notre sort. Mais, si je calcule bien, Lazare excepté, il n'y a plus que trois rescapés de notre épatante société, et ils se trouvent dans cette pièce. Donc, l'un de nous est le coupable. Comme ce n'est ni Ida ni mézigue…

— Vous osez m'incriminer, moi qui ai failli être poignardé !

— Dommage que vous en ayez réchappé, Taïaut. Être refroidi vous aurait blanchi.

Animé d'une colère froide, Hugo se leva et esquissa un mouvement vers les femmes. Ida proféra un « mon Dieu ! », Suzanne se contenta de pêcher son revolver et d'en menacer leur hôte. Il se figea.

— Eh oui, vous avez misé et perdu. Vous nous preniez pour des dindes, hein, minable misogyne ! Nous attirer loin de toute civilisation, nous éliminer, probablement bouffées par vos toutous. Hop, vous en aviez fini de votre nettoyage !

— Je serais curieux d'apprendre de votre bouche pourquoi je me serais donné tout ce mal.

Il détaillait ses visiteuses comme si elles appartenaient à une espèce en voie de disparition.

— Un mal de chien ! éructa Suzanne. D'abord, vous organisez l'asphyxie de Déodat et de Max. Ensuite, vous empoisonnez Évariste, et vous fourrez chez Virgile un serpent venimeux. Donatien et Reine soi-disant victimes d'un accident, mon œil ! Vous les avez expédiés, eux aussi. Lazare a eu de la veine. Quant à nous, nous ne sommes pas l'Alsace et la Lorraine, vous ne nous aurez pas ! Ridicule, cette mise en scène ! Vous êtes un piètre second couteau ! Nous jouer le grand air de celui qu'on a voulu occire !

— Quels seraient mes mobiles ?

— Vous nous méprisez, vous nous détestez, vous en avez par-dessus la citrouille d'être obligé de nous héberger chaque été ! Cette année, ce fut le bouquet : Donatien s'écroule lors d'une partie de chasse aux météorites ! Une insupportable goutte d'eau, votre vase déborde, vous décidez de nous zigouiller du premier au dernier.

— Un projet de fou !

— Que vous avez mis à exécution parce que vous êtes toqué !

Il brandit un fouet, égaré sur le banc, destiné à effrayer les nuisibles. Suzanne et Ida s'éloignèrent prestement.

— Garce ! Dire qu'il fut une époque où vous me plaisiez ! C'est vous, la criminelle, grotesque petite poule ! Quant à cette diva de sous-préfecture elle n'est qu'une recrue dérisoire, inapte à exécuter vos plans diaboliques !

— Moi ? Grotesque ! Quel motif m'aurait incitée à de tels actes ? se récria Suzanne, dont la voix tremblante trahissait l'inquiétude.

— Votre récente ascension sociale, oui, même dans ce trou je suis informé des potins mondains, ma belle. Vous avez capturé un riche héritier, un nabab du sucre. Mais vos anciennes relations étaient susceptibles de lui conter vos frasques d'antan. Le nombre de vos amants peu reluisants aurait offusqué cet Amaury de Champlieu-Mareuil. Aussi vous êtes-vous déterminée à rayer du nombre des vivants la totalité de notre groupe, je le réalise maintenant. Il n'y a pas cinq minutes, je penchais pour un autre responsable : votre attitude révèle votre culpabilité. Et vous, Ida, attention, dès qu'elle m'aura transpercé d'une balle, ce sera votre tour !

Paniquée, Ida hésitait à choisir son camp. Suzanne redressa son revolver, l'index sur la détente. Face à elle, Hugo déroula sa mèche, dont il se prépara à cingler son adversaire.

— Not'maître ! Ils m'ont forcée à leur ouvrir ! hurla Mme Bonnefont.

Une poigne solide abaissa le bras de Suzanne et la força à lâcher son arme qui tomba sur le carrelage.

— Le *Monsieur en habit* vous avait promis de vous rejoindre à midi, murmura Victor en l'empêchant de ramasser son bien.

Au même moment, Joseph s'agrippait au fouet de Hugo qui se débattait pour envoyer bouler ce poids plume plus collant qu'une ventouse.

Affolées, Ida et la femme de charge piaillaient à qui mieux mieux, distribuant au jugé des coups qui n'atteignaient personne.

— Sortez tous, vite ! La maison va sauter ! rugit une voix masculine.

Ils se bousculèrent vers l'extérieur et butèrent les uns contre les autres dans l'allée fangeuse. Une explosion les projeta au sol. Lorsqu'ils se remirent debout, indemnes, ils contemplèrent le Castel du Bois-Joli, fumant et meurtri : le pan de mur séparant la bibliothèque de la salle à manger n'était plus qu'un amas de briques noircies.

— Là ! cria Joseph.

Ils distinguèrent trois hommes, galopant sous la pluie battante en direction d'une grille dotée d'un étroit vantail sous lequel ils s'engouffrèrent. Il y eut un vacarme d'abois furieux, puis deux des hommes reparurent, maîtrisant avec peine le troisième. Quand ils s'approchèrent Joseph s'écria :

— Kenji a attrapé M. Ducoudray. Et… Siméon ? Que faites-vous là ? Et pourquoi malmenez-vous Lazare ?

— J'avais donc vu juste, mais je n'ai pas été assez rapide, constata Victor avec amertume.

— C'est votre unique défaut, souligna Kenji.

— Je pressentais la vérité, ces gourdes m'ont induit en erreur, marmonna Hugo.

— Quelqu'un va-t-il m'expliquer, à la fin ? glapit Suzanne.

Mme Bonnefont exhala un soupir et fit signe à tous de lui emboîter le pas. Elle était profondément soulagée que sa cuisine fût intacte, et ce fut là qu'elle entraîna la procession chancelante en remerciant le ciel d'avoir sauvegardé son lieu de prédilection.

CHAPITRE XX

Même jour, après-midi

Victor s'écarta du fourneau où, heureusement, ne mijotait nul brouet. Mme Bonnefont promena un regard circonspect sur le groupe disséminé au milieu de ses chaudrons et décréta :

— Ben asseyez-vous donc, tant que j'vais ameuter la police.

— Patience, nous avons d'abord des sujets à éclaircir. Mitonnez-nous un chocolat, des calories nous requinqueront, répliqua Hugo.

— Même à lui ? s'exclama-t-elle en désignant Lazare, qui n'opposait nulle résistance.

— Oui, même à lui, il ne s'échappera pas.

Ils prirent place sur des tabourets pendant que Mme Bonnefont tirait près d'eux un guéridon.

— Mais enfin, comment diantre avez-vous deviné où nous nous rendions ? demanda Victor, au comble de l'énervement face à son père adoptif.

— Me confondez-vous avec un chiromancien ? Ma présence en cet endroit n'est due ni à la chance ni à un don de prescience, j'ai été alerté par des signes familiers, un entrefilet de journal souligné de votre main, le carnet du sieur Joseph traînant sur le comptoir.

— Vous m'espionnez ! Je le sentais, c'est confirmé ! clama Jojo.

Kenji dédaigna son intervention.

— Et puis Tasha a corroboré mes soupçons. Nous avons tenu un conseil, elle m'a prié d'être vigilant. Dès qu'elle a su, ce matin, que vous partiez pour Domont, elle m'a téléphoné. Je n'ai eu qu'à pister mon gendre. Aux abords de cette demeure, j'ai pincé ce paroissien en train d'installer une sorte de marmite sous une fenêtre et j'ai donné l'alerte.

— Tasha... Je la sentais préoccupée depuis quelque temps.

— Vous n'avez pas le monopole de la méfiance. Puis-je m'informer, monsieur Delmas, bien que votre physique n'offre qu'une mince ressemblance avec notre commis, de la personne à qui vous avez confié la librairie ? demanda Kenji.

— Oh ! Soyez tranquille, Euphrosine veille au grain.

— Je vous interdis d'appeler ma mère par son prénom ! Et puis d'abord, qui êtes-vous ? À quoi rime cette perruque de traviole et ce faux nez de guingois ? brailla Joseph.

Siméon Delmas soutint son regard avec désinvolture. Il hésitait, tiraillé entre le désir de se taire et celui de révéler son rôle dans cette affaire. Il céda à l'envie d'être le point de mire.

— Je me nomme Éric Pérochon, je suis le neveu de Donatien Vendel.

— Qu'espériez-vous récolter chez nous, monsieur Pérochon ?

Éric adressa un sourire railleur à Victor et posa un doigt en travers de ses lèvres.

Suzanne se dressa à demi et braqua un index accusateur en direction de Lazare.

— Vous gaspillez votre vocabulaire avec ce blanc-bec, c'est lui, c'est cette fripouille de Lazare qui a exterminé nos amis, et il nous aurait passés à la casserole sans le secours providentiel de ce monsieur chinois !

— Japonais, madame, rectifia Kenji.

— Oui, bon. Crapule, il feint le repentir, il a le profil d'un agneau, mais c'est un loup, songez qu'il a étouffé deux pauvres diables dans des fiacres, qu'il a mortellement intoxiqué Évariste… Et le coup du serpent, hein, c'est pas démoniaque ?

— Je parie qu'il a expédié sa moitié ad patres ! Salaud ! renchérit Ida.

Les deux femmes s'encourageaient mutuellement à cracher leur venin. Muet, Lazare Ducoudray évoquait un malade en état d'hypnose. Son calme apparent excitait les furies. Un plateau couvert de tasses et d'une chocolatière bouillante brisa net leur vindicte. La femme de charge versa le breuvage onctueux en prodiguant ses conseils.

— Pas la peine d'ajouter du sucre, bougonna-t-elle, y en a. En revanche, ne lésinez pas sur la crème, ça renforce le goût, mais faut l'étaler délicatement, sinon vous aurez de la bouillie.

— Merci, madame Bonnefont, c'est parfait, dit Hugo.

Avec répulsion, elle avait empli la tasse de Lazare sans que celui-ci semblât s'en apercevoir.

— Buvez, puisque not'maître vous y autorise. Sainte mère ! Est-il pensable d'avoir massacré ces chrétiens !

Lazare fixa la femme de charge d'un air absent. Enfin, il chuchota :

— Vous ne pourrez rien prouver.

— Erreur, je sais des choses, déclara Hugo.

Il fourragea sa barbe pour trouver les mots adéquats.

— Tout est lié à la réunion du 14 août dans cette maison, quand le météore a traversé le ciel. Déodat Briquebec nous a entraînés au cœur de la forêt.

C'est à son instigation que, sans relâche, le jeudi 15 août, nous avons sillonné les futaies, en quête de débris. Il avait réussi à gagner Donatien à sa cause, si bien que le plus enthousiaste, c'était lui ! En fin d'après-midi, Lazare et Reine cheminaient en tête du cortège, qu'ils devançaient d'un bon quart d'heure. Soudain, dans un sous-bois entrelardé de marécages, ils ont décelé une pierre noire au pied d'un châtaignier. Ils ignoraient que je les observais à l'abri d'un taillis où je m'étais dissimulé afin de satisfaire un besoin naturel. Je pouvais les voir manipuler la pierre et s'étonner qu'elle soit poinçonnée. Ils se sont concertés. Alors que Reine faisait le guet, Lazare est grimpé dans l'arbre et a coincé l'objet à la jonction de deux branches. Reine a sifflé, Lazare a sauté à terre. Il n'était que temps, Donatien les rejoignait. Ils lui ont désigné le météorite. Lazare lui a proposé la courte échelle. À cheval sur la fourche, Donatien jubilait. Non seulement il possédait un morceau d'astéroïde, mais le sceau mystérieux le décorant attestait une vie extraterrestre. Il clamait que cela lui vaudrait les palmes académiques. Soudain, sans craquement préalable, une des branches s'est fendue, l'emportant dans sa chute. Il gisait sur le dos, incapable de bouger. Reine a hurlé. Déjà, Maxence et Déodat se précipitaient. Reine ne cessait de hoqueter : « Il est mort ! Il est mort ! » jusqu'à ce que Lazare lui intime le silence. C'est l'instant où vous, Ida et Suzanne, êtes survenues, talonnées par Virgile. J'ai profité de l'affolement général pour m'emparer du météorite. J'ai noté que Lazare inspectait le sol, visiblement stupéfait de la disparition de sa trouvaille.

— Dans quel but avez-vous couvert ces brutes ? interrogea Suzanne, outrée.

— Ils avaient juste eu l'intention de jouer un bon tour à Donatien. Était-ce leur faute si cette farce avait mal tourné ?

— Bien mal, en effet, puisque leur victime en est morte, remarqua Victor. Et le météorite, où est-il ?

— Je l'ai enseveli à l'entrée du chenil. Rien qu'un éclat de basalte.

Dans le brouhaha qui s'ensuivit, personne ne s'intéressa à Éric Pérochon. Son attitude témoignait du plus grand désarroi. Il se campa devant Hugo.

— Selon vous, le trésor dont mon oncle m'a confié l'existence n'est qu'un vulgaire caillou ?

— Vous avez cru que votre oncle était dépositaire d'un capital inestimable. Vous vous êtes donné beaucoup de peine pour un mirage, monsieur Grandin… ou plutôt messieurs Grandin, marmotta Victor.

— Quoi ? Les frères notaires, c'était lui ?

— Oui, Joseph. Apprenant que son oncle est détenteur de ce qu'il suppose représenter une fortune, ce jeune homme s'invente un double, et, s'affublant d'un faux nez, changeant de perruque matin et soir, il devient un tabellion doté d'un jumeau commis de librairie. Les indiscrétions de Mme Ballu permettent à notre nouvel employé de repérer la clé de la mansarde où il met la main sur l'échéancier de mon oncle Émile contenant les noms et les adresses des membres d'À cloche-pied. Quels ont été les premiers à répondre à l'appel au 20, passage d'Enfer, monsieur Pérochon ?

— Lazare Ducoudray et Hugo Malpeyre.

— Vous le saviez et vous ne nous avez pas avertis ? Vous êtes un salaud, Taïaut ! gronda Suzanne.

— Monsieur Pérochon, vous rendez-vous compte que vos missives ont provoqué des drames ? dit Victor. Il est regrettable que ce soit justement M. Ducoudray qui vous ait rendu visite en priorité : vous avez déclenché une cascade de morts qui aurait pu s'achever par notre fin collective ici même ! Quand Lazare a souscrit à votre convocation, il a eu très peur et a entrepris d'anéantir Déodat et Maxence qu'il estimait avoir été les témoins de sa mauvaise plaisanterie. Avez-vous rédigé une autre lettre ?

— Oui, je l'ai signée Évariste Voisin, la teneur en était qu'un des membres d'À cloche-pied était probablement occupé à régler ses comptes. Étrange que M. Malpeyre n'en ait soufflé mot.

— Oh, mais je l'ai fait ! protesta Hugo. Ce loustic redresseur de torts qui, hier, a voulu me tirer les vers du nez en est témoin.

— Il a raison, approuva Joseph. Continuez, Victor.

— À la réception de ce billet, Lazare ne reconnaît ni le style ni l'écriture d'Évariste, perpétuel égaré dans les méandres de la syntaxe. Il est convaincu que quelqu'un endosse son identité. Cela le détermine à aller jusqu'au bout de son entreprise. Sa troisième victime sera Évariste lui-même, afin de flanquer une belle frousse au simulateur quel qu'il soit. Ensuite, il liquide Virgile Sernin. Il vous rate de peu à Meudon, monsieur Malpeyre. Ida est en sursis, elle n'a pas rallié son domicile, Suzanne idem, il ignore où elle demeure.

— Dites donc, Hugo, intervint Suzanne, pourquoi m'avez-vous convoquée chez vous de toute urgence ?

— Parce que j'avais de fortes présomptions vous concernant, ma chère, vous êtes imprévisible.

Cette réplique déchaîna la colère de Suzanne qui s'en prit à Lazare.

— Assassin ! Vous formiez un couple tellement épanoui, Reine et vous !

— Grosse dinde ! éructa Lazare. Vous m'avez pris pour un demeuré, vous pensiez tout savoir, hein ? Eh bien, je vais vous dire un truc, vous n'êtes pas si maligne que ça. Je l'ai tuée, je me suis arrangé pour que ça passe pour un accident, j'ai tué tous les autres et je regrette de vous avoir loupée, c'eût été un plaisir.

Suzanne, livide, s'agrippa au guéridon.

— Reine ? Votre propre épouse ! Vous êtes un monstre !

— Il ne lui a jamais pardonné son infidélité, laissa tomber Hugo.

Lazare se crispa comme si Taïaut l'avait frappé.

— Leur couple était un de ces nobles monuments lézardés sous leur marbre lisse, un ratage, poursuivit Hugo avec une évidente délectation. La devise en était : *Sauvons la face*. Vous trompiez votre monde à merveille, excepté Virgile et moi, son confident. Il me révéla qu'après le décès de votre fils, Reine, accablée sous le poids du chagrin et dégoûtée de vos assauts répétés, avait exigé de faire définitivement chambre à part. Un jour qu'elle s'absentait sous un motif quelconque, vous l'avez filée jusqu'à la rue Poncelet. Votre épouse, qui affichait une répulsion envers les jeux de l'amour, avait un amant, et cet amant se nommait Virgile Sernin. Dommage que les tourtereaux ne vous aient pas informé de leur rupture, peut-être les auriez-vous épargnés ?

Secoué d'un spasme, Lazare le coupa d'une voix âpre.

— Elle a gâché mon existence !

— Pourtant vous semblez beucoup tenir à la vie, monsieur Ducoudray, sinon pourquoi avoir préparé une marmite infernale à notre intention ? demanda Victor.

— Parce qu'il était essentiel que je supprime tous les témoins.

— Belle ouvrage en vérité ! Est-ce vous qui avez cambriolé le domicile de Déodat Briquebec ?

— Je désirais récupérer ma lettre l'invitant à un dîner. Je présume qu'il l'avait jetée.

— Mais vous-même, Victor, je ne pige pas comment vous avez percé ce mystère. Un pareil casse-tête ne se résout pas en moins de temps qu'on n'en met à cuire des asperges !

— Si, grâce à vous, cher Joseph. Ces animaux de bois qui vous cxaspéraient et que j'ai empochés m'ont été de la plus grande aide. La nuit dernière, je les avais disposés près des trois lettres récupérées chez Virgile Sernin. Un détail m'intriguait : sur les étiquettes où étaient inscrits les prix de vente des jouets figurait, entre les francs et les centimes, un cercle barré d'un trait. Or un signe similaire ponctuait l'injonction adressée à Virgile de quitter sa clinique.

Il extirpa un papier de son portefeuille et le fit passer de main en main.

— Tenez, lisez.

Mon cher Virgile,

Ton traitement touche à son terme, évade-toi donc de ta geôle sanitaire ⊖ Nous serons demain au Miroton des Ternes, *à onze heures du soir ⊖ Ne nous lâche pas. Nous te réservons une surprise de taille ⊖*

Tes compagnons d'À cloche-pied.

— Les Ducoudray étaient-ils les auteurs de ces meurtres ? J'ai d'abord rejeté cette hypothèse, la preuve était insuffisante, n'importe quel autre suspect, Suzanne, Ida, Hugo, était susceptible de l'avoir forgée afin de dérouter les enquêteurs. Toutefois, lorsqu'un journal m'a révélé la mort de Reine, je me suis dit que sa disparition survenait à point nommé. J'ai cessé de tergiverser : Lazare était notre homme.

— Un coup de dé, comme d'habitude, constata Kenji.

— Non, ma présomption reposait sur des bases solides.

— Votre présomption ! Vous êtes l'individu le plus inconséquent, le plus écervelé que j'aie jamais…

Kenji fut interrompu par des abois déchaînés. Les assistants se ruèrent vers le chenil, Lazare sous bonne escorte. Accroupi devant une rangée de niches, un individu chevelu creusait le sol à l'aide d'une houe. Il dégagea une pierre qu'il empoigna en se redressant. Des exclamations fusèrent.

— Le météorite ! Il l'a déterré ! Voleur !

Le gaillard secoua ses boucles noires, révélant sa tempe creusée d'une balafre.

— Salut, la compagnie ! Les cadeaux qui dégringolent du ciel échoient aux propriétaires du lopin où ils atterrissent. Si vous lisiez attentivement la presse, vous sauriez que c'est ce qu'a affirmé un tribunal cette année même, lors du procès qui opposait un paysan et un chasseur d'aérolithes, M. Douillard. Cette pierre, je l'ai cueillie le premier dans une parcelle m'appartenant, elle est donc mienne.

— Nous n'avons aucun gage de votre probité, rétorqua Hugo. D'ailleurs… n'êtes-vous pas Jéroboam Daragnac, qui pratique des sortilèges contraires à la loi ?

— Il n'y a qu'une seule loi, celle de Dieu. Ce météorite est chargé d'une puissance négative, il a absorbé les effluves de la maladie, je m'en suis servi pour guérir un enfant sur le point de trépasser. J'avais sommé sa mère d'enfouir la relique dans la forêt afin d'annihiler ses pouvoirs maléfiques, elle s'est contentée de la déposer n'importe où. Moi aussi j'étais là quand ce type et sa femme ont incité leur ami à escalader l'arbre. Je vous ai vu escamoter le météorite, monsieur Malpeyre. Je l'aurais volontiers abandonné là où vous l'aviez mussé, seulement l'Esprit de la sylve m'a prévenu que le malheur rôdait et que quiconque s'emparerait de mon outil de travail encourrait un danger terrible. Votre maison n'a-t-elle pas été ébranlée, tout à l'heure ?

Le metze bondit jusqu'au puits et y balança son fardeau.

— Un conseil : ne vous avisez pas d'aller le repêcher, ce serait néfaste. Irma a bien fait de m'avertir que des fouineurs tournicotaient dans le coin, sinon vos cadors auraient succombé à une épidémie, et on m'a conté que vous aimiez vos bêtes, monsieur Malpeyre. Sur ce, bon vent, cette nuit la lune sera montante et j'ai promis à de braves voisins de leur couper l'herbe et les cheveux.

Il s'esquiva si rapidement qu'il parut s'être évanoui. Lorsque les témoins s'affranchirent de leur étrange torpeur, ils constatèrent qu'Éric Pérochon s'était lui aussi volatilisé. Mme Bonnefont alla se pencher pardessus la margelle, imitée par Kenji.

— Il est temps d'alerter les autorités, monsieur Legris, débita Ida d'une voix éraillée à cause des émotions et de la pluie.

« Chanterai-je de nouveau en public ? » se demanda-t-elle avec inquiétude.

— Faites, cela ne me concerne plus, repartit Victor, nous rentrons à Paris.

— Cher Monsieur en habit, vous êtes un lâcheur !

— Navré, mademoiselle Bosquet, je vous ai menti, je ne suis pas journaliste mais libraire, et une énigme cesse de m'intéresser dès lors qu'elle est élucidée. Adieu, monsieur Ducoudray. Vous nous avez donné du fil à retordre, néanmoins vos crimes n'ont abouti qu'à un plouf dans l'eau de ce puits.

— Pierre qui roule n'amasse pas mousse, conclut Jojo, insoucieux de l'expression caustique de son beau-père.

— Ne serait-ce pas plutôt « vanité des vanités », monsieur mon gendre ?

— Vous m'exaspérez avec vos maximes à la Max Oreille, gronda Suzanne. Il y a un détail qui me turlupine. Le cabriolet à capote sombre qui a failli m'écrabouiller, qui le conduisait ?

Pour la première fois, un sourire sardonique releva les lèvres de Lazare.

— C'était moi, ma vieille. Je surveillais l'immeuble de la prima donna, je t'ai repérée à la patinoire. Quand on tient l'alouette, il faut la plumer. Dommage, je t'ai ratée de peu. Et pour ta gouverne, en hommage à feu Max Oreille, cette petite sentence grecque : « Personne n'a de chance tous les jours. »

ÉPILOGUE

La pluie et le vent troublaient de leurs soupirs la chambre saturée de meubles. Éric Pérochon y avait entassé les éléments composant le décor de sa pseudo-étude notariale. Le secrétaire à abattant et les fauteuils Jacob livraient une guerre sans merci à la coiffeuse et au chiffonnier de Cora, ultime souvenir de la grand-mère qui l'avait élevée. Insidieusement repoussés vers la minuscule cuisine, ces deux reliques se résignaient, ainsi que leur propriétaire, à capituler devant le nouveau maître et ses possessions. Déjà, le *Serment des Horaces* avait remplacé une reproduction de *La Cruche cassée* de Greuze, déjà les assiettes de Bernadette Pérochon grignotaient l'espace dévolu à un coucou suisse et à une statuette de saint Christophe et l'enfant Jésus.

Éric s'étira en travers du lit, savourant sa solitude. Cora ne serait de retour qu'aux environs de onze heures du matin, à l'issue d'une nuit consacrée à un armateur grec désireux de rétribuer ses charmes avec munificence. Éric n'était ni jaloux ni humilié de ce partage auquel il avait tout à gagner. Cora ne lui assurait-elle pas le gîte et le couvert ? Ne prélevait-il pas double dîme, en nature et en espèces, sur l'accommodante donzelle ? Des semaines d'affilée il avait traqué des ombres dans l'espoir de s'attribuer le magot de son oncle. Ironie suprême, ce trésor n'était qu'une pierre qui gisait désormais à des mètres de profondeur. Entamer une nouvelle vie, tel était à présent son but. Seulement voilà, les douze mille francs de l'oncle Donatien n'avaient pas fait long feu. Retourner chez sa mère, pas question. Cora avait accepté sa présence avec bonhomie. Quand il lui avait avoué : « Je suis un bon à rien, j'ai toujours été comme ça, peux-tu m'héberger le temps que je me retourne ? » elle l'avait longuement considéré en pesant le pour et le contre. Elle l'aimait autant que n'importe quel type qu'elle aurait pu aimer, surtout parce qu'il ressemblait à un archange et qu'il possédait un air de fausse fragilité et un sourire tranquille. Elle avait répondu : « À une condition. Tu te tiens à l'écart des autres femmes, parce que si tu chopes la vérole t'es fichu et moi aussi, alors sois sage, sinon je te flanque dehors. Encore une chose, ce ne sont pas les cigognes qui amènent les bébés, garde ça dans un coin de ta tête. » Ce jour-là elle l'impressionna, ce n'était pas la Cora qu'il avait connue, elle était plus mûre, plus circonspecte, et il se dit qu'il avait eu d'elle une opinion erronée. Ce trésor dont il avait tant rêvé, c'était sans aucun doute cette fille aux appas encore si frais que nombreux seraient les mâles à délester leurs poches pour en jouir. Éric sourit. Une rente s'offrait à lui, sans qu'il ait besoin de lever le petit doigt. Quoi qu'il arrivât, il se promit de ne jamais se montrer ingrat envers celle qui lui témoignait de la sollicitude en ces moments difficiles.

Kenji parcourut la lettre de Djina, un léger pincement d'inquiétude au creux de la poitrine. À l'en croire, son petit-fils Marcus Tábor égalait à lui seul les Sept Merveilles du monde. Qu'avaient-ils donc tous à s'extasier ainsi devant des nourrissons ? Il replia les feuillets noircis d'une écriture penchée. Elle prolongeait son séjour sans donner une date de retour. Le doute fraya son chemin. Lui était-elle sincèrement attachée ?

« Et toi, pauvre délaissé, à quel point tiens-tu à elle ? Le constat d'Alexandre Dumas est-il fondé ? *En amour, quand on a manqué le train de midi, il vaut mieux ne pas prendre celui du soir : les nuits sont fraîches.* Serait-ce une trahison que de les réchauffer en compagnie de Fiammetta ? »

Il se sentit coupable. Comment oublier les serments nocturnes échangés rue de l'Échelle ? Pouvait-il gâcher ce souvenir en trompant Djina avec une femme dont il n'était pas amoureux ?

« Allons, allons, bien sûr que tu peux, c'est une simple toquade, tu as envie de coucher avec elle, ce n'est pas compliqué. Infidèle à son époux et à ses amants, Fiammetta Fifi Bas-Rhin ne conçoit qu'une seule allégeance, celle qu'elle voue à sa liberté en amour. L'essentiel est que Djina ne sache rien de tes frasques, on ne souffre pas de ce que l'on ignore. »

Il actionna le phonographe dont sa fille et son gendre l'avaient gratifié à Noël. Une voix de baryton essoufflé émit un chuintement qui se mua en un chant trop rapidement débité :

Non più andrai, farfallone amoroso,
Notte è giorno d'interno girando[1]*...*

Il se retourna brusquement. Une main tiraillait son pantalon. Attirée par la musique, Daphné avait de nouveau escaladé les barreaux du lit où elle dormait

1. *Les Noces de Figaro,* Mozart, fin de l'acte Ier, Figaro (à Chérubin) :

Tu n'iras plus, petit papillon amoureux,
Tournicoter partout, nuit et jour...

depuis une semaine. Ces incartades étaient dangereuses à cause de l'escalier en colimaçon qui menait à la boutique. Joseph en avait bloqué l'accès, mais la gamine avait plus d'un tour dans son sac pour déjouer les interdits. Kenji la saisit dans ses bras et s'amusa à la regarder agiter les doigts pour capturer la mélodie. Mignonne, calme, futée, il ne tarissait pas d'adjectifs pour qualificr sa petite-fille. Que Marcus Tábor aille se rhabiller ! Il gagna la pièce mitoyenne où Iris tapait sur sa machine à écrire les dernières pages de *La Vengeance du lémure* rédigées la nuit précédente par Joseph. Il eut une moue réprobatrice.

— Daphné s'est encore évadée, tu n'as pas entendu ? demanda-t-il.

Iris sursauta et accourut, penaude. Lorsqu'elle s'immergeait dans le travail, la terre aurait pu trembler qu'elle n'eût rien remarqué.

— Joseph devrait t'épargner ce pensum.

— C'est moi qui lui ai proposé mes services, sinon il serait capable de veiller jusqu'à l'aube.

— Ridicule ! Littérature de gare, grommela Kenji en recouchant Daphné.

Elle se redressa aussitôt et cria d'un ton impérieux :

— Keni ! Usique !

— Elle refuse d'être privée de concert, constata Iris.

— Joue-lui donc du Chopin, rétorqua Kenji en désignant le piano droit.

— Méchant, tu sais bien que j'arrive à peine à déchiffrer ma méthode Czerny !

— Justement, au lieu de taper des inepties sur cet engin, pratique plutôt tes gammes.

— Toi, l'adepte du progrès technique, tu vilipendes ma Remington ?

— Pas ta Remington, mon gendre.

Elle attendit que son père fût parti et s'empara du cahier contenant son conte la Coccinelle dépourvue de points. Elle le feuilleta avec ravissement. Faute de loisir, Tasha n'avait réalisé que deux aquarelles et, déjà, les touches colorées illustrant le début du texte l'apparentaient à un vrai livre. Afin d'apaiser Daphné qui protestait de plus belle, elle s'agenouilla et lui montra la coccinelle aux ailes dépourvues de points.

— Ladybird, articula-t-elle.

— Ady ! Keni ! répliqua Daphné, cherchant à attraper le cahier.

— Quel engouement pour ton grand-père ! Décidément, il plaît au sexe supposé faible.

— Monsieur Mori ! Enfin, vous nous comblez de votre présence ! Avez-vous reçu *La Fille du député*, de Georges Ohnet, que je vous réclame depuis une quinzaine ?

Kenji considéra l'imposante matrone braquant sur lui son face-à-main.

— Chère madame de Salignac, je consacre mes journées à la rédaction de mon catalogue de printemps. Dès qu'il aura contenté les exigences de Mlle Becker, M. Pignot se fera un plaisir d'étudier votre demande.

Outrée, Olympe de Salignac tapota l'épaule d'Helga Becker lancée dans une description enflammée du Salon du cycle qui avait ouvert ses portes une semaine auparavant.

— Oh ! C'est vous, madame la comtesse ! Je suis navrée, navrée, j'ai raté l'inauguration au Palais de l'industrie ! Le président Félix Faure en personne était venu admirer les nouveaux modèles. Ah, que de prodiges ! La bicyclette pliante Gérard, la Funiculaire, la Déchaînée, et cette Acatène dépourvue de boîte à graisse, un miracle !

— Je n'en doute pas une minute. Vous permettez ?

Mais rien, pas même une personnalité à particule, n'aurait pu juguler la logorrhée d'Helga Becker.

— Monsieur Pignot, je vous ai apporté les catalogues, vous les prêterez à M. Legris. *Wunderbar !* Est-il exact qu'il se soit acheté un nouveau vélocipède ? Serait-ce le fameux Alcyon à deux cent cinquante francs ?

— Ma parole, vous êtes mieux renseignée que les moutons de la Préfectance ! clama Euphrosine, entrée subrepticement.

— Maman !

— Laissez donc mon fils respirer, il est surmené maintenant qu'il a toutes les responsabilités sur le dos, ajouta-t-elle en glissant un regard mauvais vers Kenji.

— Maman, arrête !

— Non, j'arrêterai pas, j'ai une nouvelle et elle est saumâtre ! André Bognol a enlevé cette mollasse de Zulma Tailleroux ! Ils se sont mariés ce matin à la mairie du VIe. La v'là pourvue, cette chichiteuse, il pourrait être son père ! Ah, j'la porte, ma croix ! Qu'ils rôtissent en enfer ! C'est égal, j'vais les biffer de mon journal intime.

Consterné, Joseph renonça à ficeler un lamentable colis.

— Qui c'est qui va t'aider si Zulma s'en va ?

— Oh, pour l'ouvrage qu'elle fournissait, c'te gueuse ! J'assumerai seule.

— Mais maman, t'as plus l'âge !

— Comment ça, plus l'âge ! Ton père le disait : « Euphrosine, t'es bâtie à chaux et à sable. » Plus l'âge, plus l'âge, j'suis pas une désœuvrée, moi !

— Madame Euphrosine, vous m'évoquez Frédégonde face à l'adversité ! s'exclama Helga Becker.

— Qui c'est, cette créature ?

— L'héroïne d'un opéra[1] auquel j'ai assisté il y a peu, ah, la mort de Mérowig !

— Monsieur Pignot, mon Georges Ohnet, j'attends, intervint la comtesse de Salignac qui perdait patience.

— Oui, oui, j'm'en occupe, pousse-toi, maman, j'aimerais atteindre l'étagère.

Il farfouilla un bon moment parmi une pile de livres et s'écria :

— Je l'ai !

— Elle vient de partir, laissa tomber Kenji sans lever les yeux.

Joseph se précipita dans la rue.

— Madame la comtesse, votre Ohnet !

— C'est inutile, jeune homme, désormais j'irai chez la concurrence. Chez vous, aucune éducation, aucun tact, l'accueil est par trop plébéien.

— La comtesse Valtesse de La Bigne ?

— Une roturière, une parvenue, quand je pense…

— C'est l'exacte copie de la vraie psyché de Mlle Mars, la grande actrice du Français ? s'extasia Ida Bonneval.

— Oui, ma chérie, précisément. Amaury a dépensé une fortune afin d'acquérir cette babiole, répondit Suzanne Bosquet, ravie de l'expression béate de son amie.

Elles gagnèrent le salon où une collation leur avait été servie. Ida se jeta sur les brioches et les petits fours comme si elle sortait d'un jeûne expiatoire.

— Nous allons te remplumer, ma cocotte. Quelle heureuse opportunité que cet olibrius d'Amaury soit allé visiter des parents dans la Somme ! On va se goberger, toi et moi !

1. Opéra en cinq actes de Louis Gallet, musique d'Ernest Guiraud et Camille Saint-Saëns.

Lorsqu'elles furent gavées, elles explorèrent l'hôtel empli de chinoiseries, de japonaiseries, de stucs, de tapisseries et d'un mobilier qui semblait provenir en droite ligne de l'antre d'un ferrailleur associé à un brocanteur auvergnat. Ida ne cessait de se pâmer et subissait à chaque découverte la cruelle morsure de l'envie. L'apothéose, ce fut le lit monumental.

— Oh là là ! Il cst immense ! Un hippopotame ! C'est vrai que quand on dort à deux, il faut de l'espace.

— À deux ? Mais, ma poulette, Amaury ne séjourne ici que le strict minimum essentiel à sa petite affaire.

— On se croirait dans *Nana*, le roman de Zola, tu l'as lu ?

— Et comment ! approuva Suzanne.

Elle s'approcha de la courtepointe, rajusta un volant, tapota les oreillers en chantonnant : *Lorsque Vénus rôde le soir…*

Elle se tourna vers Ida, le visage épanoui.

— Les draps sont en soie. Pourtant, c'que j'm'ennuie parfois, seule dans c'pieu ! J'aurais besoin d'une compagnie… pas nécessairement d'un homme…

Ida comprit l'allusion et piqua un fard.

— Ça t'plairait d'être ma presque sœur ? On s'débiterait des blagues, on s'réchaufferait les pieds… J'en ai tellement marre de ce raseur !

Un silence succéda à ce cri du cœur. Plus sûre d'elle à présent, Ida passa elle aussi les doigts sur les guipures. Apaisée par ce frôlement sensuel, elle hocha la tête.

La soirée était pluvieuse. Au fond du fiacre qui peinait à parcourir le boulevard des Capucines bondé, Victor et Tasha échangeaient des baisers, prolongation d'une sieste amoureuse au creux de l'alcôve de l'atelier. L'enquête close à Domont était de l'histoire ancienne, Tasha avait accordé un énième pardon.

Ils foulèrent les trottoirs du quartier le plus huppé de la capitale où, en dépit de l'averse, se pressaient les badauds.

Les quinquets des baraques foraines à touche-touche le long du boulevard se reflétaient dans les flaques. Les roues de fortune s'emballaient, les camelots s'égosillaient.

— Goûtez mes berlingots, mes nougats de Montélimar !

— Chauds, les marrons, chauds !

Au numéro 14, un homme en uniforme d'amiral, coiffé d'un melon, arpentait l'entrée du *Grand Café* en braillant :

— Venez admirer le cinématographe, les projections animées des frères Lumière créent l'illusion du mouvement !

Les piétons froissaient le prospectus annonçant le programme, dix bandes de pellicule de dix-sept mètres chacune. Seuls trente-cinq curieux, dont Victor et Tasha, payèrent les vingt sous de leur place au bonimenteur campé près de l'affiche aux lettres rouges et noires. Apercevant M. Volpini, le directeur du *Grand Café*, qu'il avait rencontré lors de l'Exposition de 1889 dans l'établissement où exposaient les collègues de Tasha, Victor se rappela à son souvenir.

— C'est chic de votre part d'avoir loué un local aux frères Lumière.

— Oh, je crains que leur machine n'attire guère les foules.

Un escalier aux murs tendus de tapis orientaux les mena à une ancienne salle de billard, au sous-sol : Le Salon indien, annexe du *Grand Café*. Pour cette première séance payante, des chaises cannées, disposées en quelques rangées devant une toile blanche piquée à une cloison, demeuraient inoccupées. La recette serait maigre.

— Monsieur Legris ! Si je me doutais…

Une volte-face mit Victor nez à nez avec l'inspecteur Aristide Lecacheur.

— Un cachou, monsieur le libraire détective ? Non ? Tant pis, je désirais vous récompenser pour votre rôle équivoque dans l'affaire sordide qui vient de se dérouler. Pas de sourire angélique, je vous prie. Les descriptions de plusieurs témoins, tant à Houilles qu'à Domont et au *Miroton des Ternes*, sont fort ressemblantes avec votre personnalité. Nombre de faits restent incompréhensibles concernant les décès d'Évariste Voisin et de Virgile Sernin.

— Je ne vois pas ce…

— Vous devriez porter des lunettes. Cette explosion au Castel du Bois-Joli perpétrée par un dénommé Lazare Ducoudray accusé du meurtre de son épouse me laisse perplexe. Qu'avez-vous encore fricoté, vous et votre beau-frère ?

— Nous, inspecteur ? Rien, je vous assure. Il serait temps de nous asseoir, ça va commencer.

— Éludez, éludez, à votre habitude, je ne suis pas dupe. Au fait, je prends ma retraite sous peu, je vais être occupé à rédiger mes Mémoires, nul doute que vous y soyez en bonne place. Quel pseudo vous conviendrait ? Leblanc ou Lenoir ? Avis : mon successeur est un jeune loup aux dents longues dénué du moindre sens de l'humour. Et merci pour l'édition originale de *Manon Lescaut* que j'espère toujours.

Il souleva son gibus à l'intention de Tasha et alla s'installer à l'autre bout du Salon indien.

Les lampes s'éteignirent, un crépitement retentit, une vue fixe de la place Bellecour, à Lyon, fut projetée sur l'écran.

— C'est ça, leur grande trouvaille ? protesta Victor à voix basse. M. Méliès propose cet amusement depuis dix ans au théâtre Robert-Houdin !

À peine avait-il formulé ces objections qu'un cheval traînant un camion se mit en branle. Il y eut un « Oh ! » général. Les scènes se succédèrent, ponctuées des commentaires de Victor à Tasha :

— C'est tourné en pleine rue !.... Regarde comme les éclairages sont dosés… Il utilise des objectifs à grande profondeur de champ… Magnifique !

Les plans défilaient, les portes d'un atelier laissaient s'écouler un flot d'hommes à bicyclette et d'ouvrières en longue robe… Un bébé pleurait… un voilier en réduction fendait l'eau d'un bassin… Soudain, la voie ferrée d'une gare de province apparut. Au loin on distingua le point empanaché d'une locomotive qui enfla jusqu'à envahir l'écran, prête à fondre sur les spectateurs épouvantés. Aristide Lecacheur bondit sur ses pieds, persuadé qu'il allait se faire broyer aussi sec, mais la motrice bifurqua hors champ sur la gauche, tandis que les wagons se rangeaient le long du quai et que les voyageurs grimpaient à l'abordage.

Ce qui stupéfia Victor, ce fut le réalisme absolu de ce qui se déroulait sous ses yeux. Il fixait l'écran avec une intensité proche de la transe, pressentant qu'il vivait un de ces instants qui chamboulent une existence.

Quand on ralluma, il murmura à Tasha :

— Cette invention ira loin, aussi loin que… qu'un météore.

POSTFACE

L'hiver est glacial.

La façon imprudente dont sont en général chauffées les voitures pendant la saison rigoureuse a déjà occasionné plus d'un grave accident. Selon le Dr Armand Gautier, professeur à la faculté de médecine, il faut exclure tout système de chauffage qui laisse dégager à l'intérieur les résidus d'une combustion quelle qu'elle soit. Un séjour de dix à quinze minutes dans une voiture mal aérée peut en effet produire l'asphyxie ou l'empoisonnement partiel. Afin de parer à tout accident, L'Entrepôt d'Ivry a mis au point un appareil : le Monopole, dont la combustion a lieu sous la voiture. Une moquette le recouvre et rien ne gêne les pieds du voyageur.

Il neige. La Seine à Paris charrie des glaçons. Les amateurs de patinage s'en donnent à cœur joie. Les marchands de fourrures, vraies ou fausses, les charbonniers font des affaires. La charité s'ingénie en vain à secourir les indigents et les sans-logis. En certains endroits, la banquise qui recouvre la Seine est assez solide pour servir de parquet à une salle de bal. Cela ne décourage pas la foule qui se masse aux abords de l'École militaire pour assister à la dégradation publique du capitaine d'artillerie Alfred Dreyfus.

Il est neuf heures du matin, ce dimanche 5 janvier 1895. Un détachement militaire pénètre dans la grande cour et se forme en carré. Garde à vous ! Le général Darras brandit son épée. Roulements de tambour. Le capitaine Dreyfus, encadré par un brigadier et quatre canonniers, est amené devant le général et s'arrête, face à lui, les talons joints. Le greffier du conseil de guerre lit la sentence. Le général se dresse sur ses étriers et s'adresse au condamné :

— Alfred Dreyfus vous êtes indigne de porter les armes. Au nom du peuple français nous vous dégradons. Exécutez la sentence !

Alfred Dreyfus s'écrie d'une voix forte :

— Je jure et proclame que vous dégradez un homme innocent. Vive la France !

Les roulements de tambour se déchaînent. La foule gronde. On entend des cris :

— À mort ! Mort aux Juifs !

Un adjudant de la garde républicaine s'approche du condamné, il lui arrache les galons du képi et des manches, les bandes rouges du pantalon, les pattes d'épaules, les insignes du grade et les jette au sol. Puis il brise sur son genou sabre et fourreau. Alfred Dreyfus doit à présent défiler devant les troupes et faire le tour de la place d'armes. Il atteint un groupe de journalistes, s'arrête devant eux :

— Messieurs, dites à la France entière que je suis innocent !

— Tais-toi, misérable ! lui répondent les uns, tandis que d'autres grondent : Lâche ! Traître, Judas ! Vive la France ! Sale Juif !

Ce qui deviendra « L'Affaire » et divisera le pays durant de nombreuses années n'en est qu'à son premier acte.

Le 17, Félix Faure, la cinquantaine, fils d'un ouvrier ébéniste, ex-tanneur, député du Havre depuis douze ans, occupe le fauteuil présidentiel à l'Élysée. Son prédécesseur, Jean Casimir-Perier, a démissionné, son mandat n'aura duré que six mois et vingt jours. L'émoi causé par cette défection a été de courte durée : quarante-huit heures après son départ, Casimir-Perier est remplacé.

« La machine à élire les présidents de la République, installée à l'usine de Versailles, a fonctionné avec une rapidité remarquable et une parfaite régularité. Il est vrai qu'elle n'avait pas eu le temps de se rouiller depuis sa dernière mise en marche », peut-on lire dans le *Figaro illustré* sous la plume d'un chroniqueur nommé Lutécius.

Avec cette nouvelle présidence et le nouveau ministère, la fringale budgétivore s'accroît. D'après Simon Levral, chroniqueur au supplément du *Petit Journal illustré*, il ressort que « dans une sous-préfecture de cinq mille à six mille âmes, près de sept cents personnes mangeraient au râtelier gouvernemental et que la progression du fonctionnarisme en France augmenterait de façon exponentielle ».

La dette de la France atteint la somme de trente-cinq milliards quatre cent vingt et un millions de francs-or, dont quatre milliards de déficit départemental et communal. Chaque petit Français qui vient au monde est grevé d'une dette de neuf cent vingt-deux francs et cinquante centimes.

Cette année 1895, le rendement des impôts et des revenus indirects représente une moins-value de vingt-huit millions six cent soixante dix-sept mille sept cents francs par rapport aux évaluations budgétaires.

L'idée de la construction d'un métropolitain, qui sommeillait depuis vingt-deux ans, est tirée des oubliettes. Il faut se décider si l'on veut qu'aboutisse le projet de la gigantesque exposition mondiale de

1900 qui doit se tenir à Paris. On s'énerve des lenteurs administratives. On s'indigne que par les hivers rigoureux, des femmes, des enfants, des vieillards soient trimballés en plein air sur les impériales des omnibus. Nombre de mécontents qualifient ce mode de transport de « barbarie grossière et honteuse dans une capitale qui a la prétention d'être celle du monde civilisé ».

À propos de civilisation, le président Félix Faure est tout à fait clair sur la mission de la France à Madagascar quand il déclare, lors de la remise des drapeaux aux troupes cantonnées à Sathonay, près de Lyon :

« Avec l'autorité des armes, notre drapeau porte dans ses plis tout le génie de la France ; ne l'oubliez jamais et vous saurez vous montrer dignes de la mission civilisatrice que vous confie la République. »

En mars, Paris est secoué d'un frisson d'enthousiasme. Les troupes sont sur le point de partir pour cette île lointaine. Une foule énorme se porte à la caserne de la Pépinière où est cantonnée la compagnie du 74e. On jette des fleurs, on se découvre, on escorte les soldats jusqu'à la gare. Les ovations patriotiques fusent tout le long du parcours, on salue ceux qui vont défendre le respect de nos droits, les missions catholiques, et surtout protéger nos intérêts commerciaux sur cette terre malgache. À Madagascar on trouve de l'or, de l'argent, du cuivre, du fer et de la houille. De par sa situation géographique, c'est une position stratégique de la plus haute importance. Dominant les deux routes qui conduisent aux Indes, la possession de cette grande île procurera à la France un abri sûr, des vivres et du charbon grâce aux gisements de houille. Cet objectif est exprimé de façon ambiguë dans les colonnes du *Magasin pittoresque* : il s'agit de « délivrer la Grande Terre de deux fléaux qui la désolent : les Hovas et les Anglais ».

En mai, le contre-amiral Bienaimé occupe Tamatave et dégage Diégo-Suarez tandis que le général Duchesne débarque à Majunga.

Le 1er août, à l'île de la Réunion, on enrôle les habitants pour épauler l'armée. En effet, la loi de 1889 assimile les natifs des colonies aux conscrits de la métropole. Ils auront un trajet nettement moins long à accomplir que les appelés de la mère patrie.

Le corps expéditionnaire bat les Hovas à Andriba le 21 août. Un mois après, le 30 septembre, le général Duchesne entre à Tananarive. Madagascar, la « reine de l'océan Indien », devient terre française. L'île va être soumise à un protectorat plus étroit que celui de 1885, puis déclarée colonie le 6 août 1896. La reine Ranavalona III sera déposée et exilée, d'abord à la Réunion, ensuite en Algérie.

Il faut noter que le déroulement de cette campagne ne figure pas au palmarès de l'information. Alors que les Anglais transmettent les nouvelles à Londres par l'île Maurice, les dépêches françaises, au tarif de dix francs le mot, doivent contourner l'Afrique. Le président du Conseil, Alexandre Ribot, ne sera informé de la prise de Tananarive que dix jours après qu'elle aura eu lieu.

Selon les rédacteurs de l'almanach Hachette de 1895, dans cette guerre, côté français, il y aurait eu trente-cinq morts à la suite de blessures et cinq mille cinq cent cinquante-sept de maladies, soit un quart de l'effectif.

Les pertes de la catastrophe de Bouzay, en mai, sont moins spectaculaires, une centaine de morts dont de nombreux enfants. Le mur du réservoir, situé à sept kilomètres d'Épinal, qui alimente le canal de l'Est, s'est rompu sur presque toute sa largeur, et sept millions de mètres cubes d'eau se sont déversés avec la violence d'une trombe dans la vallée de l'Avère, semant la mort et la désolation. Les maisons ont été emportées avec leurs habitants, les voies de chemin de fer Épinal-Chaumont sont coupées, mais pour dix francs les trois minutes on peut téléphoner à Londres où, de mars à mai, a lieu le procès de l'écrivain Oscar Wilde. Trois mois durant, la société londonienne se déchire en « pour » et en « contre ». Les livres de Wilde sont retirés des éventaires, son nom effacé des affiches de théâtre, personne n'ose plus porter de fleurs à la boutonnière. Aubrey Beardsley est mêlé à « l'affaire », en dépit de ses différends avec Wilde.

La condamnation d'Oscar Wilde à deux ans de travaux forcés rencontre peu d'échos en France. Il purge sa peine dans la prison de Reading, au sud de l'Angleterre. Il y écrit *De profundis,* une longue lettre à son amant Alfred Douglas. À sa sortie de prison, il s'exilera en France et publiera le poème *La Ballade de la geôle de Reading* en 1898. Il mourra dans la misère et la solitude en 1900.

Bien que l'édition de l'encyclopédie Larousse 1895 explique « qu'il n'est pas bon pour la probité et la moralité des individus qu'ils sortent de chez eux », personne n'en tiendra compte et l'année qui va s'écouler sera comme les précédentes, marquée par des catastrophes, des grèves, des expéditions guerrières, des inventions, de nouvelles modes, de nouvelles chansons, des deuils, des naissances. Le mois de juin voit celle de l'Afrique-Occidentale française (A.-O.F.) qui regroupe les colonies africaines allant de la Mauritanie au Dahomey, soit 4 425 000 kilomètres carrés. Les 29 septembre et 12 décembre en Océanie, les îles Huahine, Bora Bora et Raiatea, ou Îles Sous-le-Vent, sont définitivement annexées à la France qui fredonne les dernières scies en vogue. On a le choix, elles sont nombreuses ces rengaines, car, ainsi que l'a exprimé M. de Beaumarchais dans une boutade : « Ce qui ne vaut pas la peine d'être dit, on le chante. »

La Marche des haricots rivalise de finesse avec *J'élève des puces au biberon* et *Les Deux Figues d'Ursule*. Mais la grande gagnante, la plus émouvante, c'est *La Paimpolaise*, créée par Mayol, musique d'Eugène Feautrier, paroles de Théodore Botrel, un Celte de vingt-sept ans des Côtes-du-Nord. Elle est sur toutes les lèvres, cette *Paimpolaise qui attend au pays breton*. Dans son livre *Gros succès et petits fours,* Romi rapporte que « Mayol, au cours de répétitions, remarque un écueil au troisième couplet » :

Ta voilure, mon vieux Jean-Blaise
Est moins blanche au mât d'artimon
Que la peau de la Paimpolaise
Qui m'attend au pays breton

« Dans l'avant-dernier vers : *Que la peau de la Paimpolaise* on risquait d'entendre, en raison de l'arrêt imposé par la musique : *Que la peau,* ce qui pouvait faire rire un public facétieux... Si l'on esquivait la pause, on entendait : *Que la peau de lapin*... ce qui n'était pas mieux. Botrel remplaça le vers équivoque par un autre : *Que la coiffe à la paimpolaise* qui figure dans toutes les éditions. Cette chanson rapportera encore des droits d'auteur dans les années 1960[1]. »

En juin, l'Opéra de Paris affiche *Tannhäuser*, œuvre en trois actes et quatre tableaux. Il semble que les Parisiens se soient résignés à la musique de Wagner. Ceux qui s'indignaient quelques années

1. Cité par Romi dans *Gros Succès et petits fours*, Éditions Serg, 1967.

auparavant des représentations de *Lohengrin* restent indifférents. Au théâtre du Gymnase, attirés par un titre suggestif, les spectateurs se pressent pour voir *Les Demi-vierges*, la pièce de Marcel Prévost.

La fête nationale serait-elle tombée en désuétude ? En dehors de la revue militaire de Longchamp dont le troupier fait les frais sous un soleil accablant, nulle festivité officielle ne marque ce 14 Juillet, laissé à l'initiative de la rue. Le soir, elle appartient aux bastringues installés par les mastroquets. « Les gens propres se sauvent à la campagne ou se claquemurent chez eux, tel est le résultat de la prise de la Bastille, aurore de toutes nos libertés », s'indigne notre chroniqueur du *Figaro illustré*.

Le vélocipède est en passe de détrôner le cheval. Il s'introduit partout, même dans l'armée. En juillet, le capitaine Gérard construit une bicyclette pliante qui peut être portée par le fantassin. L'engin se redresse en quelques minutes. Comme toutes les nouveautés elle sera très discutée par ses détracteurs. Finalement, un an plus tard, on la testera avec succès aux Grandes Manœuvres.

L'été de 1895 est exceptionnellement chaud, surtout le mois de septembre où l'on relève 35,5°C. On n'a jamais vu ça ! Il faut remonter au 16 septembre 1847 pour trouver un maximum de 33,2°C.

La confédération générale de travail (C.G.T.) est fondée au congrès de Limoges, les 23 et 24 septembre.

D'après des statistiques, la consommation d'alcool pur, qui en 1830 était de 1,12 litre par habitant, s'est élevée en 1894 à 4,04 litres alors qu'en Suède elle a diminué de moitié grâce aux mesures prises par le gouvernement.

Le Suédois Alfred Nobel, industriel et chimiste, fait rédiger son testament à Paris. Il y est stipulé que la fortune amassée grâce à son invention de la dynamite sera utilisée à récompenser les bienfaiteurs de l'humanité dans cinq domaines différents : la physique, la chimie, la physiologie ou la médecine, la littérature et la paix. Le texte est déposé dans le coffre d'une banque de Stockholm. En 1896, Alfred Nobel meurt en Italie.

Le physicien allemand Wilhelm Konrad Röntgen, qui a découvert les rayons X le 8 novembre 1895, effectue le 22 décembre la première radiographie de la main de son épouse. Deux ans plus tard, la radiologie sera enseignée dans la plupart des facultés de médecine européennes. L'ennui, c'est que les radiologistes ignorent les risques induits par la radiothermie et ne se protègent pas contre les rayons.

La mode masculine évolue et inaugure le pli pardevant du pantalon. Le gilet croisé est brodé, la cravate se transforme en nœud papillon ou régate. Un faux col blanc rigide surmonte l'édifice. La nuit, les messieurs dans le vent remplacent la chemise par le pyjama importé d'outre-Manche.

Sébastien Faure fonde son journal *Le Libertaire*. Rue Chaptal, un nouveau théâtre ouvre ses portes : *Le Grand Guignol*. Le pont Mirabeau est achevé. On inaugure le musée Galliera.

Tout au long de l'année, la librairie Elzévir présentera les dernières nouveautés littéraires : *Le Désert*, de Pierre Loti ; le tome 8 du *Journal* des Goncourt ; *L'Île à hélice*, de Jules Verne ; *La Petite Paroisse*, d'Alphonse Daudet ; *Le Jardin d'Épicure*, d'Anatole France ; *Paludes*, d'André Gide ; *Les Villes tentaculaires*, d'Émile Verhaeren ; *Confessions*, de Verlaine.

Au hasard de ses pérégrinations à travers Paris, le quidam du XXIe siècle qui a délaissé son automobile peut découvrir une plaque apposée à la hauteur du numéro 14, boulevard des Capucines :

Ici
Le 28 décembre 1895
eurent lieu
les premières projections publiques
de photographies animées
à l'aide du cinématographe,
appareil inventé par les frères Lumière

— Entrez, entrez, vous en aurez pour vos vingt sous !

Un bonimenteur arpente le macadam. Il se plante près d'une affiche de Brispot où se détache en lettres rouges et noires :

CINÉMATOGRAPHE
LUMIÈRE

Pour cette première publique, les Lumière ont choisi un lieu assez petit pour que, en cas d'insuccès, ce ne soit pas un trop gros échec financier. Ils ont engagé un caissier et un projectionniste et loué trente francs par jour, dans les sous-sols du *Grand Café*, en plein cœur du quartier le plus chic de Paris, une ancienne salle de billard décorée dans le style oriental baptisée Le Salon indien. Les propriétaires du *Grand Café*, qui ne croient pas au succès de cette entreprise, ont refusé une part de 25 % sur les bénéfices. Ils s'en mordront les doigts.

L'aboyeur transi s'égosille :

— Des personnages grandeur nature ! Toute l'illusion de la vie réelle, vingt sous seulement !

Quelques intrépides s'engagent dans l'escalier qui mène au Salon indien. Une centaine de chaises cannées et dorées, vides pour la plupart, s'alignent devant un appareil qui braque un œil de verre sur une toile blanche tendue au mur.

L'éclairage s'atténue.

Un crépitement régulier démarre, et sur l'écran apparaît la vue fixe d'une grille close, puis d'un intertitre :

SORTIE DES USINES

À Lyon, Antoine Lumière dirige une usine de plaques photographiques qui emploie huit cents ouvriers. Il en cède la direction à ses fils aînés, Louis et Auguste, ce qui lui permet de voyager. En 1894, il voit fonctionner à Paris les kinétoscopes de Thomas Edison. Ne pourrait-il pas tenter de modifier ces appareils résevés à une seule personne pour en faire des projecteurs destinés à tout un public ? Il en parle à ses fils.

Louis et Auguste s'attellent à cette tâche. Grâce au système de perforation de Thomas Edison, on obtient une succession de vues à égale distance les unes des autres. Reste un point important à régler : comment faire pour que la pellicule soit entraînée par un mouvement mécanique régulier permettant ainsi aux images d'être nettes tout en donnant l'impression parfaite du mouvement ? Auguste Lumière raconte :

« Un certain matin, vers la fin de 1894, je me rendis dans la chambre de mon frère. Il m'apprit que, ne dormant pas, il avait imaginé un mécanisme… »

Utilisant le principe de la machine à coudre, mis au point par le Français Barthélemy Thimonnier en 1830, Louis Lumière vient d'inventer le cinématographe.

Dans son appareil, deux griffes guidées par un cadre de métal s'implantent à intervalles réguliers dans les perforations de la pellicule, tirent la bande vers le bas et la déplacent d'une image. Chaque image est arrêtée dans le faisceau lumineux de l'objectif pendant 2/45 secondes. Puis un obturateur bouche la fenêtre du projecteur tandis que la pellicule progresse. Une autre image prend la place de la première : le mouvement se poursuit. Sur l'écran, le spectateur n'a pas le temps de percevoir les très courtes périodes d'obscurité séparant les deux images. Ces « noirs » sont nécessaires : sans eux, on n'obtiendrait qu'une bouillie d'images et non une succession de vues nettes.

Quel nom va-t-on donner à cette invention ? Antoine Lumière, le père, souhaite faire adopter par ses fils le mot *domitor*, mais ils préfèrent forger un nom à partir du grec, c'est à la mode, ce sera cinématographe (du grec *kinêma*, « mouvement », et *graphein*, « écrire »).

Le 13 février 1895, les frères Lumière déposent un brevet français pour un appareil fabriqué par un opticien, Jules Carpentier, qui est à la fois une caméra à manivelle et un projecteur. Le 22 mars, le cinématographe est présenté pour la première fois à la Société d'encouragement à l'industrie nationale. Le film s'intitule *La Sortie des usines*. Une seconde séance a lieu le 17 avril à la Sorbonne, puis une troisième à Lyon, durant le congrès de la Société française de photographie. Sept courts sujets sont projetés, dont le premier film qui met en scène une histoire : « L'Arroseur arrosé. »

Au Salon indien, le 28 décembre une trentaine de spectateurs seulement assistent à la projection publique. Le vrai succès commence dès le lendemain. Des curieux enthousiasmés courent raconter aux badauds les merveilles auxquelles ils viennent d'assister. Lorsque Georges Méliès priera son ami Antoine Lumière de lui permettre d'utiliser le cinématographe, ce dernier lui répondra :

— Non, non. Le cinématographe peut être exploité quelque temps comme une curiosité scientifique, mais en dehors de cela il n'a aucun avenir commercial.

Bientôt, il faudra augmenter le nombre des séances. Ces messieurs de la presse, plus intéressés par le mariage d'Yvette Guilbert, daigneront tout de même écrire que cette invention permettra de conserver la mémoire des morts.

Cette année-là, Alexandre Dumas fils, Berthe Morisot, Friedrich Engels et Louis Pasteur quittent ce monde. D'autres y ont fait leur entrée sans savoir si le destin leur réserve de devenir dictateur, écrivain, acteur, cinéaste, savant ou musicien. Ainsi font Marcel Pagnol le 28 février, Jean Giono le 30 mars, Henry de Montherlant le 30 avril. Rudolph Valentino le 6 mai, Carl Orff le 10 juillet, Juan Perón le 8 octobre, Paul Eluard le 14 décembre.

Et comme le dit la chanson :

Tu n'es qu'un maillon de la chaîne
Tu n'es qu'un maillon de la vie
Un maillon de joie, de misère
Et puis on t'enterre
Et puis c'est fini[1].

1. *Qu'est-ce que tu crois ? (Le Maillon)*, chanson de Robert Lamoureux et Henri Bourtayre, 1954.

Jacques Neirynck

Les enquêtes de
Raoul Thibaut de Mézières

Dans le Paris de la Belle Époque, le bouillonnement culturel, scientifique et les innovations technologiques promettent un avenir prospère. Mais le climat politique est loin d'être aussi lumineux : royalistes, bonapartistes et anarchistes ourdissent contre la IIIe République, qui ne doit sa stabilité qu'à des hommes comme Raoul Thibaut de Mézières, agent spécial du président de la République. Chargé d'élucider les affaires sensibles qui menacent le régime, cet homme de l'ombre sait qu'il doit protéger l'intérêt public avant tout. Quitte à passer sous silence certaines vérités gênantes...

n°4045 – 6,90 €

Yves Josso

Les enquêtes de Clémence de Rosmadec

Étudiante dans un célèbre atelier de Montmartre, la jeune et pétillante Clémence de Rosmadec est une artiste prometteuse. S'échappant chaque été de la capitale, elle retourne dans le manoir familial de Pont-Aven, terre d'élection, en cette fin de XIXe siècle, d'une nouvelle génération de peintres qu'elle admire, à commencer par Paul Gauguin. Mais le milieu fermé des artistes se révèle aussi parfois dangereux et, pour certains, les meurtres sont comparables à de véritables chefs-d'oeuvre. Aidée de son excentrique famille, Clémence va conjuguer ses talents de peintre et sa soif de justice pour résoudre les crimes qui secouent le monde de l'art.

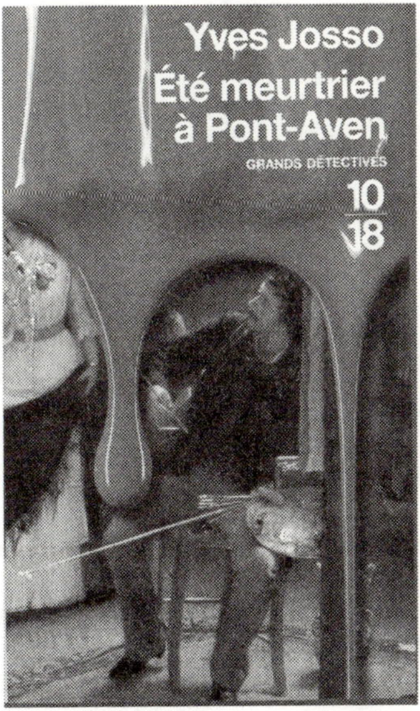

n°4020 – 7,80 €

Impression réalisée sur Presse Offset par

CPI
Brodard & Taupin

La Flèche (Sarthe), 45364
N° d'édition : 4033
Dépôt légal : février 2008

Imprimé en France